朝鮮引揚げと日本人

加害と被害の記憶を超えて

明石書店

The WORK is published under the support of
Literature Translastion Institute of Korea (LTI Korea).
本訳書は韓国文学翻訳院の翻訳・出版助成を得て刊行されたものである。

日本の読者へ

本を一冊ずつ仕上げて「読者への挨拶」を書くときが、いつも困惑させられる。書きたいことをすべて書こうとするのは、また新たに一冊の本を出すようなものだからだ。結局、限られた紙面に収められないことは、また別の本を通じて伝えねばならない。ここでは私が約二十年間に、日本と韓国を往復しながら結んだ貴重な人の縁と、その過程で体験したエピソードを紹介することで、私がなぜ本書を上梓するに至ったかをお話したいと思う。

リサイクルセンターで、京城に出会う。

一九九九年の秋だった。私は大学近くにあるリサイクルセンターを訪ねた。自転車が必要だったからだ。大学後門近くの外国人寄宿舎で暮らしていたため、最初はほど近い駅までは歩いて通ったが、本とか複写物が多いときには自転車が必要だった。それである日、自転車を持たない寄宿舎の友人とともに、リサイクルセンターを訪ねることにした。行ってみると、かなり使い古した自転車を安く売っていた。一緒に行ったマレーシア、インドネシア、ルーマニアなどの女子学生たちは満足げな表情だった。けれども私にとっては、主婦がスーパーに行くときに乗る「ママチャリ」ばかりなので、いまいち気に入るものがなかった。

私がきょろきょろ見まわしていると、リサイクルセンターの販売担当の老職員が近寄ってきて、しっかりした数台の自転車を選んでくれた。しかし、それも気にいらないので躊躇していた。すると、その老職員は私にどこから来たのかと尋ねた。どうも私の日本語がぎごちなく感じられたらしい。ソウルからやってきたと言うと、「ああ、京城！　昔はケイジョウと呼んだ！」と応じ、朝鮮からの「引揚げ者」のなかには、「京城」出身者が多いと教えてくれた。

私が忘れていた「ソウル」の歴史に、それも日本のリサイクルセンターで出会うとは想像もできないことだった。とにかくその日、私は頑丈な「ママチャリ」に乗って寄宿舎に戻り、後日、その意味を理解することになる「引揚げ」と「京城」という言葉を、心のなかで繰り返していた。

図書館で発見した宝物

振り返って見れば、私は留学生としては最高の「ぜいたく」を享受した。私の指導教授、君島和彦先生のおかげだった。私はひところ、大学の図書館にほとんど通わなかった。君島研究室には机が二つあったので、先生はそのうちの一つを快く私に明け渡して下さったのだった。私のために敢えて不便を忍んで下さったのである。また、研究室には私が必要な資料の多くが揃っていて、特別に必要な資料は先生の研究費で購入したり、大学図書館に購入希望図書として申請したりして下さった。私が図書館に行くのは、新たに申請した資料が到着した時だけだった。

そんなある日、大学図書館で昭和期の新聞の縮刷版を、偶然に見ることができた。私が新聞の縮刷版を見る理由は、一九四五年八月以後に、日本から朝鮮半島に帰った朝鮮人に関する記事を探すためだった。碩士(修士)論文のテーマが、一九四五年の終戦後に海外から帰国した朝鮮人に関するものだったので、日本でさらに多くの資料を入手したいと思っていた。しかし、朝鮮人の帰還に関する記事は思っていたほどはなく、大部分は一九五九年以降に、日本から北朝鮮に九万名以上も集団帰国した在日朝鮮人の「帰国運動(北送)」に関する記事だった。また、朝鮮人に関する記事よりは、海外の植民地から日本に帰った「引揚げ」の関連記事が多かった。

その理由を知りたくて、当時、在日朝鮮人の研究者たちがよく集まる「アリランセンター」を訪ねた。そこで今は東京大学教授の外村《とのむら》大《まさる》氏から、終戦後の朝鮮人は「警戒」の対象だけで、「関心」の対象ではなかったとの話を聞くことができた。私はそのとき日本帝国の誕生―成長―崩壊は、日本の国民と数多くの植民地の人々の移動を伴ったこと、さらに、その移動には言葉では表現できないほど胸の痛む話がいくつもあることを知った。

私はそれまで終戦後の人口移動の半分、すなわち、植民地民としての在外朝鮮人の朝鮮帰還だけを見ていたのである。私は朝鮮人の移動と同時になされた、植民地からの日本人の引揚げという逆方向の移動を見逃していたこと、自分の意志とは無関係に現地に残った日本人の抑留という、異なる歴史の重い事実に直面することになった。そのときから、私は君島先生の研究室よりは、大学図書館でほとんどの時間を過ごし、朝鮮人と日本人の「帰還」「引揚げ」「抑留」に関連する記事の探査を始めた。

そして資料を借り出すと、関連記事をコピーするために、大学の近くにあるコンビニを利用した。その分量が多いため大学図書館で長時間の複写をすると、他の学生に迷惑をかけてしまうからである。それ以来、私はズボンのポケットにぎっしり硬貨を詰め、夜更けや早朝の客のいない時間を見計らってコンビニ通いをすることになった。こうして複写した資料がたまり、寄宿舎の私の部屋を占領するようになった。最初は書架に整理して置いたが、ついにそれが溢れ出し、ベッドにA3コピー紙を水平に積み重ね、その上に寝るようになった。やがて私のベッドはどんどん高くなり、最終的には一部は君島研究室に置かせてもらい、残りは韓国に小包で送らねばならなくなった。

思ったよりも深刻な歴史戦争

研究者は罵られるのに慣れねばならない。どう見ても、これは研究者の宿命のように思われる。とりわけ私は現代史の専攻である。それも韓日関係史を専攻しただけに、韓国と日本の双方からの批判を甘受しなければならなかった。そうした運命を実感させられるいくつかの事件があった。私は留学前から韓国の「歴史教科書研究会」と、日本の「歴史教育研究会」が一九九六年以来、十年間の共同研究を通じて『日韓歴史共通教材——日韓交流の歴史』（明石書店、二〇〇七年）を発刊したプロジェクトに参加していた。

帰国後には、韓日両国政府が歴史和解のために設立した「韓日歴史共同委員会」の現代史分科では学術助教として、「日本・中国・韓国3国共通歴史教材委員会」が編集した『未来をひらく歴史』（高文研、二〇〇五年）には、韓国側の執筆者のひとりとして参加してきた。つまり、ヨーロッパに比べて、共同の歴史認識が希薄で、それに伴う同一文化圏としての連帯感や平和インフラが脆弱な東アジア三国の歴史対立を緩和させようとする一連の活動である。

国のレベルと民間レベルで推進されたプロジェクトは、韓日あるいは韓中日の歴史和解を目標としていた。だが、過去の事象をめぐる現在の韓中日の対立状況を見ると、その努力が認められることは稀で残念に思えてならない。

だが、その過程で経験したのは、こうした歴史和解の努力が相手国はもとより、自国内でも強い批判を受けたことである。むろん、そのなかには、未来のための建設的な批判もあったが、大抵は自国に対して「自虐的」な内容になっているとし、相手国の加害事実に対して「妥協的」という論調だった。

十九世紀以来、東洋三国の近現代史は、すでに世界史の枠のなかで連動しており、とりわけ、日本帝国という共同の場のなかで構築された、地域史という側面を無視することはできない。一九四五年以後、それぞれ中国史、日本史、韓国史という「一国史体系」が強化された結果、ともに歴史対話を交わす可能性が大きく低下した。すなわち、共同の「歴史認識」を構築する以前に、各国民が持つ「歴史感情」という高い障壁を越えられなかったのである。

これはたんに歴史書だけでなく、テレビというより身近なメディアにおいても、そのまま現れた。私は韓国で『朝鮮を離れて』（本書の原本のタイトル、以下同様）を刊行した後に、日韓両国を代表するNHKスペシャル『知られざる脱出劇――北朝鮮・引き揚げの真実』（二〇一三年八月十四日）と、ETV特集『忘れられた引き揚げ者――終戦直後・北朝鮮の日本人』（二〇一三年十二月十二日）。KBSの関連ドキュメンタリー光復節特集『朝鮮総督府最後の二十五日』（二〇一三年八月十五日）と、KBSパノラマ『北送：repartiation』（二〇一三年十二月五日第一部、十二月十三日第二部）に、資料監修兼コメンテーター役で出演した。

ＮＨＫの場合は、ドキュメンタリー制作のためにプロデューサーと制作陣が、ソウルにいる私を二度ほど訪ねてきた。私の博士論文を一年前から日本語に翻訳し、徹底した資料検証を済ませていた。加えて一緒に出演した研究者が、私が日本人の引揚問題研究者として最も信頼する加藤聖文《かとうきよふみ》氏だったため、私は喜んで出演と諮問に応じた。しかし、ドキュメンタリーのタイトルが引揚げ全般に関するものではなく、北朝鮮からの脱出に焦点を当てていたため、ともすれば引揚げ者＝歴史の被害者という一面的なメッセージが浮き彫りにされないかと案じられた。

さらに、このプログラムは終戦記念日に放映される予定だったので、いっそう神経を費やした（結果的に一部は終戦記念日の直前に、残りは十二月に分けて放映された）。そして私は録画前にＮＨＫ本局の背後にある渋谷のホテルで、夜遅くまでプロデューサーと慎重に意見を交わし、最大限・客観的に事実を伝達するように務めてほしいと依頼した。一方、ＫＢＳの『朝鮮総督府最後の二十五日』は、私の『朝鮮を離れて』を底本にして制作されたものだったが、資料調査や制作過程のすべての面で失望させられた。ＮＨＫの制作陣が示した準備過程と資料収集の努力に比べると、まったく怒らずにはいられないほどだった。

ところが後日に知ったところでは、それは外部委託制作だった。他方、ＫＢＳパノラマ『北送：repartiation』は自社制作であり、テッサ・モーリス‐スズキ氏や私などの韓国側研究者と、六か月以上もの資料検討を経た完成度の高い作品だった。

二〇一三年、私は韓国と日本のドキュメンタリー四編に、監修兼コメンテーターとして出演、メディア全般にわたり歴史戦争が起きていることを確認した。ＮＨＫの場合はプロデューサーを含む現場の制作陣は、最大限客観的に制作をしようと努力したと信じる。けれども北朝鮮に見捨てられた日本人の遺骨がアウトフォーカスで、強いインパクトで放映された。結局、直・間接的に権力が介入する編集及び編成段階で、私が憂慮した通り、引揚げ＝被害という論調でプログラムが進行してしまった。

また、韓国の『朝鮮総督府最後の二十五日』では、朝鮮総督府が終戦以後にも、韓国社会に悪影響を与えていると集中的に報じただけだった。そのため日本人が朝鮮を離れることで、終戦直後の韓国社会が抱くことになった構造的な問題とか、日本人が残した私有財産などの微妙な問題などは、まったく取り上げられなかった。

さらに『北送：repartiation』の場合も、在日朝鮮人を無責任に追放しようとする日本政府の意図と、彼らを北朝鮮の戦後復興の道具、または人質にしようとした北朝鮮政府の意図は明らかに浮き彫りされたが、終戦後十五年の期間も、在日朝鮮人を放置した韓国政府の責任はあんまり触れられなかった。つまり、メディアもやはり終戦以後に、強く根付いた「一国史」観の枠から逃れられなかったのだ。むしろ、こうした枠にもたれ、一面的な「歴史感情」を拡散させていたのである。

本書を書くに至った直接的な理由

二〇〇五年のことだった。私は当時「日帝強占下強制動員被害真相究明委員会」で、学術専門委員として植民地時期の日本をはじめ、海外に強制動員された朝鮮人の被害調査に関する業務を担当していた。主にやった仕事は、日本大使館及び日本の外務省との資料移管の協議と、主な被害申告に対する海外調査だった。それによって、私は三年半にわたり、南洋庁があったパラオ、樺太庁があったサハリンをはじめ、サイパン・テニアン・ロタの朝鮮人軍属動員飛行場と、慰安婦施設、サハリンの炭鉱、サハリン朝鮮人炭鉱労働者を配置転換した長崎の高島・端島炭鉱（いわゆる、「二重徴用問題」）と造船所、未帰還者調査のために常磐炭鉱・紀州鉱山の朝鮮人無縁者遺骨、終戦直後の海難事故の調査のために舞鶴や北海道の稚内まで、出張をしなければならなかった。当時は、出張用のキャリーバックを三台ほど準備し、いつでも出張に行けるようにしていた。結局、私の仕事は出張の準備と出張の報告書づくりがすべてだった。

そのように忙しく過ごしていた頃、アメリカからある女性が私を訪ねてきた。話を聞いてみると、ヨーコ・カワシマ・ワトキンズの『竹林はるか遠く――日本人少女ヨーコの戦争体験記』（So Far from the bsmboo grove, 1986）という本のために、アメリカで暮らすコリアン・アメリカンの子どもたちが、学校に行けなくなっているというのだった。私は理解できなかったので、それがどんな本なのか、なぜ子どもたちは学校に行けないのかを尋ねた。説明によると、学校で良い本として推薦されたので、大勢の生徒がその本を読んだのだが、そこには一九四五年の終戦直後の北朝鮮で、朝鮮人（コリアン）が日本人に暴行し、悪いことをしたとの内容が書かれているというのだった。つまり、子どもたちは自分がコリアン・アメリカンである事実が恥ずかしくて、学校に行くことができなくなったのである。

その日は、日本の外務省と朝鮮人強制動員被害者遺骨奉還関連の仕事で、終日、電話とＦＡＸに向かっていたので、取り敢えず女性の話を簡略にメモして置き、後日に再び会うことにした。その後しばらくは忙しさにかまけてヨーコのことを忘れていたが、偶然に私が出講した大学の教養講座の時間に、学生がヨーコの本が韓国で販売禁止処分になったことに対して、どう思うかと質問してきた。ほんとうに頭が痛かった。ヨーコの本によってコリアン・アメリカンの生徒が、学校に行けないのはあってはならないことであり、また、日本人の過去の体験を書いた本を韓国の国家権力が介入して、販売禁止にしてはならないことだからである。

その日から、私は博士論文の方向を変えることにした。もともと「朝鮮人の強制動員と解放後の帰還」、あるいは「終戦後、植民者としての日本人の引揚げと植民地住民としての朝鮮人の帰還比較」を考えていたが、それを変更し、朝鮮に暮らした日本人の引揚げ問題を博士論文として提出することにしたのである。終戦後、旧日本帝国内の人口移動が持つ普遍的性格と構造のなかでの日本人の引揚げの特徴を、明らかにしようとしたのである。恐らく二〇〇五年にアメリカから父兄が私を訪ねてこなければ、『朝鮮を離れて』は世の中に出ることはなかったかもしれない。

この二十年間、朝鮮人と日本人の「引揚げ」「抑留」「母国定着」に関連する無数の資料を集めてきた。そのなかで私が注目したのは、人々の経験と回想録だった。果たして人々は、自分の歴史的経験をいかに理解し、記録し、反芻しているかという点を、集中的に探ってみた。その結果、世の中のすべての人々の経験は、絶対的かつ貴重なもので、それ自体として尊重しなければならないと考えるに至った。

しかし、同時にそうした経験が「個人」の領域を越えて「集団の記憶」、「権力が介入した公的記憶」に転化されることもある。それだけに、歴史的構造と背景を無視し、自己満足的に合理化する根拠になりもするし、歴史的事実すらも歪曲され、他人や他国を攻撃する武器にもなる。だから厳密な学問的検証を通じて、そうした記憶と認識が形成される過程と特徴を、徹底的に明らかにする必要があることを自覚しなければならない。こうして『朝鮮を離れて』は世の中にお目見えすることになった。言い換えれば、本書の執筆過程は、日本人引揚げ者に対する同情・共感・感情移入と距離を置きながら客観化・対象化する作業の繰り返しであった。

私は、磯谷季次《いそがやすえじ》さんが他人の苦痛を共感するとともにその原因を構造的に理解しようとする態度に深い感銘をうけた。遅ればせながら、彼のイデオロギーと関係なしに、相手が植民地の朝鮮人であれ、敗戦した日本人の引揚げ者であれ、人間に対する深い愛情を死ぬまで実践した磯谷季次さんの冥福を祈りたい。そして、日本帝国と植民地の朝鮮が共に生んだ「境界人」として自分の「歴史的なアイデンティティ」に絶えず悩みながら、朝鮮からの引揚げに関する膨大な資料を緻密に整理してくれた森田芳夫さんにも感謝の気持ちを附記したい。私のこの本は、磯谷さんから学んだ人間に対する理解方式と森田さんが残した貴重な資料を基盤にして、人々の歴史的な体験を大衆の言語で本にまとめただけである。

日本読者の健康な批判を歓迎する

留学時代の私の日課のうちの一つが、君島研究室のFAXに届いた様々な悪口が書かれた紙を始末することだった。私は最初、それらの短い日本語が何を意味するのか理解できなかった。辞典にも出ていない罵詈雑言が無数に書かれていた。後日知ってみると、君島先生の著書や論文を非難する悪質な憎まれ口だった。言い分は日本の植民地支配を批判したことが「自虐的」だというもので、直ちにそのような研究はやめろと言うのだった。私がそうしたFAXを集めて先生にお見せすると、そのたびに先生の顔に浮かんだ微妙な「苦笑い」が記憶によみがえる。先生は「韓国のことわざに〝罵られれば長生きする〟とあるじゃないか、私は長生きするよ」とおっしゃった。

それから十余年が過ぎて、私も『朝鮮を離れて』韓国語版を出し、時には抗議や非難の e-mail を受けたりもする。世の中が変わってＦＡＸや e-mail を使うようになったが、本質は変わってはいない。つまり、私は、朝鮮で悪いことをし、日本が負けて本国に追放された日本人を哀れんで描写した。それで日本人を擁護しているのではないかと批判するのである。もう一つは、当時の日本人引揚げの特徴と構造を立体的に明らかにするためには、さらに学問的な性格に補完しなければならないというものだった。

二つの批判ないし批評は、いずれも予想したものだった。私は日本人の立場や境遇を擁護しようとは思っていない。日本人の体験した内容を取り上げることで、当時の日本人引揚げ者が自分の状況を、どのように認識していたかを客観的に伝達しようとはしたが、それに対する評価は読者にゆだねている。つまり、私は評価のための材料を提供しようとしたのだ。また、学問的性格の補完問題は研究者として、今後、永遠の宿題でもあるが、私はすでに学術論文の発表によって、このテーマで十余編の論文を韓国と日本で発表している。したがって、学問の領域での論争を望むのであれば、私の学術論文を読んで頂ければ宜しいと考えている。

さらに、本書では徹底して大衆的な言語を使用することとした。なぜならば、現在、韓日両国でたびたび論じられる人文学の危機というものは、研究者が大衆を無知のように扱い、大衆の言葉で書く努力を疎かにしたことが主たる要因と思うからである。いまや研究者も外国語のために努力するくらい、大衆の言語で自分の物語を伝達しようと努めなければならない、それでなければ、よって立つ場はいっそう狭まってしまうだろう。私はこの十余年間、韓日、韓中日の歴史共同教材を執筆しながら、やさしく書くこと、大衆の言葉を駆使することが、どんなに難しいかを知った。

いま本書は私の手元を離れようとしている。いかなる評価を受けるか、すべては日本人読者にかかっている。もし、批判が韓日間の健康な未来のためのものならば、どんな批判も歓迎する。私は心配してはいない。私は相変わらず日本社会の集団的知性、個人の良心、そして歴史のなかの一人ひとりが、ともにつくりだした叙事的な歴史物語が持つ圧倒的な人文学の力を信じているからである。どうか本書を通じて終戦後の日本人引揚げ者の経験が、朝鮮戦争を経た韓国と北朝鮮民衆の間で、またアメリカを頂点とする安保体制のなかで、韓国と日本が直・間接的に参戦した戦争、つまりベトナム人民が体験した戦争と異なりはしないことを、ともに考えてくだされば幸いである。そして、引揚げの苦痛は一九四五年の敗戦の結果ではなく、十九世紀以来の海外侵略と移民・植民段階から潜在したものが敗戦をきっかけに現れたことを改めて認識しなければならないと思う。

同時に、戦争を引き起こした集団、戦争で莫大な利益を上げた集団はいつも別にいたこと。彼らは絶えず「国家」と「民族」を大義名分にし、善良な民衆を欺こうとしている。彼らは戦争が終わると、その被害はいつも「われわれ全てのもの（所謂、戦争被害受忍論や広義の被害者論等という無責任な論法の暴力性）」だとし、依然として民衆を欺き、自分の利益を獲得した事実を忘れてくれることを望んでいる。もし、透徹した歴史認識を共通のものにできたら、私たちは初めて互いの悲しみを共有することになるだろう。たとえば、日本で二〇一一年に起きた東日本大震災や、二〇一四年、韓国のセウォル号沈没事故などの国家的な災害が発生したとき、私たちは被害者に対して国と民族を越えて、互いに慰めの温かい言葉をかけることができる。彼らはみな「国や民族から切り捨てられた」私たちの隣人だからである。

最後に、私が本書を書くのを支援してくれた日本の友人・知人の方々に、感謝の気持ちを伝えたい。私の人生の教師である君島和彦教授と君島ゼミの皆さん、最近は翻訳家として活躍している私の最初の日本語の先生の堀千恵子さん、韓日歴史共同教材をつくりながら、自国史の相対化と関連して多大なサポートをしてくれた福岡教育大学の小林知子さんと同僚の研究者と教師のみなさん、研究者として私が苦しむたびに、いつも酒杯を交わしてくれた親友の追手門学院大学の山口公一氏、私の引揚げ研究の視野を広げて下さった上智大学の蘭信三《あららぎしんぞう》教授、東京大学の外村大教授、国文学研究資料館の加藤聖文教授、そしてソウルで日本人駐在員として私の韓日関係の歴史講座に参加している「歴史散策会」の皆さんに感謝を申し上げます。

さらに、「K‐BOOK振興会」の「日本語で読みたい五〇冊」に本書を推薦し、みずから読みやすい日本語に翻訳された舘野晳氏、本書出版の意義を認めて出版を決断された明石書店代表の森本直樹氏、丁寧な本づくりをしてくださった同社編集部の佐藤和久氏にも、感謝の念をお伝えします。

二〇一五年十月二十七日

ソウルにおいて　李淵植

はじめに――〝抑留と脱出〟、〝送還と密航〟の変奏曲

近代以来、韓国と日本の「出会い」を扱った書籍はとても多い。大抵これらは日本の朝鮮侵略と収奪を語っている。ところがまさにこの具合の悪い出会いを契機に、日本帝国という垣根のなかでの両民族の支配と被支配、収奪と抵抗、妥協と葛藤のまだらな関係が、解放の局面でどのように締めくくられ、その後いかに再編されたかを扱った書籍に接することはまれである。その結果、一九四五年の解放を境に、日本人が朝鮮半島を離れてから、この地に及ぼした罪悪と弊害に関しては、これまでほとんど知られていなかった。

また、日本の植民地支配から南北分断に移行し、北朝鮮に進駐したソ連軍が日本人の移動を禁止したため、一九四五年から四六年の冬にかけて少なからぬ日本人の飢餓や凍死が発生、その結果、一九四六年の春からエクソダスを彷彿とさせる大規模な集団脱出が開始された事実も、やはり日陰に隠されていた。本書は解放後に多様な形で現れた、韓日両民族の「離別」方式と人間群像を、日本人の手記・回顧録などをもとに立体的に再構成を試みたものである。

韓国では解放後、自国に帰った日本人を、しばしば「植民者」または「支配者」と呼んできた。しかし実際のところ、当事者は自分の意思とは関係なく、植民地から強制的に追放された「敗戦の被害者」

という強い認識を持っていた。彼らは日本に帰国してからは、同胞からは植民地の人々を搾取し、栄華を極めた大陸侵略の尖兵と批判されたりもした。そればかりか相次ぐ空襲と敗戦で満身創痍になった日本社会は、彼らを内地の人々の職場を奪い、食糧を減らす迷惑集団と見なした。

それゆえに引揚者は、自分たちが後にした朝鮮だけでなく、母国においても蔑視の対象から免れない日本帝国の「私生児」集団の扱いをされた。そのためだろうか。彼らは敗戦と引揚げという頑《かたく》なな個人の歴史的体験を、主に「被害・被害者」の側面で位置づけている。けれども彼らは、戦後日本の「海外からの引揚げ者」である以前に、植民地で日本帝国の誕生と成長を助けた「植民者」だったことは否定できない。だから筆者は本書において、一九四五年の日本の敗戦と本土帰還の局面で、朝鮮の植民者たちが身につけた二つの顔の実体解剖を試みたのである。

特に多様なエピソードによって、朝鮮で敗戦を迎えた日本人たちが、いかなる考えを持ち、どのような行動をしたのかを広範囲に再現してみた。これらのエピソードのなかには、高級情報を独占し権力を利用して真っ先に逃亡した植民地機構の上部官僚、朝鮮の文化財と貴金属、さらに生活全般までそっくり日本に密かに搬出した金持ち、日本人が残した家屋と財産を入手すべく各種ロビー活動に励んだ朝鮮人ブローカー、自分がなぜ〝故郷〟を離れて馴染みのない〝日本〟に帰らねばならないのかを理解できなかった朝鮮生まれの日本人、食物に窮して自分の教え子の朝鮮人生徒の家の家政婦になった女性教師、極寒のさなかロシア兵士に殺害される危険を冒して素足で三十八度線を越えて脱出した女性、朝鮮人独立運動家を拷問した罪で人民裁判に処せられた日本人警察官など、様々なケースが現れる。これらを通じて韓日両民族が離別する過程で、創り出された複雑極まりない場面を、読者が生々しく理解してくださることを願っている。

本書は全七章で構成している。

第一章では、一九四五年八月十五日、朝鮮で敗戦を迎えた日本人社会の内部で起こった様々な対立の様相を取り上げている。敗戦という非常事態を迎え、資産と権力を持つ指導層は、あらゆる手段を駆使し真っ先に逃亡した。彼らから取り残された日本人は、母国が自分たちを見捨てた以上、どうしても自力で生き延びねばならないと脅迫観念にとらわれ、相互不信をいっそう深めた。そして日本人共同体の崩壊は、いっとき存在すら忘れて暮らしていた朝鮮人に対する恐怖心を募らせた。集団恐慌状態に陥った日本人は、それぞれ自分の生きる道を求めて懸命になった。彼らは通帳と印鑑を手に預金の引き出しをしようと銀行に駆けつけ、帰国直前には旅費を準備するために家財の処分に余念がなかった。それらはあらゆる物資が溢れた闇市場の姿が象徴している。

第二章では、危機に瀕した朝鮮総督府官僚らの動きを扱った。当時、日本の中央政府は、海外植民地に居住した日本人が一斉に本土に帰国し、社会的混乱を引き起こすことを望んでいなかった。だから朝鮮総督府に特別な事情がない限り、在住日本人は現地に留まるように誘導せよと指示した。けれども、それは総督府の立場からすれば極めて不当な指示だった。植民地機構の治安維持能力は敗戦とともに限界に達しており、反面、朝鮮人から日本人追放の圧力は日増しに強まっていたからである。

その結果、四面楚歌に陥った総督府の高位官僚は、日本人の安全を策してアメリカ軍を相手に様々なロビー活動を展開した。通貨危機によるモラトリアムを防止しようと、日本本土から朝鮮銀行券を空輸し、朝鮮人を相手に脅迫と妥協の両面策を駆使した。さらに占領軍による総督府の解体に備えて「日本人世話会」なる外郭団体を組織、南朝鮮在住日本人の帰還を支援し、北朝鮮に滞在する日本人の脱出工作を背後から指導した。

第三章では、朝鮮残留と本土帰還の二者択一状況で、絶えず動揺した日本人の姿を描いた。朝鮮半島の日本人の相当数は、敗戦になってもそのまま朝鮮に残留することを望んでいた。特に三～四代にわたり朝鮮で生活基盤を築いた者は、外国人の身分になっても構わない、朝鮮に骨を埋めたいと広言していた。彼らは長く朝鮮で暮らしたため、日本には頼るべき縁故も親戚もいない場合が多く、何よりもこれまで朝鮮で築いた財産と人間関係のネットワークを、どうしても守りたいとの意思が強かった。したがってこの章で扱う内容は、朝鮮人による追放圧力、アメリカ軍政当局の送還政策によって残留と帰還の岐路で動揺し、自分の財産を守るために右往左往した日本人の多様な姿である。

第四章及び第五章では、南朝鮮とは異なり集団抑留状態に置かれた北朝鮮の日本人を取り上げた。アメリカ軍は大部分の日本人を一九四六年二月までに内地に集団送還させた。しかし、ソ連軍は朝鮮半島北部に進駐すると、日本人の移動を全面的に統制し、男性は満州とソ連に連行し強制労働に従事させた。残された女性、子どもや老弱者はアメリカと日本政府に救出を要請した。これを受けてアメリカはソ連と交渉しようとしたが、ソ連側は一切の外交交渉を拒否した。結局、三十八度線以北に抑留されていた日本人は、ソ連軍の満州撤収が開始された一九四六年春から四七年初頭にかけて、自発的に避難団を結成し集団脱出を敢行した。つまり第四～五章の内容は、長い集団抑留状態に置かれていた北朝鮮内部の日本人の去就と脱出過程を追ったものである。

第六章では、朝鮮から帰国した日本人が、内地の同胞にいかに処遇されたかを扱った。内地の人々は引揚げ者をなぜ無視し警戒したのか、それに朝鮮からの帰国者はどんな考えを持ち、本土の人々の冷たい仕打ちにいかに対応したかを探ってみた。これらに関するエピソードは、当時の新聞の社会面を、賑わした引揚げ者自殺のニュース、誰にも打ち明けられない朝鮮への懐旧の情、旧植民地に残してきた財産を取り戻すための補償要求運動などに依っている。読者はこの章において、旧植民地の加害者が戦後の日本社会では、戦争被害者に変わる過程を時間の流れに沿って追体験できるだろう。

最後の第七章では、日本人の本土帰還が解放朝鮮に及ぼした影響を扱った。様々な関係を語るときに、出会いの記憶にも増して記憶に残るのは別離である。ここでは帰還過程で見られた日本人の具体的な行動形態と、それが朝鮮社会に与えた影響、そして、その結果、形成された帰国日本人に対する朝鮮社会一般のイメージをまとめてみた。特に新聞に連日のように登場した帰還を目前にした日本人の犯罪事件、日本人財産の密搬出状況、日本人の残存財産を入手するために朝鮮人社会で横行した密輸網などを取り上げた。

本書を刊行するまでには、大勢の方々からご支援をいただいた。とりわけ、ソウル市立大学校と東京学芸大学の諸先生をはじめ、韓日両国の教師と大学院生が、約十年にわたり根気強く続けてきた「韓日歴史共同教材シンポジウム」は、古代から現代に至るまでの韓日関係を顧みるのに貴重な機会となった。筆者を指導してくださった鄭在貞先生と君島和彦先生、母校のイ・チョンヒ（이존희）、パク・ヒヒョン（박회현）、イ・ウテ（이우태）、廉仁鎬《ヨム・インホ》、李益柱《イ・イクジュ》、裵祐晟《ペ・ウソン》、キム・チョンソプ（김종섭）先生、木村茂光、

坂井俊樹、馬淵貞利先生に感謝の言葉を申し上げたい。そのほかに紙面の関係でお世話になった全ての方々のお名前を記すことはできないが、先学として多くのことをご教示くださったチェ・ヨンホ（최영호）、キム・クァンヨル（김광열）、鄭恵瓊《チョン・ヘギョン》先生をはじめとする「韓日民族問題学会」の諸先生、植民地時期の朝鮮人徴用・徴兵問題に触れさせてくださった「日帝強占下強制動員被害真相調査委員会」のパク・ファンム（박환무）、シン・ヨンスク（신영숙）、ホ・クァンム（허광무）、バン・イルクォン（방일권）、オ・イルファン（오일환）先生、そして京城の日本人に関心を持つように援助してくださった、ソウル特別市市史編纂委員会のシン・ヒョンシク（신형식）委員長と、ナ・カクスン（나각순）、チョン・ヒソン（정희선）、イ・サンベ（이상배）、パク・ウンスク（박은숙）、パク・ミョンホ（박명호）、パク・フィチョン（박희정）、パク・ヒョンスク（박현숙）先生にも、感謝の言葉を捧げます。併せて長い期間を黙って見守ってくれた妻の柳芝鉉《ユ・ジヒョン》と、沢山遊んでやれなかったパパを幸いにも慕ってくれた娘の娟宇《ヨンウ》、さらに黙々と息子のために祈ってくださった両親にも感謝いたします。不満足な書物ですが、これらの方々の支援がなければ、本書は世に出ることは困難だったでしょう。最後に、筆者の文章を長いあいだ待ってくれた歴史批評社の趙元植企画室長と、趙水瀞氏のご労苦に対しても、感謝の気持ちを捧げます。

二〇一二年九月

東京神田神保町のカフェで

李 淵 植

朝鮮引揚げと日本人——加害と被害の記憶を超えて

目次

目　次

第一章　予期せざる災難、敗戦

一　引き返した朝鮮総督府高官夫人の船

一九四五年八月十五日、釜山《プサン》地方交通局長の田辺多聞《たなべたもん》は、上部から「本日の正午、重大ニュース発表がある旨の予告があった」と連絡を受け、交通局の幹部一同とその重大ニュースを聴取した。それは予想どおり降伏の大詔に関する内容だった。どうにか心を鎮めた田辺局長は、集会場に局員全員を集合させ「今後何分の指示を待つように」と訓示する。翌日、ようやく京城《けいじょう》交通本局からの連絡が届いた。非常時局であるだけに、彼は内心では当然に交通機関の運行と関連する重要指示だろうと思っていた。しかし、それはまったく予想もしなかった内容で、彼に対する第一の命令は「内地に出港できる機帆船はないか？」というものだった。後日、判明したところでは、朝鮮総督府の総督夫人一行がいち早く内地に引揚げるため、乗る船を至急に必要としたのだった。

八月十七日、隠密裡に夫人らは釜山に到着した。そして即刻、道庁手配の機帆船に、一行は山のよ

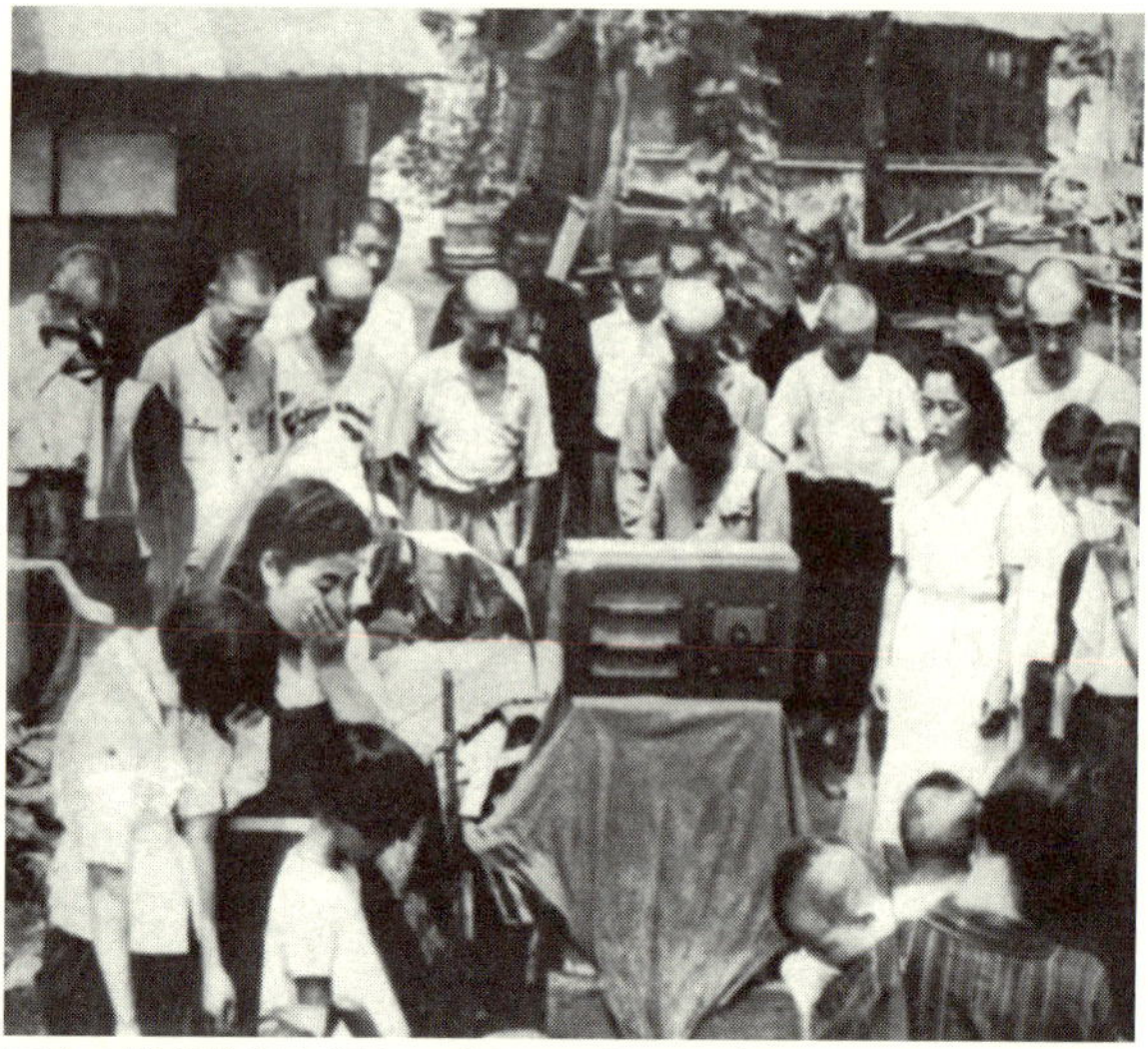

天皇の降伏放送を聞き、悲しみに浸る日本人
　朝鮮に暮らした日本人にとって降伏の放送は、取りも直さず苦難の始まりを意味した。日本人は敗戦と同時に支配者として享受したすべての特権を剝奪され、その前面には本土帰還と残存定着という厳しい選択の道が控えていた。
(『一億人の昭和史4　空襲・敗戦・引揚』毎日新聞社、1975年)

うな荷物を積み込んで内地へ向かった。ところがこの船はいくらも進まないうちに、牧島《モクト》付近で沈没しそうになった。運航途中に船がしだいに片側に傾き始めたのである。最初は船がもともと古かったこと、天候の急な悪化、そして激しい波濤のためと考えられた。けれども理由はまったく別だった。それは積荷の過載によるものだった。夫人一行が朝鮮で集めた貴重品類を、どうしても日本に持ち帰りたいと無理やり積み込んだため、船がその重量に耐えられなかったのだ。一行は折角の荷物を半分以上も海中に投げ捨て船足を軽くし、命からがら釜山へ舞い戻った。紆余曲折の果てに、命を取りとめた夫人らは、前日に釜山に到着したときと同様、周囲の人々の目を避けながら京城に立ち戻った。(1)

折悪しくも、この日は日本が四年前にアメリカを相手に、戦争を仕掛けてから開始された釜山地域の灯火管制が解除された日だった。だから朝鮮人にとっては久しぶりに夜景を満喫し、初めて解放を実感できた意味深い日だった。しかし、総督府高官夫人一行にすれば、市街地の明るい燈火のもと、京城に戻ることになった自分たちの惨めな姿が照らし出されたので、それはひどく恥ずかしいことだったろう。

富と権力、そして最高級の情報を独占した階層は、敗戦のニュースを聞くと、先を争いあらゆる手段を尽くし、生活の全てまで密かに日本に搬出しようと画策した。ところが彼らの周辺には、その気持ちだけはあっても、そうはできない大勢の日本人がいた。彼らは指導層の動きを見守り、指導層に対する激しい背信感を覚えたのだった。

一九四四年に、慶尚南道《キョンサンナムド》河東《ハドン》小学校に発令された新卒教師、藤原千鶴子（一九二四年生まれ）は、「お金のある人たちは三々五々に組を作り、密かに船を仕立てて帰国しました。けれどもわが父母のようにお金のない教師たちは最後まで残っていて、釜山まで行って公式送還に身を委ねねばなりませんでした」と語っている。(2) 彼女は夫とともに教師をし、さらに自分が在職していた小学校の校長は義父だった。朝鮮で比較的安定した生活をしていた藤原千鶴子ですらも、このように疎外感を披瀝しているのを見れば、帰還時期と方式をめぐって日本人社会内部の階層間の対立が、どんなに深いものだったかがわかる。

こうした対立はともに密航した同一集団内でも絶えず起こった。一例として、全羅北道《チョルラプクド》居住の日本人は群山港《クンサン》から内地に帰る計画を立てた。彼らはいち早く二隻の船を手配し、船積みする荷物を全て群山に送った。しかし、出帆直前に群山の朝鮮人青年隊員が禁制品検査の名目で船内に乗り込んできた。彼らが船にぎっしり積み込まれた荷物の包みを解いたため、それらは野ざらしになったり、盗まれたりしてしまった。しかも、この船積みされた荷物の大部分が、道庁幹部の荷物であることが明らかになると、ともに密航を希望していた一般人の憤激が高まった。(3)

敗戦直後、帰還をめぐって南朝鮮地域の日本人社会内部で盛り上がった雑音と対立は、北朝鮮地域でもそのまま再現された。いやむしろ、いっそう緊迫し極端な様相で現れた。敗戦後、北朝鮮地域の日本人は、直ちにソ連軍によって事実上の集団抑留状態に置かれていた。自分たちがどうなるのか、一寸先も見えない北朝鮮地域の日本人の立場からすれば、南朝鮮地域で暮らした藤原千鶴子のぼやきは、ただ我が儘で、贅沢な感情と感じられるものだった。ソ連軍は北朝鮮に進駐すると、直ちに三十八度線を封鎖したため、そこで暮らした大部分の日本人は、最短で半年から一年あまり内地に帰ることができなくなった。けれども混乱と抑留状況においても、ごく少数の軍人や警察官などと、地方の高位官僚や大企業の幹部ら、そして家族たちは占領体制が整備される以前に、いち早く三十八度線を越えて内地へ帰った。

植民地時代の日本鉱業株式会社は、平安南道《ピョンアンナムド》の鎮南浦《チンナムポ》に住む日本人約一万五千名のうち七〜八％が在職した屈指の大企業だった。だが、一九四五年八月末に、朝鮮人がこの会社を接収し、日本人職員は職場から追われて道路整備や港湾人夫などの雑役に動員された。ソ連軍が日本人の移動を全面的に禁止したので、そこから逃れようとすれば、密航のほかにこれという方法はなかった。このため約千名もの職員は、それぞれ脱出計画を立て虎視眈々《こしたんたん》と機会を狙っていた。そんななか九月末に、この会社の工場長と課長級以上の幹部だけが、秘かに密航船を手配し、京城に脱出した事件が起こった。その騒ぎに残された一般職員たちは、さらに強化された監視体制のもとに置かれることになった(4)。これは個別の職場においても、帰還をめぐって職位に応じた階層間の対立が存在したことを示している。

一方、江原道《カンウォンド》にはソ連軍がいち早く進駐し、後にアメリカ軍が管轄することになった地域がかなり多かった。ソ連軍の進駐と同時に、鉄原《チョロン》・金化《クムファ》・准陽《フィヤン》・通川《トンチョン》・高城《コソン》・襄陽《ヤンヤン》・江陵《カンヌン》などでは、郡守と警察署長が真っ先に抑留された。すると近隣地域の身の危険が迫った警察官たちは民間人、すなわち自分が保護すべき管轄地域の日本人を見捨て、自分の家族だけを連れて南側に逃亡した。彼らはたいてい交通の要衝の春川《チュンチョン》に向かった。治安担当者のこうした行動が、後方から避難してきた人々に知らされると、春川に到着した彼らは、その地域の日本人の冷たい視線と冷遇を受けねばならなかった。そんな彼らの世話をしたのは春川の警察関係者だけだった。

当時、軍首脳部が見せた一連の態度も、やはり世論から批判された。八月二十八日、ソ連軍が予想もしなかった三十八度線以南の春川道庁に進駐すると、日本人は困惑した。ソ連軍が果たしてどのような要求をしてくるかが、日本軍首脳部の焦眉の関心事だった。しかし、こんな状況でも道庁の日本人指導部は互いに尻込みし、ソ連軍と対面するのを憚《はばか》っていた。結局、数名の幹部がおずおずと朝鮮人民委員会側が主催したソ連軍歓迎会に参席した。進駐軍の最終目標は日本軍の武装解除だったので、当然ながら日本軍首脳部が参席しなければならない。だがなぜか軍の責任者は姿を見せなかった。

日本人社会から袋叩きにされたのは、特に地域の憲兵隊長だった。彼はソ連軍が春川に進駐するとの情報を真っ先に入手していた当事者だった。にもかかわらず、道庁幹部と軍関係者の連席会議には、身体の具合が悪いとの口実で、自分の部下を代理出席させた。そしてソ連軍が進駐した日からは、いかなる連絡にも応じることなく姿を見せなかった。そして数日が経過しソ連軍の融和的な態度が確認されると、やっと会議の席上に姿を現した。周囲のけげんな視線を無視するように、「ドイツも空襲だけでは兜をぬがなかった。日本も空襲だけでは決して参らん。結局、本土上陸作戦で敵を手痛くやっつけて、最後の勝利を得るのだ」とわめき立てた。彼の発言に会議室は一瞬、冷ややかな空気に包まれた。彼は独り逃げ出した事実が露見し、とうとう憲兵隊のなかで孤立し嘲笑された(5)。

敗戦に際して、旧植民地にいた日本人指導部のリーダーシップと関連して、戦後日本社会で長らく広まっていた話に、ソ連の満州参戦のときに関東軍総司令部が示した一連の動きがある。当時、関東軍の首脳部はソ連の攻撃が開始されると、直ちに列車を動員し、満州国の高位官僚と軍関係者の家族を南側に避難させた。しかし、満州の大多数の開拓団員を含む約百万名に達する一般民間人には、待避命令の発令さえもしなかった。そのため大勢の日本人がソ連地域に連行のうえ強制労働に動員され、混乱のなかで犠牲になった者が数多く出てしまった。そればかりか、この避難過程で見捨てられ、父母の死で残された残留孤児が大量に発生した。論者のなかには「関東軍責任論」に反駁し、ソ連が日ソ中立条約を破棄し、参戦して日本人を強制連行したことを批判するが、総司令部が居留民を保護する余裕はなかった、やむを得ない状況だったと強調する者もいる。

関東軍総司令部に対する「責任論」と「擁護論」が共存しており、いまだに正確な事実関係が不明な状態にある。けれども、ここで見過ごせないのは、僅かな内容上の差はありながらも、当時の関東軍関係者や該当地域からの帰還者が、帰国後に様々な形で関東軍首脳部の動きを論じ、彼らの責任を激しく追求している点である(6)。

日本軍首脳部の問題は、一九四五年八月九日にソ連軍が戦闘を開始し、進駐した北朝鮮でも同じ形態で現れた。ソ連軍が艦砲射撃に続いて市街地の上陸を開始すると、羅南《ナナム》を中心とする朝鮮軍第十九師団は先を争って交通の要地に、憲兵隊を配置し列車を手配確保した。そして咸鏡北道《ハムギョンブクド》の各地から戦乱を避けて集まった一般避難民を北側に追いやり、羅南軍管区の軍人家族だけを乗せた京城行きの列車を南側に向けて発車させた。それだけでなく敗退をくり返した朝鮮半島北端の軍部隊は、召集令状を乱発して一般人を犠牲にした。

当時、日本窒素肥料株式会社の阿吾地《アオジ》人造石油工場長だった柴田健三は、「なにも事情を知らない多くの人びとはその赤紙によって会寧の兵舎に集められ、武器がないためスコップを持たされ、ソ連軍に対する〝弾よけ〟代わりにさせられたわけである」と糾弾している(7)。軍司令部は太平洋戦争が勃発すると、植民機構の総督府よりさらに屈強な影響力を行使し、敗戦と帰還の局面では、このように露骨な棄民政策を広範囲に実行したのだった。

敗戦は半世紀の間、アジアを号令した日本帝国に総体的な亀裂をもたらした。それは単に帝国が支配した領域の空間的分離や支配ネットワークの崩壊で終わらなかった。さらに重要な問題として浮上したのは、それまで努めて隠蔽したり、帝国の論理で強制弥縫したりしてきた日本人社会内部に潜在した不信と対立が、敗戦を契機に露呈した点である。特に非常時局に臨んで私利私欲と個人の保身だけを追求する社会指導層の厚顔無知な行動は、ついに民心の離反をもたらした。また、それは長い期間、海外の日本人社会を一つに束ねてきた帝国の理念と価値観を急速に破壊した。指導力と相互信頼の崩壊は、社会構成員の危機感と被害意識を高潮させ、急速に極端な利己主義に走らせ、各地で日本人共同体の解体を促した。

いまや「自分だけでも生き残りたい」という原始的本能だけが残った朝鮮の日本人たちに、天皇の民草《たみぐさ》として国のために献身する均質化された帝国日本の印象を期待することは難しくなった。状況が厳しくなると、日本人を相手に植民支配に対する反省を求める朝鮮人社会の声を、きちんと聞き入れる余裕はなくなった。植民地機構の高位官僚に象徴される国家はもちろん、長い期間信じて支え合い、情を交わした隣人すらも、自分を見捨てるとの背信感と被害者意識、それに伴うただ自分の生命と財産を守らねばならないとの強迫観念と危機意識だけが、日本人たちの脳裏のすべてを支配していた。

植民地支配に対する反省は、近代以来の韓日関係と朝鮮で過ごした自分の生き方全体を、相対化したときに獲得できる観念である。したがって自分本位の集団的情緒が支配する限り、日本人社会内部からの自省を求める朝鮮人の要求は滅多に擬制化はされず、根拠のない空話と見なされた。日本人はただどうすれば自分と家族が安全に日本に帰国できるか、また、朝鮮で稼いで貯えた財産をどんな方法で、寸分も漏らさずに持ち帰られるかと考えており、ただの一日も頭のなかが晴れる日はなかった。

二　わけ知らぬ恐怖の実態

京城電気株式会社の社長、穂積真六郎《ほづみしんろくろう》（一八八九〜一九七〇）(8)は、天皇の降伏放送を聴くと、直ちに現在の乙支路《ウルチロ》一街《イルガ》にあった社屋に戻った。彼は非常時局を迎えて「もしもただの一分でも停戦の事態になれば、恐ろしい結果になる」と、全職員に会社に対する重い責任を喚起させた。彼はこの厳しい時局に一瞬の暗黒がときに朝鮮人に対する恐怖と混じれば、日本人が体感する恐怖は極に達するという事実を良く知っていた。このように敗戦は日本人にとって彼らの周辺にいた朝鮮人の存在を認識させたのだった。

一九四五年八月十六日、事務室から見える南大門周辺には、いつの間にか赤い旗を手にした朝鮮人たちが万歳を叫び、京城駅の方角に向かっていた。聞いてみると午後三時頃にソ連軍が到着するとの噂が広まっているという。折しも総督府から一本の電話が掛かってきた。社員が引き留め心配するのを聞き流し、彼は単身道を急いだ。彼は最初、大した騒動にはならないと思っていた。以前、満州事変が勃発したときも、彼は恐れることなく満州の平原を闊歩したことがあったからだ。しかし天下の穂積も、すでに京城府庁前の広場を埋め尽くした群衆の波を見ると、驚かざるを得なくなった。府庁前を経て光化門方向に歩みを移そうとすると、急に群衆が四方に散らばり始めた。警察のデモ隊解散作戦が開始されたのである。その瞬間、穂積の脳裏に長い間忘れていた一九一九年の「万歳事件」〔三・一独立運動のこと〕が浮かび上がった。思い出してみると、こんなに大勢の朝鮮人を見たのも、あの事件の後にはついぞ無かったことだった。彼は朝鮮統治三十六年のうち、最後の十年に続いた戦争で、暮らしの苦しい朝鮮人があれこれと不平を抱いているとは思っていた。けれども、それは決して総督府の「穏健な」文化統治に対する敵対的不満ではないと信じていた。(9)

だが、彼の考えがあまりにも表面的だった点は、天皇の降伏宣言の直後に、朝鮮人が行なった集団行動によって明らかになった。連絡が途絶した咸鏡道《ハムキョンド》を除き、一九四五年八月十六日から二十三日までの約一週間に、中央に報告された朝鮮全域の「不祥事件」は全部で九百十四件だった。事件の内訳を見ると、朝鮮人が集団で襲撃したのは、主に警察署、地方行政機関、神社だった。また、個人に対する殺傷と暴行事件は二百六十七件と報告されている。主たる標的は警察官、学校の教員、行政機関の公務員、その家族たちだった。(10)当時の北朝鮮地域は言うまでもなく、南朝鮮地域でも報告体系はまともに機能していなかったので、奥地で起こった小さな事件は、集計から漏れている可能性があった。(11)だからこの報告の数値を、額面どおりに信じることはできない。しかし、事件の様相に注目すれば、いくつかの重要な特徴を発見できる。

第一に、統治期間を通じて朝鮮人の日常を直接的に統制した警察署・駐在所・行政官署に対する襲撃が多かった。第二に、各地域の神社に対する攻撃も目立った。これは朝鮮人がどんなに神社を「倭族偶像の伏魔殿」(12)と認識していたかを物語っている。第三に、奇異に思うかもしれないが、被害者は日本人よりも朝鮮人がはるかに多かった。

さて、これらの現象をどう説明すべきなのだろうか？　直接的な原因は、非常事態が発生すると、治安と行政機関は高度な情報を扱っており、命令系統では上位職にいる日本人が、朝鮮人の部下職員に責任を負わせ、いち早く避難したためである。そしてさらに根本的な原因は、行政組織末端の朝鮮人を利用し、民衆支配を行なってきた総督府の統治方式に求めねばならない。集団行動はときには緻密な計画によって組織的に実行された。けれども解放後、約一週間になされた暴行・襲撃などの事態は、それまで封印されていた朝鮮人の持ち越された感情が、整序されず一気に噴出したものだった。この時期に起こった事件は不意に味わった解放感から生まれた非理性的行動だったが、朝鮮人らしい率直な内幕も現れるという、そんな両面的な性格を帯びていた。その結果、植民地支配末期の戦時体制のもとで、食糧と物資を供出し、海外の軍需工場・炭鉱・戦場などに人々を徴発するとき、先頭に立たされ悪役を受け持たされた朝鮮人が、かつての鬱憤をたっぷり支払わねばならなかった。言うなれば、群衆の視線はそれを指示し管理した日本人よりも、日本人の手足の役割を担った人々に向けられたのである。

総督府は、敗戦後にくり広げられたこうした事態に当惑し、八月十八日に各機関に掲げられていた天皇の真影（写真）の焼却を指示し、他方で、朝鮮各地の神社に、速やかに本殿や神体に不敬にならないように昇神の儀式をせよと伝達した。日本の植民地支配の象徴である天皇の写真は言うまでもなく、神社は居留民に対する災難の厄除けとして、情緒的安定感を与える日常的空間であり、日本文化を具現していた。その神社が「不敬」極まりない朝鮮人によって破壊されるのを黙視できなかったのである。(13)日本人は事件の軽重と多寡を離れて、こうした初めての事態を経験し、集団的恐怖の苦しみを味わった。

　ところで、日本人が感じた生硬な恐怖感は、多少逆説的に聞こえるかもしれないが、朝鮮・朝鮮人に対する総体的無知と無関心に起因するものだった。職業的に朝鮮人社会の動向に敏感である諜報・情報系官僚、朝鮮半島に大資本を投資した企業幹部など、ごく少数を除いた大部分の日本人は、事実上、朝鮮人の存在をほとんど意識せずに暮らしてきた。こうした傾向は植民地支配の初期に多くの朝鮮人の抵抗を経験した第一世代とは異なり、「文化統治」期の朝鮮で生まれた植民地二世の場合により鮮明に表れた。

　彼らは朝鮮を他者として認識するよりは、もともと日本本土の一部と考えていた。まさにこの情緒こそ朝鮮人の不満と抵抗を適切に処理した「穏健な」文化統治の産物だった。三・一運動以後にこのように大勢の朝鮮人が一か所に集まったことは、いちども見たことはないとの穏積の回想からもうかがえるように、大部分の日本人は敗戦に至るまで、少なくとも朝鮮半島のなかでは、集団的抵抗を皮膚で感知したことはなかった。朝鮮在住の日本人はこうした状況を日常の平和と受け入れ、朝鮮人を自分の日常には何ら影響を与えない、関心外の存在と見なしてきたのである。

　敗戦後、本土に帰った日本人のうち少なからぬ人々が、自分が生まれ長く暮らして馴染んだ朝鮮に対して、漠然とした懐旧の情を披瀝している。ところが彼らの回顧からこみ上げてくる、朝鮮に関する話を丁寧に聞いてみると、朝鮮人に対する記憶や朝鮮人と何かをともにした記憶は、なかなか見いだすことが難しい。これは彼らの朝鮮・朝鮮人観を理解する際に、極めて重要な糸口を提供する。つまり、彼らにとって朝鮮人は、過去を回想するときにぼんやりと浮かんでくる、朝鮮半島の山川草木と異ならない風景の一部にすぎないもので、対等な思考の対象ではなかった。持続的な日常関係のなかで、何らかの意味を与えられた存在ではないため、朝鮮人は日本人帰還者の私的な記憶に、僅かな部分すらも占めることはできなかった。

だから日本人の脳裏に残った朝鮮人は、ほとんどが両班《ヤンバン》、富裕層、留学派などの財力を持ち、日本化・近代化された生活方式を身に付けた人々だった。換言すれば、「日本」と「近代」という物差しで測られた「出会いの資格」を備えた朝鮮人でなければ、確かに浮き上がる価値すらもなかったのである。その結果、彼らの手記や回顧文のなかには、自分と上下関係の縁を結んだ朝鮮人に対する、ごく断片的な記憶だけが記録されている。例を挙げれば、これらのなかに「オモニ」「キジベ」などと呼ばれた家政婦とか、事業場で雇われていた朝鮮人が登場はするものの、その人物像のほとんどは断片的なエピソードや、副次的な記憶として処理されている。

日本人の記憶の対象にすらならなかった朝鮮人は、大抵「○○ちゃん」などの日本式愛称や、「金・李・朴」などの名前のない存在として登場してくる。まさにこうしたねじれた出会いが、日本人の朝鮮人に対する総体的無知によるものであり、一九四五年八月以降に朝鮮人と離別する場面では、恐怖感を極大化させる要因として作用したのである(14)。つまり、ただいるかいないかで存在感が薄く、従順でもあった朝鮮人が、一夜にしてなぜこのように乱暴な行動に出たのかという、原因の分からぬ当惑感に浸されたのである。

ほとんどの日本人は敗戦直後に朝鮮人が示した集団行動を、とうてい理解できなかったのは、それなりの理由があった。居留初期、日本人は集団の安全のために一か所に集まって暮らし始めた。朝鮮人を避けて作った日本人だけの居住空間は、すでにそこに暮らしていた朝鮮人を周辺に追いやって形成され、そうして作られた日本人居住地域は、次第に朝鮮半島全体に拡大されていった。彼らは自分たちだけの空間に、鉄道の駅、学校、病院、官公庁、商店などの日常的施設をつくり、警察、軍隊などの治安機関を誘致し、その空間をさらに安全で便利な場所とした。これは朝鮮人との断絶の壁を高く築いていく過程だった。当然ながら、日本人の居住空間は朝鮮人の空間とは分離され、あたかも孤島のような存在になった。加えて社会的地位と職業によって日常の行き来すら民族別に分離されるようになった。だから、こうした所で暮らしていても、両民族は日常的に互いに衝突することはなかった。

元山《ウォンサン》中学校に通った笠井久義《かさいひさよし》の回顧録には、大虹橋を境に南側の〝元山府〟と北側の〝元山里〟を描写した図が挿入されている。この図を見ると、笠井が生活した元山府には、工場、府民館、銀行、商店、新聞社、公設市場などがずらりと整備されていることが確認できる。反面、北側の元山里には、元山駅と鉄道官舎を除けば、山裾を取り囲む草葺きの家が見えるだけである(15)。彼の頭のなかに記憶された朝鮮人が集まって暮らす元山里は、ガスや電気が通じている元山府とは異なり、夜になれば暗闇に閉ざされる陰鬱な地域だった。また、そこには十分な常設市場もなく、十日に一回ずつ市が開かれる場所で、風呂屋はもちろん衛生観念もない、数百年前の前近代の時計の針が停ったような別世界だった。しかし、彼は元山里がなぜそうなったのか、また、そこの人々がなぜそのように暮らしているのかに関心を持たなかった。そうしたことに強い関心を示さなくても、自分は元山府において日常生活をするのに、何ら不便を感じなかったからである。空間の分離はこのように出会いの断絶と心理的乖離を生んだ。

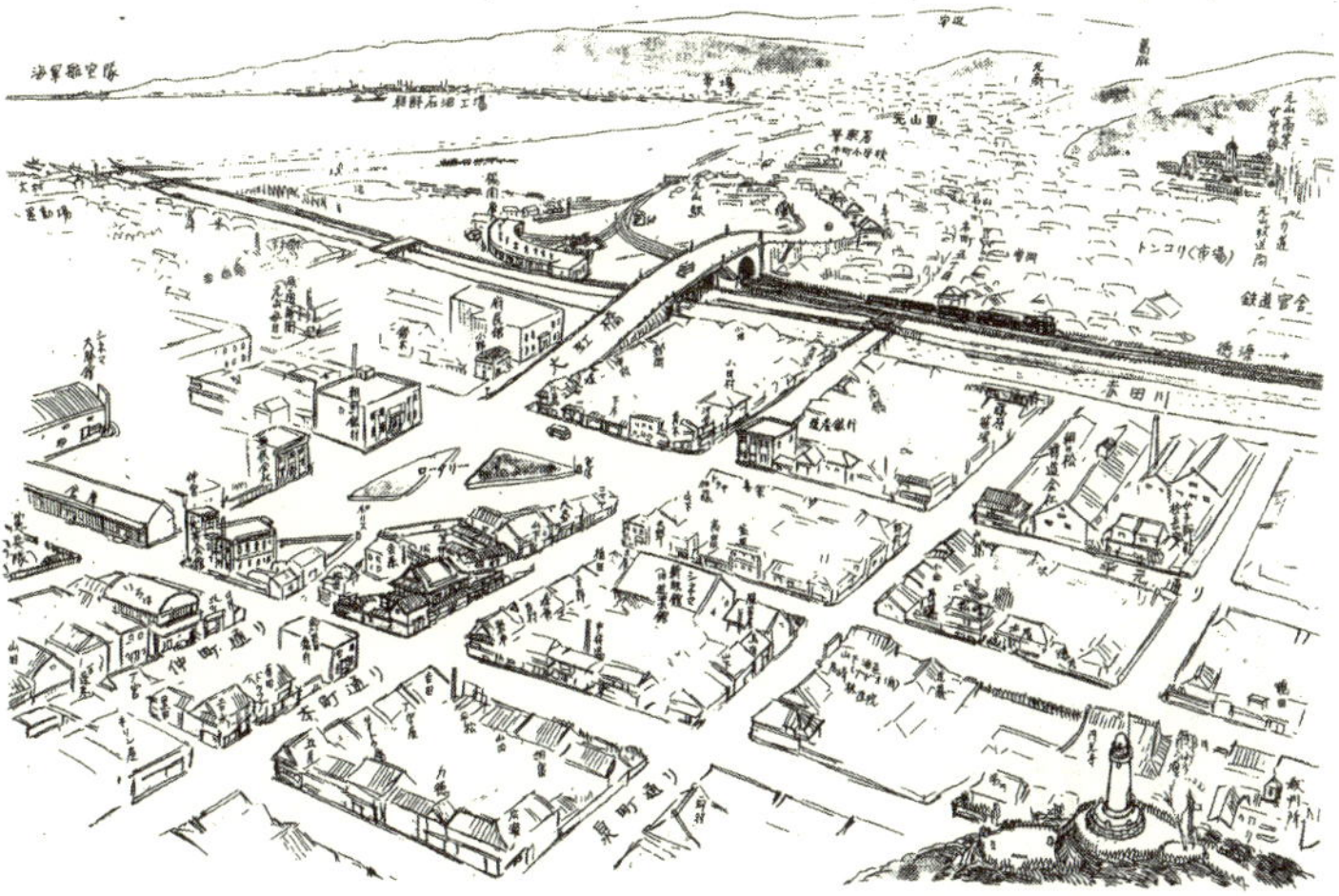

日本人の元山府と朝鮮人の元山里
日本人は各種の便宜施設が集中した都市の府と指定面に集まって暮らした。日本人がつくった日本人街は、朝鮮人を外郭に追いやって占有した空間だった。そしてそこは夜には不夜城となる近代的空間になった。反面、こうした変化の外に置かれた朝鮮人街は、相も変わらぬ封建時代のような差別と疎外の空間だった。朝鮮人と日本人は同じ物理的時空間のなかながら、互いに異なる空間で異なる時代を暮らした。　（笠井久義『元山の想い出』1981 年）

敗戦当時、元山府立国民学校の二年生だった松永育男は、いちども朝鮮人地域で遊んだ記憶がない。彼が覚えている朝鮮人は、時折り頭に籠を載せてやってきて品物を売るおばさんが全てだった。元山にも大勢の朝鮮人が住んでいた事実を、悟るようになるのは敗戦後のことだった。生活費が底をつき、本と衣類を売るために元山里の朝鮮人の在来市場に行ったとき、彼はごったがえしている朝鮮人の姿を初めて目にした。彼らに接するまで彼の頭のなかの元山は、日本人の居住空間だった元山府が全てだった。彼が敗戦を実感することになったのは、大人《おとな》たちの対話の内容と表情だった。いつからか大人たちは朝鮮人について語り始めた。そして話の終わりには、隣近所の日本人の家が放火されたとか、町中の金持ちの家と巡査の家族が順番に放火されたとか深刻な話がいつも付きまとった。幼かったのに、彼は大人たちが朝鮮人を意識していると実感することができた。これは日本人が敗戦後になって初めて朝鮮人の存在を強く認識するようになり、すぐにそれがわけ知らぬ恐怖に変わったことを示すものである。(16) 容易には振り払えない恐ろしさは、朝鮮と朝鮮人をよく知らなかったために、いっそう増幅されたものになった。

中村貴美（敗戦当時二十三歳）は、忠清南道《チュンチョンナムド》江景《カンギョン》警察署の兵事係に勤務していた。天皇の「玉音放送」があった翌日、いつものように出勤してみると、警察署の窓という窓は木っ端微塵に砕かれていた。暴徒はほかでもない経済法違反罪で投獄中か、軍隊に引っ張られた息子か夫を持つ朝鮮人女性だった。署長室に入ってみると、朝鮮人巡査が「今日からはわれわれが署長だ」とうそぶき、回転椅子にふんぞり返っていた。敗戦を実感した瞬間だった。その後からは続けざまに理解不能なことが起こった。穏和だった住民たちが「（日本人は）裸できたのだから裸で帰れ」とののしるかと思えば、神聖な神社に手に石や棒を持って結集し、日本人の家に押し入るようになったりした。そして什器類を破壊し略奪を始めた。この状態を見た町の警防団のおじさんが「戦争に負けたから内地に帰えらにゃならん」という。中村貴美が「敗けたからといってなぜ帰らねばならぬか」と尋ねると、大人たちは何の説明もせずに、ただ「帰らねばならんけん、帰らねばならん」と言うだけだった。彼女も最後は「父親の故郷」に帰ることにしたが、家を離れるその瞬間まで、なぜ「自分の故郷」である江景の地を、後にしなければならないのか理解できなかった。彼女はただリーダーの中傷に付和雷同する朝鮮人の無知と無謀に歯ぎしりしている。そして、私利私欲で血眼になった朝鮮の「ガキ」どもがうごめく地獄に変わった「故郷」からわけも分からぬままに離れたのだった(17)。帰還の際には朝鮮人に対する恐怖心が、いつしか憎悪に変わっていた。

朝鮮人の心を理解できなかったのは、朝鮮で長く暮らした中堅官僚も同じだった。江原《カンウォン》道《ド》の内務部長だった岡信侠助《おかのぶきょうすけ》（一九〇一年生まれ）は、東京帝大法学部在学中に高等文官試験に合格、一九二八年から朝鮮総督府に勤務してきた老練な官僚だった。彼は日本留学を終えて帰ると、近くの朝鮮人と日頃は気安く対話をし、自分なりに朝鮮のことを理解していると自負していた。敗戦の翌日、終日、万歳の声が止まないので、彼は親しく付き合った朝鮮人と会った際に、君たちはなぜそんなに馬鹿みたいに「万歳、万歳」と叫ぶのか、と率直に胸のうちをさらけ出して尋ねた。しかし、彼の質問に若くて将来を嘱望され、日頃から気にかけていた柳某という朝鮮人職員ですらも頑なに答えてくれなかった。彼は思いがけない状況に困惑し、「朝鮮人と我々は別れたのだなあ」としみじみ思って淋しかった(18)。彼は二十年近くも朝鮮での生活を経験していたが、日本の統治に協力した朝鮮人が、日本の敗戦で抱いた複雑な心境までは、ついに理解することはできなかったのだ。

朝鮮から帰った日本人の手記や回顧録において、敗戦はすなわち不安と恐怖のはじまりだった。もちろん植民地支配末期にも、戦争に対する恐怖は絶えず存在していた。けれども恐怖の中心軸は朝鮮人ではなかった。日本人は長い期間、朝鮮で豊かで安楽な生活を送りながら、朝鮮人の存在をほとんど忘れていた。だから敗戦直後に朝鮮人が、なぜ街頭にあふれ出て万歳を叫んだかを理解できなかったそればかりでなく、自分たちがなぜ朝鮮を離れねばならないかについても、理解できない日本人がかなり多かった。彼らが敗戦後に感じた恐怖は、そこが厳然たる朝鮮人の土地だという事実を看過したために増幅されたのである。敗戦後に直面した災難が日本の朝鮮支配に由来するにもかかわらず、わらず、大多数の日本人帰還者が、敗戦後敗戦という直接的な契機にだけ埋没した理由は、まさにそこにあった。

植民地支配の初期には大小の抵抗があったが、三・一運動を起点に堅固な支配統治が続いたため、日本人にとって朝鮮人はもはや恐怖の対象ではなかった。第一世代は次第に支配初期の緊張感を忘れ、第二世代はそうした事実すらも知らないまま朝鮮で暮らしてきた。敗戦後の日本人が経験したこのわけもわからぬ不安と恐怖は、朝鮮人に対する確かな関心を持たなくても、日常生活を営むことができた特権の代償だった。それまでの歴史に対する忘却と無知が、不安と恐怖の原因だったのである。

三　銀行窓口に押しかける

忠武路の京城郵便局に通っていた井上寿美子（一九二三年、京城生まれ）の父親は、敗戦直後の一時期、夜が更けてから帰宅するのが常だった。郵便預金を引き出そうとする人々が郵便局に押し寄せたため、出納業務が急に忙しくなったからである。

彼女の回顧によれば、以前とは異なり日本人を見つめる朝鮮人の視線は厳しくはなかった。それは敗戦初期の混乱が比較的早く収拾され、人々が憂慮したほどの直接的な危険は感じなくなったからだった。むしろ混乱というなら、預金を引き出そうと銀行など金融機関に押し寄せる人波が絶えないことだった。(19)

総督府財務局長の水田直昌《みずたなおまさ》の口述によれば、京城では一九四五年八月十六日だけで、約二億円の預金が引き出された。敗戦当時、京城所在の銀行が保有していた支払準備金の二〇％が、ただの一日で支払われたのである。彼はこのように大きな金額が毎日のように引き出されるならば、どんなに別の金融機関から現金を集めてきても、八月二十二日か二十三日頃には残高不足になり、全ての銀行は閉鎖を余儀なくされると予測していた。(20) もし、各企業の本店が集中している京城の銀行が破産すれば、収拾できない大暴動が起こる可能性を総督府はよく知っていた。預金した資金が一夜にして消えてしまえば、日本人も決して平穏ではいられないのは明らかだった。

敗戦直後の『京城日報』は、当時の総督府官僚が抱いた危機意識を生々しく報じている。敗戦のニュースに接した総督府の行政官僚はやっと一息をついていた。そうしたさなかの八月十九日、朝鮮軍管区司令部がまず前面に出て、混乱を収拾し治安維持に万全を期すと言明した。続いて京畿道《キョンギド》警察部長と総督府情報課長も「ソ連軍進駐説など各種の流言飛語に惑わされないように、また敗戦に伴う一連の政治・軍事的措置は、今後、日本政府と連合国のあいだで結んだ条約に従ってなされるから、絶対に慌てないように」と指示した。(21)

しかし、朝鮮人も日本人も、もはや上部の宣伝を信じる者はなく、金融機関の預金引き出し騒動も、まったく止む気配は見られなかった。状況がこうなると、朝鮮銀行副総裁の星野喜代治《ほしのきよじ》が進み出て、非常時に現金を所持することは危険だと預金者を説得し始めた。同時に八月二十三日を期して各銀行は、引出し超過から預金超過に向かったと宣伝をした。一方、総督府の水田直昌財務局長は追い詰められて、日本の中央政府や連合国総司令部（GHQ／SCAP）と何ら協議もできない旨の談話を、八月十七日からラジオ放送を通じて一方的に発表した。「郵便貯金はもとより各銀行が発行した預金通帳、また各種預金証書と自分宛の小切手を本土に持っていけば、いつでも現金に交換できる。急いで朝鮮から大金を持ち出すと、思わざる盗難事件に出遭うかもしれない」という内容だった。(22)

銀行破産を憂慮した現金の大量引き出し騒ぎは朝鮮全土に広がった現象だった。しかし、こうした状況は預金の余裕すらなかった朝鮮人よりは、相対的に日本人、特に治安が確保された都市地域よりは、僻地に住んでいる日本人のあいだでいっそう厳しくなっていた。すなわち、敗戦後、不安と恐怖を相対的に強く感じていた人々、現地残留よりは本土帰還を望んでいた人々がいっそう敏感に反応した。生命の危険がある程度薄れると、人々の頭のなかには、まず所持金のことが思い浮かんだのだった。

人類の歴史を振り返ってみると、大混乱と危機をまたとない機会と考える集団がいつも登場することになっている。金融機関から誰彼なしに引き出してきた資金が市中に循環するようになると、各地に敗戦特需を狙った両替商が姿を現した。金の匂いを嗅ぎつけた者たちは、米軍政当局が法令第五十七号を通じて一九四六年三月から、日本銀行券と台湾銀行券など海外通貨の保有と流通を禁じるまで、内地に帰る日本人を相手に莫大な利益をあげた。両替商は大挙、日本現地のブローカーや日本から帰国した朝鮮人から日本通貨を手に入れ、こうして用意した日本通貨を、帰国を目前にした日本人が引き出した朝鮮銀行券と交換したのである。彼ら両替商は朝鮮銀行券が大量に引き出された時点では、日本通貨を高いレートで日本人に売った。また、日本人が本土にほとんど帰り、日貨の需要が急減する頃になると、海外から帰ってきた朝鮮人に朝鮮銀行券を高く売る手法で、再び利益をあげた。それればかりでなく、こうして集めた資金で日本人の財産を捨て値で買い取ったり、韓日両地域のあいだの密輸に関係したりと、利益を二重、三重に極大化させた。(23) 彼らこそ日本帝国が崩壊した後に、韓日両地域から帰ってきた人々を相手に、短期間に富を蓄積したいわくつきの集団だった。

彼らが大金を稼いだ秘訣は、海外から帰国した朝鮮人であれ、内地に帰る日本人であれ、自分の財産をどうにか持ち帰り、定着過程の困難を努めて軽減したいと望む人々の心理を最大限に利用したからだった。もちろん、これは両地域間の物資及び外換取引を禁止した軍政法令第三号に違反する行為だった。けれども粗末な取締り網を嘲るように、外国通貨の密搬出は様々な形で堂々となされた。たとえ取締りに引っ掛かっても、追い銭の支払で直ちに法の網を無力化させた。軍政情報部が検査の過程で入手した手紙のなかには、通貨交換及び搬出の方法が詳しく記述されていた。日本から朝鮮に送られた一通の手紙には、次のような内容が書かれていたという。「女性の身体検査は厳格ではなかったが、最近では朝鮮人女性が取締り班に急に投入されたので注意すること。ひとまず弁当やストッキングのなかに隠して検査台を通過したら、素早く別のところに隠すようにすること(24)」

彼らは朝鮮現地の金融機関の職員を利用することもあった。一例として、慶尚北道《キョンサンブクド》の富川梅子は、栃木県にいる富川貴治に親戚が朝鮮銀行にいると伝え、密航の際に日本銀行券を持てるだけ持ってこさせた。また宣寧《ソンニョン》の徐在鳳《ソジェプン》なる者は、執務時間に闇取引の交換レートまで示し、同じ日本通貨であっても、こちらが五十銭ばかり高く取引されているなど生々しい情報を、日本の知人あてに連絡している。(25) このような闇取引市場では取引総額ではなく、額面価格に応じて異なる交換レートが適用されていた。

一攫千金を狙った不埒《ふらち》な輩《やから》が横行するなか、別の一方では、敗戦直後、日本人が銀行から搬出した金を、今後どのように運用するかについて神経を尖らせる朝鮮人がいた。一九四五年八月十六日、白南雲《ペクナムン》を委員長に発足した朝鮮学術院は、南朝鮮の全貨幣保有量六一億八〇〇〇万ウォンのうち、七〇〜八〇%に達する四六億ウォンが、日本人の手中にあると推定した。そして当面する経済問題としては、日本人が保有している貨幣量を正確に調査し、これの不法搬出を抑制することが何よりも急務であると指摘した。そのために「第一に、日本人と日本人の会社が保有している朝鮮銀行券を一括登録させること。第二に、日本人の所有財産を凍結させること。第三に、登録後に、残留日本人が貨幣を要求する場合、軍政当局や政府の許可を受けさせること。第四に、(朝鮮人)帰還者が所有した外国貨幣は一定量に限って指定した交換所で朝鮮銀行券、あるいは外国貨幣に交換するものとする」ことを提案した。また、登録された日本人保有貨幣については「第一、期日を定めること。第二、新国幣と朝鮮銀行券の交換を暗示すること。第三、登録者に限って退去前までの生活を保障すること。第四、不正登録者は家宅捜査を実施し、違反者は処罰する。第五、出港地で身体検査を実施する」ことを勧告した。

解放直後、朝鮮の経済専門家は、日本人の帰還過程で発生した急速な通貨量の膨張が、今後の国家財政に多大な打撃を与えると予測した。したがってこれを防止するには、日本人の所有財産を直ちに凍結し、日本人が保有した貨幣を登録・預託させ、国家、すなわち、米軍政当局が徹底的に管理することを要求した。

敗戦による恐怖感は、朝鮮在住日本人を一挙に銀行に向かわせた。彼らにすれば植民地を失う悔しさや国家の将来を案じる悲しみよりも、万一、自分の全財産を失うかもしれないとの現実的不安感がいっそう大きかった。敗戦を前後してしばしば確認した指導層のニセ宣伝と、不道徳な動きが官に対する不信感を増幅させた結果、一般居留民が信じられるものは、もはや自分の財産しかなかった。彼らは朝鮮に引き続き居留できるかどうかは不透明で、またいつ自分の財産が朝鮮人や占領軍に凍結されるか分からない状況だったので、もし帰国するとなれば、最終的に自分を守ってくれるのは現金しかないと考えていた。特に歴代にわたり朝鮮に根を降ろした日本人は、自分が築いた人的ネットワークと生活基盤を失った場合、本土には頼るべきものはないので、いっそう財産に執着したのだった。

このように敗戦後の自分の未来が、財産の有無によって天国と地獄に分かれると信じている以上、日本人財産の搬出問題は容易に幕を降ろすわけにはいかなかった。朝鮮の指導層は最初から日本人の預金引き出しと、それによる通貨量の膨張がもたらす社会的悪影響に対して世論を喚起し、軍政当局に厳正な管理を求めた。しかし、当局の取締りは粗末で、そうした状況を個人の蓄財に利用した一部朝鮮人の行為により、解放朝鮮は長らく後遺症に悩まされることになった。

四　街頭に溢れる物資

敗戦後、朝鮮の全地域で現れた特異な現象の一つは、短い期間だったが各地に前例のないほど物資が溢れたことだった(27)。

天皇の降伏放送があった翌日、南大門市場《ナムデムンシジャン》には本当か疑わしいほど、米、小麦粉をはじめ衣類、皮革製品、靴などが山のように積み上げられていた(28)。戦争遂行のための統制経済のもとでは、滅多に見られなかった豊富な物資が、一気に市中に溢れ出たのだ。こうした状況は北朝鮮地域でも同じだった。鎮南浦《チンナムポ》では、戦争終結宣告から十日ほど過ぎると、街のあちこちに闇市場が開設された。現金さえあればどんな品物でも手に入るくらい物資が溢れて、人々の足は絶えることはなく、あたかも「お祭りのように活気を帯びていた(29)」

一方、日本人が集まって暮らす地域の入り口には、一斉に処分するために屋外に持ち出した家財などが溢れていた。いまや日本人たちは、先を争って暮らしの品々を処分し、後も振り返ろうともせずに港に直行しようと騒いでいた。役所が言うように、落ち着いて状況を見守ることは難しかった。結局、不安な気持ちを抱きながら旅費を準備するために、家財道具を持ち出して処分しようとしたのだった。総督府は日本人社会の不安と動揺を煽る家財の投げ売り行為を自制するように促した。

その反面、一九四五年八月二十七日から日本人帰還援護団体である各地の世話会を通じて、家財道具の買い入れと委託・保管を実施した。京城の場合は世話会が京畿道商工経済会とともに、小さな家財については、三越、三中井《みなかい》、丁字屋《ちょうじや》などの百貨店で直接買い入れをすることになった。また、家具などの大きなものは、各町会別に一箇所に集めて置くこととし、職員を派遣して買い入れをさせた[30]。当時、世話会の買入総額がどれほどだったかは定かでないが、こうでもしなければ、日本人は全ての家財道具を捨て値で処分してでも、先を争って港に向かっただろう。

日本人の家財の投げ売りが始まり、朝鮮人のにわか古物商が良い品物を安く買い入れようと、日本人居住地域に一日に何度もやってきた[31]。また、本土に帰国するために日本人が集まる交通の要衝や港湾都市には、一瞬にして闇市が生まれた。忠清南道《チュンチョンナムド》の日本人は、朝鮮軍司令部が移駐して安全な大《テ》田《ジョン》に集結することになっていたが、いまだに自分の居留地で処分できない家財道具を運んできた人々が、それを通りに持ち出して売る珍風景がくり広げられた。それを聞いて大田一帯には、必要な物件を買おうとする朝鮮人が雲のように押し寄せ、以前にはなかった古物市場が一夜にして生まれたという[32]。すなわち、日本人の移動ルートにしたがって臨時の投げ売り市場が生まれ、直ぐに消え失せる奇現象が見られたのである。

日本人の投げ売り行為を抑制しようとしたのは、総督府だけではなかった。朝鮮人もこうした現象を批判的に見ていた。しかし、これを眺める憂慮の眼差しの根拠は異なっていた。総督府が家財の投げ売りを抑制した理由は、それが日本人の集団的不安心理を刺激し、無分別な帰国願望が殺到し、これが続く場合、統制が不可能になるからだった。反面、朝鮮人指導層はどんなに小さな物件でも、日本人が所有したものは「朝鮮で朝鮮人を使って得た物」と見なしたため、日本人の財産はその形態がどうであれ、結局は朝鮮の物、すなわち、朝鮮人全体が共有すべき品物と認識していたからである。

1945年**12**月、全州から帰った日本人帰還者

アメリカ軍は送還者の所持金を1人あたり1000円、荷物は両手に持てるだけに制限した。そこで日本人は何とかして多くの荷物を持ち帰ろうと、1日に何度も荷物をまとめたり解いたりをくり返した。着物の帯に貴金属を入れて縫ったり、竹筒の中に貨幣と有価証券を隠して取り調べを逃れようとした。しかし、こうした手口が監査員に知られると、当局は女性監視員を投入し，密搬出行為を摘発した。（引揚げ港・博多を考える集い編集委員会編『戦後50年　引揚げを憶う――アジアの友好と平和もとめて』同編集員会、1995年）

したがって日本人の財産を買い入れる行為は、解放朝鮮の富を流出させる利敵行為にあたり、公共の財産を個人が独占する反社会的な悪徳行為と見なしたのである(33)。

日本人の投げ売り行為に対する朝鮮人社会の非難の声が高まると、米軍政もまた送還行政の体制を整えることで、日本人の財産搬出に様々な制約を加え始めた。搬出荷物の重量制限をし、現金は千円以上の持ち出しを禁止した。こうした制限措置のために、まだ朝鮮に残っていた大多数の日本人は、搬出荷物の取捨選択を迫られる事態に直面した。また、家財を売って手に入れた現金をどこに隠すかも大きな悩みだった。各家庭では毎日のように荷物をまとめたり解いたりし、どうすれば値打ちの品々を余計持ち帰られるかに頭を悩ませていた。

京城と群山《クンサン》などで、二代にわたって暮らしてきた森田秀男も、やはり事態の推移を見守っていたが、やっと帰国を決めてみると荷物の整理が問題だった。当局から荷物の搬出制限の命令がくだり、彼は急いで多くの荷物を搬出するために、様々な方法を考え練習をしてみた。それは帰還船のタラップと階段を想定し、実際にザックを背負って歩くイメージトレーニングだった。そのお陰で帰国する頃には、訓練の前よりも二倍もの重量の荷物を背負うことが可能になった。ところが持って帰る荷物の取捨選択が容易でなかった。同じ重さならばより高価なものを選ばねばならず、なかには値打ちでは判断できない格別な追憶と意味を持つ品物も多かったからである。とりわけ彼の妻は箏の演奏者で、何よりも楽器、譜面、レコードを大切にしていた。しかし、彼の家族は最終的に、貴重品と愛蔵の楽器だけを持参し、ミシンから燕尾服に至る残りの品々はすべて放棄しなければならなかった(34)。

こうした光景はどの地域でも異なりはしなかった。仁川《インチョン》の小谷益次郎は、帰還列車に乗りはしたが、前の人が重いリュックのために倒れて、独りで起き上がれない姿を見て悲しい気分になった。幸いに転ばずに列車に上がった人々も、みんな中風患者か酔っ払いみたいな歩みだった。背に荷物を背負っているため、どうしようもなく乳飲み子を大きな風呂敷に包んで肩に掛けた主婦の姿、大人に学んだ要領で大きな荷物を背負いはしたものの、自分の手に余って泣きながら歩く子どもたちの姿を見て、彼は責任を痛感した。彼は第二世代の仁川日本人世話会長であり、過去には仁川府議会の副議長を務めたこともある地域の指導層だった。帰還列車内部の光景を見て、彼は「これが数十年のあいだ働いて得た全財産の末路で、敗戦を受け入れて追放され母国に帰って行く姿」なのかと涙を流した。(35) けれども彼が見守った姿は、朝鮮の日本人だけではなく、外地に滞在していた朝鮮人をはじめ、日本の敗戦後に故郷に帰って行く海外帰還者ならば、少なくともいちどは経験したに違いない帰還局面の通過儀礼だった。現金を腰のポケットや懐に入れて見えないように再確認したり、大きな筆筒のなかに紙幣を押し込んだりするなど、様々な場所に分けて隠す方法は、すでに古くなったので、取り調べを避けるために多様で奇抜な手法が限りなく動員された。(36)

こんなにしてでも帰って行く南朝鮮の日本人は、北朝鮮から帰った人々に比べれば、それでも良い方だった。北朝鮮から帰った日本人の手記などを見ると、帰還直前の過程が生々しく綴られているが、その一つが日常の家財道具の供出問題である。黄海道沙里院《ファンヘドサリウォン》の場合、供出対象品目には自転車、リアカー、ラジオ、蓄音機、ミシン、書籍などから、布団や個人用化粧品まで含まれていた。(37) 日本人の財産に対する接収は、法令によってなされたというよりは、当局の必要に応じて随時実施された。平安《ピョンアン》道亀城《ドクソン》では九月になると、第一次供出のときは自転車などの移動手段、刀剣と銃器類、貴金属とラジオ、第二次供出のときは、寝具、衣類、家財道具まで押収し、生活に必要な最小限度の品物だけを残したという。[38] また、咸鏡道咸興《ハムキョンドハムフン》の場合は、一九四五年九月八日に、道の接収委員会が組織され、九月九日にはラジオ、九月二十七日には時計、十月十七日には自転車、刀剣類、家財道具、文房具、生活道具というふうに、何度にも分けて接収が実施された。[39] 元山《ウォンサン》機関区の鉄道員だった桑原宗源《くわはらそうげん》は家財道具を含む財産の没収措置のことを、これはかつての日本人が「欲しがりません勝つまでは」と、朝鮮人を圧迫したことに対する報復だったと回想する。[40]

ここまで見てきたように、敗戦がもたらした恐怖は、まず、預金引出しと家財の投げ売り現象において現れた。これはすぐ先も予測できない未来に対する不安感の表現であると同時に、官に対する根深い不信感の現れだった。こうした現象は治安が確保されると次第に緩和された。しかし、九月以降に大きな力を持った朝鮮人の追放圧力と、米軍政の送還政策の変化とが相まって、日本人の帰還が終了するまで形を変え反復されながら続いた。

五　敗戦国民の自画像

京城帝国大学医学部の助教授、田中正四《たなかまさし》（一九一五～八七）は、一九四六年初頭に帰国するまで、約半年のあいだ京城で経験した敗戦と帰還の過程を毎日同じように淡々と記録した。[41] 知識人特有のシニカルさと韓日両民族の感性を貫く直感が目立つ彼の日記には、劇的に変化する植民地の首都京城の姿とともに、敗戦国民に転落した日本人の動向が詳しく記録されている。

一九四五年八月十五日、水曜日の正午、天皇の放送を聞いた瞬間、彼は今後に侮れない苦難の道が広がっていることを実感する。意外にも毎週水曜日には、午後一時から「衛生学」の講義があった。放送を聞いて急いで訪ねてきた学生が「講義やりますか？」と尋ねたので、彼は「休講にします」と短く答えた。翌日、彼はいつものように大学に向かった。街にはあちこちで日の丸を卍に塗りつぶした粗末な太極旗が氾濫していた。そして疾走するトラックはもちろん、電車の屋根からも朝鮮人の叫ぶ万歳の声が聞こえてきた。十七日に大学に行ってみると、いつの間にか朝鮮人の職員たちが大学自治委員会を組織していた。彼は自治委員長をやっている友人の南基鏞《ナムキヨン》に、通行証をもらって自分の研究室に入り、荷物を整理し始めた。

敗戦後、気もそぞろだった一週間を振り返ってみて、彼は一喜一憂する日本人の姿に嫌気を感じた。二十日頃から朝鮮人の万歳の声が少なくなった。ほんの数日前には帰還列車が出発するという噂が流れ、立派な家具を捨て値で売り、釜山に向かった人々が、いまは何かが足りなくて不便で暮らせないと、所帯道具の再購入を始めた。京城最高のエリートたちも、さして異なるところはなかった。ひたすら息を殺したまま、周囲をうかがっていた大学の日本人同僚教授たちも、この頃からは会議の席上で、朝鮮人自治委員会はけしからんと、遅ればせながら気勢を上げた。それでもこの程度はご愛敬みたいなものだった。実際に混乱を収拾し、誰よりも先んじて日本人を保護しなければならない軍部と高位官僚らは、二十一日になってやっと「断乎その威信を示さん」と、軽率な発言をするようになった。彼は失笑を禁じられなかった。

彼の日記には、帰還と残留の岐路に立ち、苦悶し動揺した日本人の様子が詳しく記録されている。

不安な心に見通しもなく港に向かう人がいるかと思えば、一方では、ある程度治安が確保される徴候が見えると、どうしても朝鮮に留まりたいという者も現れてきた。目端の利く者は日本の主要都市はすでに大空襲で焦土化している。また空襲を免れた都市にも、本土各地から避難民が押し寄せて入り込む余地はない。だから帰国しても歓迎されることは難しい事実を、すでに承知していた。

短い期間だったが、敗戦後の約一週間は日本人集団内部の多様な差異が現れた時空間だった。日頃、朝鮮人から恨みを買い、それこそ生命に危険を感じた人々は、いち早く密航船に身を委ねた。また本土に生活の基盤を置いていて、朝鮮に未練のない人々は、大挙、早い時期に帰国しようとした。そして、どのみち帰らねばならないのなら、なるべく早く帰らねばならない。そうすれば遅く帰った人々よりも定着過程で有利になると判断した者も、この隊列に合流した。彼らは何よりも最初というのは危険負担も大きいが、チャンスも多いに違いないと信じていた。反面、朝鮮を離れては到底、暮らしていけない程度に、深く根を降ろし定着した人々は、とにかく最後まで残る算段をしたのだった。敗戦後の京城の日本人は、どう行動するのが自分の未来にとって有利なのか、あれこれ複雑なケースに思いをめぐらし、落ち着くことができなかった(43)。

彼の日記には、また急変する京城の様子が描かれている。京城は戦争の最中に失われた活気を取り戻していた。しかし、日本人がつくり見慣れた「京城《けいじょう》」の姿は、いつしか異質な朝鮮人の「ソウル」に変わっていた。

八月末から肉屋には長らく見かけなかった牛肉が現れ、酒場には様々な酒が溢れた。再開されたカフェからは、戦時中の宣伝歌謡ではなく、甘いメロディが流れてきた。また、各倉庫に保管されていた衣料品が大挙放出され、闇市場には衣服がうず高く積み上げられた。そして男性のくすんだ国民服が姿を消して背広が幅を効かし、女性は不格好なモンペからチマとスカートに代わり、街頭風景はとても明るくなった。

　ある日、彼は久しぶりに鍾路《チョンノ》を歩いてみた。街路の裏手の闇市場では品物の脇に「排斥日本人在留」と書かれたビラを貼り付けたまま、朝鮮人が日本語で客に呼びかけていた。彼はこのように政治的理念と現実の欲求が交差する矛盾した状況に興味を感じたが、心のなかは決して穏やかではなかった。朝鮮人は金儲けのために、日本人の品物を買い取りはするが、あちこちに貼られている「倭奴追《ウェノムチュ》放《バン》」と書かれた刺激的なビラが目障りだった。街を歩いていると、以前は末端の職員だった朝鮮人が「何々委員長」と書いた腕章を巻いてやってくる。反面、以前の日本人課長は、その傍で朝鮮人を相手に家財道具を並べて売っていた。彼はそれこそ世の中がひっくり返ったことを実感させられた。

　一時的に物資は豊富になったが、分け前を狙った投機輩の買い溜めが激しくなり、九月になると物価は天井知らずになった。どんなに物資が満ち溢れていても、金のない一般庶民にとってはまさに絵に描いた餅だった。日本人の俸給生活者などは、いち早く収入の道が絶たれた状態になったので、何でも持ち出して売らなければ、暮らしを続けることはできなかった。[44] 本土の主流社会にも劣らないと自負心を持ち、朝鮮で最も鼻の高かった「大京城」の日本人たち、けれども、さし当たりは飢えて死なないために、その程度の自尊心は棄て去らねばならなかった。

　一方、日本人が造った彼らのための施設は、解体され用途変更がなされた。南山麓の京城神社の跡地には「壇君聖祖廟《タングンソンチョミョ》」ができるとの噂が流れたが、果たして懸板には紙が貼られ、神社の鳥居には

「大韓民政会《テハンミンチョンフェ》」なる正体不明の団体の看板が掲げられていた。十一月になると、いつしか日本式の街の名前はみんな朝鮮式表示に変わり、訪ね歩くのに戸惑うようになった。官公庁では提出書類に昭和や明治の年号を記載すると、受け付けてもらえなくなった(45)。ただ名前だけが変わっただけなのに、京城はいつしか見慣れない空間に変化し、少なくとも公的な領域からは日本色が追放されていった(46)。

京城のほかに地方でも多くの読者を持っていた『京城日報』も、十一月一日を期して編集部は日本人から全て朝鮮人に交代した(47)。さらに、一九二七年からＪＯＤＫの呼出記号で、京城の日本人の目と耳になってくれた京城放送局のラジオ放送(48)も、十月末からは過渡的に韓日両国語を使用していたが、しばらくするとニュースを除いて全てが朝鮮語に統一された。十二月になると、何度も放送していた日本語ニュースは、一日に一回になってしまった。京城ではいまや「帝国の言語」の拠り所はなくなった。

事実、平壌の居留民と比較すると、京城の日本人は相対的に多くのものを持っていた。解放まで朝日新聞社の平壌支局長だった村常男は、一九四五年八月二十八日の日記に「『平壌毎日』も来ない。ラジオが聞けないということは大きな不安だ。（略）『平壌毎日』の最終版がハングルで出たが、〝日本政治機関消滅〟という見出が大きくトップを飾っていた」と書いた(49)。『平壌毎日』は一九二〇年に創刊された平壌の地域日刊紙で、『京城日報』とともに朝鮮の日本人が購読した代表的な日本語新聞だった(50)。この新聞が急に停まるという情報の遮断によって、彼が感じた気がかりと不安は容易に推測することができる。

平壌では一九四五年八月二十七日に全ての放送から日本語が排斥された。ラジオからは朝鮮語と音楽の放送だけが流れていた。このように急迫した情勢のなかで、突然なされた情報の遮断は、日本人社会の不安を増幅させるものだった。その結果、様々な憶測と流言飛語がひろまった。南側よりも北側での流言飛語が著しく多かったのも、こうした環境のためだった。しばしば海外から内地に帰る行為を、日本では「引揚げ」というが、北朝鮮などソ連占領地域から帰ってきた人々は、頑なに「脱出」と表現する。これは実際、彼らの帰還形態が脱出の形態でなされたからであるが、北側に在留した期間は、終始情報不足による外部世界と遮断された孤立感と閉塞感が、それほど強かったことを意味する。

朝鮮の代表的植民都市だった京城と平壌の状況は、このようにかなりの違いがあった。京城の日本人が比較的平穏に帰国したのは事実であるが、彼らもやはり敗戦国民である。田中正四は京城の代表的な日本人街である本町《ほんまち》（忠武路一帯）が、変化していくのを喜ばしいとしながらも、看板や表札が次々と朝鮮語と朝鮮人の名前になっていくのを残念に思っていた。十月末、軍人に続いて民間人の帰国が迫る頃には、どこそこが強盗にやられた類いの話が次々に伝わってきた。朝鮮銀行券と日本銀行券との両替をして、帰りにゆすられたという話も後を絶たなかった。けれども、日本人は警察に届けてもどうせ無駄だと、泣き寝入りすることが多い。人々がこぞって帰国を開始した十一月になると、いつしか敗戦の日常にも慣れてしまったのか、田中はアメリカ兵にしなだれかかって歩く日本人の娘を見ても義憤を感じなくなった(51)。

日本人が帰国するにつれ、町内の愛国班は自然に解体され、十二月になるとごく一部の地域を除いては、街で日本人の姿を見かけることは少なくなった。その後を埋めたのは、まさに北朝鮮から脱出してきた日本人だった。真冬でも北から南に脱出する人々の行列は絶えなかった。京城日本人世話会では、彼らを京城府内の十四か所の収容所に、二千名以上を分散収容させた。彼は乞食にも等しいこの姿を見て、また菓子屋・果物屋で放心したように品物を眺めている、こうした脱出者の子どもたちの姿を見ると、しみじみ「日本敗れたり」を実感するのだった。(52)

京城日本人世話会では、帰国を待機していたり、北から脱出したりした日本人のために病院と移動医療局を運営した。医療は大抵、京城帝国大学の医科大学の教職員と学生が担当した。田中正四もメンバーの一員として活動した。彼らは日本に帰国してからも、代表的帰還港だった博多を中心に、海外から帰ってきた人々の治療を担当している。博多港から約四十分の距離にある旧愛国婦人休養所に、二日市《ふつかいち》保養所が設置されると、彼らは医療陣の中軸になり帰国女性の治療をしなければならなかった。ところが彼らが担当した治療とは、ほかでもなく望まない妊娠をした女性に、強制堕胎手術をすることだった。(53)田中は日本の戦争挑発と敗戦の代価を、身をもって支払うことになったか弱い女性たちを通じて、植民地支配の無残さを感じたのだった。一九四六年一月二十三日に、彼は二十年近く縁を結んだ京城を後にし、最後の日の日記の末尾に「曠古《こうこ》（空前）の民族大移動の悲劇を見た」と書いた。けれども彼が日本に帰国後に体験することになる悲劇は、まだ目前には展開されていない状態だった。

第二章　四面楚歌の朝鮮総督府

一　冷たい日本政府

近代以来、日本人が海外に居住することになった背景は何だったのか？　まず基本的に、外地でもっと楽な暮らしをしたいとの欲求である。だが、いかなる情報もない見知らぬ土地で、新たな暮らしを始めるのは不可能である。近代になって日本人の海外移住の背景には、後発資本主義国家として世界各地に植民地を建設し、大帝国を夢見た日本政府の移民・植民政策があった。そして様々な甘美な情報で、外地に対するバラ色の幻想を植えつけた各種の理論書と情報誌は、政府の移民・植民政策をバックアップした。

言うなれば、日本人の海外移住は、さらに良い暮らしを求める個人の欲求と、彼らを通じて領土拡張を企図した国家の欲望が、絶妙にからみ合った結果だった。だから実際に各種の事例を注意深くうかがって見ると、日本人の海外移住は個人の意思によって成されたとも言えるが、それよりも時期と地域に応じて国家の政策的意図が強く反映された「植民」が広範囲に形成されたものだった。また、満州開拓団のような露骨な植民方式はもちろん、戦時体制期の総動員と区別される自発的移住も、やはり各種の宣伝を通じる「構造的強制」が、見えざる力として作用したことは否定できない。日本人の海外移住の動機は多様であるが、明治政府が強調した「半島開拓」の使命感に燃えて海を渡った者も少なくなかった。

それならば一九四五年八月に、海外で敗戦を迎えた日本人を相手に、日本政府はいかなる態度で臨んだのか？　結論から言えば、それは現実が許す限り、最大限「そこで頑張れ」というものだった。日本政府が御前会議を開いてポツダム宣言を公式に受諾した一九四五年八月十四日、外務省は海外公館に相手国政府と協議して日本人の生命と財産の保護に万全を期し、なるべく「現地に残留・定着させよ」と指示した。(1)　それから約十日後に作成された内務省の文献に書かれた内容も、大きく異なることはなかった。

すなわち、朝鮮、台湾、サハリン居住日本人に対する基本方針は、彼らの輸送に必要な船舶の調達が困難なことと、内地の職業・食糧・住宅不足問題などを考慮し、緊急に現地残留へ誘導するものとし、治安不安や失業などの事情で、やむなく帰還しようとする者に対しては、速やかに内地へ送還させよとの内容だった。結局、内務省も現地住民たちに直接的な生命と財産の危険が及ばないなら、内地の社会混乱を極力少なくするために、とにかく現地で危機を克服せよという論理なのである。(2)

これは二度にわたる原爆投下とソ連の参戦によって、敗戦という極端な事態を迎えた日本政府が、なんらのゆとりもなく吐露した発言ではなかった。国際的に日本の外交権が剝奪された一九四五年十月二十五日までに、日本政府のこうした状況認識と態度は維持された。これは当時、日本政府が敗戦をどのように認識し、植民地をいかなる視線で見つめていたかを端的に示すものだった。すなわち、日本政府は敗戦を迎えながらも、外交交渉によって海外の植民地を維持できると認識していたため、そのような態度に出たのである。しかし、それは朝鮮人をはじめ植民地の人々、そこで暮らす日本人、そしてこの日本人を保護しなければならない植民機構、その誰にとっても納得し得ない発想だった。

もちろん、当時の日本政府がそうした態度を執るまでには複雑な事情が存在していた。第一に、海外の日本人を受け入れるには、内地がひどく疲弊していた。敗戦に臨んで原爆や大空襲で、生産施設と大規模住宅が大きく破壊され、内地には戦災民が溢れていた。工業生産量は十年前の四分の一の水準にまで下落し、植民地から移入されていた農産物も途絶えていた。(3) こうした状況で、日本の総人口は約七二四一万名だったものが、これに六三〇〜七〇〇万名と推定される海外の日本人が一挙に帰国すれば、それはつまり「第二の災難」になることを意味していた。

さらに第二の要因として、日本政府の外交的交渉能力が底をついていた点が挙げられる。交渉というものは双方が何かをやり取りするとき、そしてそれが等価だったり、少なくとも互いに納得できるものであったりするときになされる。だから何年にもわたって大陸に出入りし、総力戦をくり広げた連合国を相手に、現実外交において、いかなる反対給付もせずに、一般的な了解や博愛精神を要求するのは、最初から期待できることではなかった。つまり日本政府は、日本人の現地残留を要求する代価として提示するカードを失い、またそれを強制する物理的力量も持ち合わせていなかった。

実際に日本政府は光復前日の八月十四日付で、岡本季正《おかもとすえまさ》駐スウェーデン公使を通じて、ソ連側に現

原爆投下で無残に破壊された広島市内

1945年8月6日、サイパン近くのテニアン島から出発したB29長距離爆撃機が、広島上空550mから核爆弾「リトルボーイ（little boy)」を投下した。その結果、当時の広島の人口約35万名のうち、最小8万名から最大16万名が被爆によって死亡、または後遺症を負ったとされている。広島に原子爆弾が投下された3日後の8月9日、長崎にも原爆が投下された。そして朝鮮人密集地域や、動員された軍需工場が被爆の中心地から近かったため、朝鮮人の被爆率が相対的に高かったという。(『一億人の昭和史4　空襲・敗戦・引揚』毎日新聞社、1975年)

地日本人の生命と財産の保護を要請したが、ソ連政府は「敗戦国日本はこの問題に関与する国際法的根拠はない」と、日本政府の要求を一蹴した。日本の外務省は当時、第三国のスウェーデンを通じて講和条約の締結などで、外交関係を回復するまで、ソ連側が交戦相手国の利益を保護することを望む旨の多少婉曲なメッセージを伝達したが、終始、ソ連政府は日本政府の介入を拒否した。(4) 加えて主たる交戦の相手国で、ソ連と日本本土に対する利権をめぐって鋭い対立関係にあるアメリカ、すなわちGHQ（連合国軍最高司令部）ですらも、該当地域の日本人問題はソ連占領当国の所管だとし、代理交渉を拒絶したので、日本政府の外交的能力は源泉的に封鎖された。(5)

二　無能な朝鮮総督府

朝鮮半島の朝鮮人、日本人、総督府はこうした日本政府の態度をどのように見ていたのだろうか？まず、朝鮮人政府を見ると、これらの交渉内容が主に日本政府と朝鮮総督府の内部機密文書だったので、朝鮮人社会の直接的な反響を確認することはできない。しかし、米軍政から撤軍命令が出たにもかかわらず「主権保有論」を主張し、撤収を拒否した日本軍の動きが伝わると朝鮮人は神経を尖らせた。後述の「金桂祚《キムケチョ》事件」が、米軍政当局を転覆させ永久支配を画策しようとする、思いも寄らぬ陰謀と認識されたことを見れば、朝鮮人社会の反応がどうだったかを、推し量ることができるだろう。(6)

朝鮮居住日本人の立場からすれば、日本政府の態度は海外日本人に対して一定の線を引くと宣言したことにほかならなかった。彼らは外地で敗戦を迎え、朝鮮半島に進駐した占領軍が、いかなる措置をするか分からない状況だったため、「どうしても現地で踏み留まれ」という日本政府の意向は、それこそ棄民政策と受け取られる素地があった。内地に帰還した彼らが、ずっと「国家が我々のためにやってくれたことは何かあるのか？」と、抗議したことを見れば、彼らが感じた敗戦直後の日本政府の薄情さは充分に理解できる。

総督府としても日本政府の指示は何かと負担だった。残留を希望する日本人もいたが、帰還を望む者も少なくはなかったからである。もし、初期に帰還したい人々の要求を無視し、中央政府の指示に無定見に飛びつき、予期せざる被害を蒙った場合、批判の矢が総督府に向かうことは明らかだった。とどのつまり、居留日本人からは、なぜ積極的に帰還措置を進めないのかと抗議され、本土の中央政府からは不測の事態を予防するために、朝鮮人政治勢力、あるいは占領軍となぜ十分な交渉をしなかったのかと、双方から無能力という批判をしばしば受ける羽目になった。

さらに総督府は朝鮮居住日本人の帰国問題のほかにも、当面、海外の朝鮮人をいかに受け入れるかについても、苦悶しなければならない立場だった。したがって中央政府の指示は、そうした双方向の移動問題に対して充分に検討しないままに下した一方的な方針と映った。この問題は敗戦状況において、総督府が政局運営にあたって、身動きの幅を制限するものとなった。責任追及と批判を免れる最もたやすい方法である「初期帰還支援」という政策的選択肢を排除した状況で、ともかく日本人の安全な居住、または残留を保障すべき負担を抱えることになった。それでなくとも警察の治安維持能力が低下した状況だったため、日本人の安全を守るのは、決して容易なことではなかった。

総督府は、まず責任を回避する方法の模索を始めた。苦慮した朝鮮総督は、八月二十一日、日本の

景福宮の中央に位置した朝鮮総督府

　朝鮮総督府の建物は、もともと統監府のあった現在の南山アニメーションセンターの近くにあったが、1925 年を前後して現在の景福宮の中央に新庁舎を建築し移転した。同年には朝鮮総督府とともに、解放後ソウル市庁として使用し、現在はソウル市図書館として新たに生まれ変わった京城府庁舎、そして南山の朝鮮神宮が完成し、光化門から南山に至るまでの植民支配を象徴する 3 大建築物が一直線上に並んだ。景福宮がソウル 5 大王宮の正宮であることからも、ここに朝鮮総督府の建物を建てたことは、意図的に伝統王朝を見下し権威を示すためだった。この建物は 1995 年に解体され、残った建築部材は独立記念館に展示されている。

内務大臣あてに書翰を送った。これはいずれ朝鮮総督府の統治行政が、中央の指令か朝鮮現地の連合軍側の接収などにより、その機能を停止する場合には、これまで総督府の責任によって処理してきた一切の結果は、中央政府の責任に移行すると解するとの趣旨だった。しかし、数日後、幹部会議を開き「内地側の意向は朝鮮の事情如何に拘わらず、内地人の内地帰還を阻止せん」とするものと苦衷を吐露し、内地当局者の再考を促した(7)。

結局、総督府は朝鮮人との摩擦を最大限に減らし、日本人社会の動揺を防止しながら、今後進駐する連合軍と円滑な交渉をし、日本人に有利な帰還環境を創出することに焦点を合わせた。ところが総督府は日本人をそのまま残留させながら、彼らの生命と財産を守るためには、以前のように強力な統治力を発揮するとか、それが不可能ならば占領軍が進駐するまでに、解放政局を主導する朝鮮人政治勢力との妥協によって日常の治安維持を図らねばならない。天皇の降伏宣言の直後、総督府は後者を選択した。政務総監は八月十五日に建国準備委員会の呂運亨《ヨウニョン》と会い、治安維持への協力を依頼したのも、こうした背景に基づく苦肉の策だった。

翌日、安在鴻《アンジェホン》は京城放送局から三回にわたって録音放送を行ない、朝鮮人は「自主互譲」の態度で、日本人の生命と財産に対して安全を保障すると発表した(8)。

この放送がなされると朝鮮の日本人は動揺し、日本人社会の指導層は朝鮮総督府が卑劣にも自分の責任を放棄し、朝鮮人に行政権を明け渡したと激しい非難を浴びせかけた。

京城電気株式会社の社長や京城日本人世話会の会長を務めた穂積真六郎は、当時の状況を次のように書いている。

午後三時ごろ、総督府からすぐ来るようにとの電話があった。（略）ついにたまりかねて、「われわれは小さいときから義士銘々伝だの、忠臣蔵を何のために読んだり見たりしたのであろうか。この場合の為政者の態度に、大石の城の明け渡しくらいの決心がないとしたならば、何の顔あって朝鮮の終末を報じ得るであろう。（指導部は）もう少ししっかりした態度をわれわれ人民に示してほしいものだ」（略）あまりにも極端な無抵抗主義は、民心に不安を与えること甚大なものがある。総督府からしてその態度に出るようでは、誰がこの難局に立って事態を収拾して行けるであろうか。実にがっかりした気持で家に帰った。(9)

穂積が語ろうとしているのは、敗戦を迎えた非常時局において、朝鮮人の力を借りて治安を維持しようとする朝鮮総督府の発想が誤っており、さらに決然とした態度で朝鮮人の「危害行為」を取り締まり、動揺する民心を収拾すべきであるというものだった。

日本人社会が総督府の敗北主義的低姿勢を非難すると、政務総監は非常時局に朝鮮総督府が前面に出るのは、むしろ逆効果になるとし、呂運亨の率いる建国準備委員会に、臨時政府の樹立など権力移譲水準の広範囲な権限を委任した事実は決してないと主張した。しかし、政務総監の解明にもかかわらず、総督府の権威はすでに失われた状況だった。

三　指導部の対立

坪井幸生《つぼいさちお》は、朝鮮総督府の警察官僚として治安及び工作を担当してきた。進学のため朝鮮に渡り、一九三六年に京城帝大法文学部を卒業、同年、高等文官試験に合格して一家を成した。朝鮮総督府の警察官講習所教授を経て、一九四五年六月からは忠清北道警察部長に就任した。日本帰国後にも大阪府警視、九州管区警察局長などを歴任、最後は故郷の大分県副知事まで勤めた。彼の回顧するところでは、兪鎮午《ユジノ》（高麗大学総長、国会議員、韓日会談主席代表）、閔復基《ミンプクギ》（大法院長）、徐載元《ソジェウォン》（弁護士）、黄翼杓《フワンイクキュン》（国会議員）、朴晩元《パクマンウォン》（国会議員）、任文恒《イムムンフワン》（農林部長官）、金永年《キヌヨンニョン》（韓国道路公社社長）らは、京城帝大時代の学友だったという(10)。韓国現代史の主役たちとの華麗な人脈を持ち、帰国後も主に在日朝鮮人の治安事件と不法入国問題を担当した。彼の履歴を見ると、その生涯は現代韓日関係史の縮図を見る思いがする。

また、彼は大学の先輩の森田芳夫とともに友邦協会に関わり、専ら朝鮮の警察と治安に関連する資料整理を担当した。彼の収集した資料のなかには、敗戦直後の時局運営と、日本人帰還対策をめぐる植民機構の上部官僚相互の対立が生々しく綴られている。特に植民地支配権力の核心である総督府行政官僚と戦時体制期に最大限の権力を振るった軍部、すなわち、朝鮮軍幹部のあいだの時局認識と対応方式に関する葛藤が立体的に描写されている。

対立の主たる原因は、文官と武官との事態収拾方式の相違にあったが、その発端は敗戦による警察組織の瓦解によるものだった。総督府は敗戦直後、消極的な姿勢で一貫していたが、強い批判に直面すると、軍部の支援を得て治安能力を高めようとした。総督府はお手上げ状態で朝鮮駐屯軍の武力に依存せざるを得なかった。軍部の強硬な対応のため、二つの集団は朝鮮を立ち去るまで、微妙な葛藤を重ねることになる。特に軍部の態度は、長く治安・情報系統で育った警察官僚らの肝を冷やした。朝鮮総督府が下位職にあった朝鮮人警察官の制服を脱ぎ捨てさせると、軍部の協力を得て旧警察出身者を復職させ穴埋めをした。しかし、この措置が朝鮮人の強い反発を呼び起こすと、警察官僚は朝鮮人とのさらなる摩擦を警戒し、占領軍進駐に伴う軍部隊の送還と、それによる治安悪化を心配したのである。

坪井は一九四五年六月、咸鏡北道《ハムギョンブクド》から忠清北道《チュンチョンブクド》への異動発令を受け、警察部長として管轄地域の治安維持を担当した。光復当日、彼はまず忠清北道知事の鄭僑源《チョンギョウォン》（創氏名：鳥川橋源《とりかわはしげん》）と会い、今後の治安維持の方法について協議した。鄭僑源は「一九一九年の三・一運動当時の知事としての経験に鑑みると、そのときに、軍隊や憲兵が出動したところは、例外なくその結果が悪かった。その轍を踏んではならない」と述べた。彼は解放政局を迎えて、二十六年前に自ら体験した貴重な教訓を坪井に伝えたのである。

まさにその翌日の八月十六日、鎮川神社に火災が発生した。十七日には京城からやってきた青年たちが道庁に太極旗を掲げ、「治安維持会設立準備委員会」を組織せよと呼びかけ、午後には中央広場で民衆大会が催された。このように治安状況が急変すると、坪井は軍管理下の清州《チョンジュ》放送局に交渉し、ラジオを通じて道民、とりわけ朝鮮人に向かって自重を促す旨の演説放送をした。そして「不幸にして戦に敗れて、日本人は大きな悲しみに陥っている。この悲しみのなかに、せめてもの慶びは、兄弟である朝鮮が独立することである。私たちは、爆撃された祖国、荒廃の故郷に帰らねばならない。この哀愁をそそる日本人の心情を察してほしい……」と朝鮮人の温情に訴えた。

坪井は若くして朝鮮にわたり大学を卒業して警察官僚になっただけに、老練にも朝鮮社会と結んだ個人的な縁を強調し、同情心を集めようとしたのだった(11)。これに対し軍隊は、朝鮮人の治安維持会と下部行動組織の保安隊を強制的に解散させ、以前のように防衛召集令を発動し、朝鮮人の「不法行動」を物理的に制圧しようとした。これに驚いた坪井は保安隊を強制的に解散させるよりも、穏健に保護育成しながら、朝鮮人の不満が自然に治まるように誘導するのが得策と説得した。

このように解放直後の朝鮮総督府の官僚集団、特に警察・情報・内務系統の人々と朝鮮軍のあいだには、組織の生理と命令体系の差異、朝鮮社会に対する経験と時局認識の違いなど、いくつもの葛藤要因が存在していた。しかし、朝鮮総督府としては、それらも軍隊の物理力に依存しなければ、敗戦の危機的状況を克服する道は見いだせなかった。

四　会心の妙策

朝鮮総督府は辛うじて敗戦の危機を免れはしたが、確固たる指導力を発揮することはできなかった。総督府が第一に憂慮したのは、日本人が蓄積した預金の引き出しによって発生する金融機関の不渡りだった。もし、敗戦が招来した集団の危機感のなかで、金融機関すらも不渡りを出したりすれば、総督府の行政力は完全に失墜するのは明らかだからである。

朝鮮総督府の財務局長水田《みずた》直昌《なおまさ》は、一九四四年末から金融不安がすでに深刻な状態に達していると感知し、もしも、その状態でモラトリアムを宣言すれば、即座に大暴動が発生するかもしれないと案じた。そして朝鮮総督府に、当時保有していた旧札を廃棄するように指示し、一九四五年初めに三五億円の新札を準備し、各道の預金状況を確認した後に、これを秘密裡に配分した。さらに、どんな山間僻地でも、預金引き出しの要求があれば、六時間以内に新札が到着するように、一九四五年三月には二度も予行練習を行なった。

実際に敗戦後の一週間で、大勢の日本人が現金に執着するようになり、各銀行には業務が麻痺するほど大勢の預金者が殺到した。朝鮮総督府はこうした状況が全国的に持続するなら、今後一週間以内に各銀行は閉店を余儀なくされると予測した。そして水田財務局長、朝鮮銀行の星野喜代治《ほしのきよじ》、朝鮮殖産銀行の山口重政《やまぐちしげまさ》の三人は、この危機的状況を回避するために、まず新聞と放送を通じて現金所持の危険性を強調し、預金の引き出しを自制するように要請した。(12)

さらに水田局長は、大蔵省に朝鮮全体を爆撃地（戦災地）と認定するとともに、朝鮮から通帳を持参した者に対し、毎月五百円限度で生活費の引き出しを認めてほしいと要請した。大蔵省が「許可」の意向と通報したのが八月十九～二十日だった。ところが大蔵省に要請するのに先立ち、水田局長は何とか預金引き出しを抑制しようと、ラジオ放送を通じて「日本に通帳を持っていけば、引き出しは充分にできます」と未決定なのに過った放送をしてしまった。

一方、日本政府も一九四五年八月十七日、津島寿一《つしまじゅいち》が大蔵大臣に就任し、帰国した日本人に対する現金の支払い、外換送金に対する現金支払いの限度額、外地預金処理案などを、初めて検討し始めた。当時の争点はモラトリアム宣言の有無、預金引き出し要求に対応する通貨の増発、それに伴うインフレ防止策に関する事項などだった。日本政府もやはりモラトリアムを宣言すれば、朝鮮の各銀行と事業所が連鎖的に不渡り状態になるので、そうなると一九四五年八〜九月分の給料と退職金を求める人々に、大混乱が生じることを心配していた。

とりわけ、日本人の事業場に雇用された朝鮮人は、「自主管理」の兆候を示すようになり、遅滞した賃金の支払いを要求したり、この間、日本人から不当に少ない賃金を支払われたと、差額の支払いを要求したりした。こうした状況でモラトリアムを宣言すれば、朝鮮半島に居住する日本人は暴力のるつぼに追い込まれ、植民地機構の崩壊を自ら公表する結果を招きかねなかった。そうなれば一挙に、居留民社会の危機意識を高潮させ、無秩序な帰国への動きを促進し、社会の混乱を加速させると憂慮したのである。

最初から日本政府は、植民地で非常事態が発生した場合、その経済的余波が内地に及ばないように、満州と朝鮮でそれぞれ大連銀行券と朝鮮銀行券を使用させた。ところが日本人が植民地でいかなる規制や指導も受けずに、がむしゃらに帰国をすれば、彼らが搬入してくる現地通貨や各種有価証券に対して、日本政府はことごとく行政的負担をしなければならない。とうとう日本政府と朝鮮総督府は二者択一の岐路で、日本人の安全な帰国のためにモラトリアム宣言というカードを見捨てた。いまや残された選択肢は貨幣を新たに調達することだった。

現金調達は軍事作戦を彷彿とさせるものだった。水田局長は一九四五年五月から朝鮮で紙幣を印刷しようとしたが、時間の関係で内地から調達することにした。そして、朝鮮銀行総裁の田中鐵三朗《たなかてつさぶろう》は、四五年八月二十二日、東京に飛ぶと大蔵省次官と日本銀行総裁らと協議をし、即刻内地から朝鮮銀行券と日本銀行券の未発行券を、航空機三機を動員し朝鮮に空輸すると決定した。東京と福岡で現金を積んだ航空機は、八月二十四日、京城に到着、輸送された銀行券は朝鮮銀行の金庫に収められた(13)。

非常手段によって通貨を調達した結果、朝鮮銀行の発行額は一九四五年三月に三五億円だったものが、八月十五日には四九億円、十月十八日には八八億円にまで増加した。まさにこの現金が清算資金と呼ばれるもので、朝鮮軍と朝鮮総督府など各植民地機構と日本人が、帰国の途上で発行した自己防衛的な通貨である。朝鮮銀行の記録によれば、この現金は除隊軍人の帰還旅費などの撤退費用、官吏の退職手当と帰国旅費、そして各会社の退職金と解散手当などに使用されたという。これらは「意図的支出」と言えるものだったが、まさにこの現金がその後の南朝鮮社会に深刻な経済攪乱をもたらし、そのうち相当部分が占領軍を相手とする接待費の名目で不透明に使用された(14)。

五　金桂祚（中村一雄）事件と日本人接待婦

朝鮮総督府が危機から逃れるために仕立てたいくつかの事件があった。そのひとつ「金桂祚事件《キムケジョサコン》」は、朝鮮に親日政府を樹立しようとする陰謀との噂と相まって、一九四六年の劈頭から世間を激しく揺さぶった(15)。

この事件は金桂祚（通名：中村一雄）が、市内の三越百貨店にダンスホールを開設し、大勢の「職業的な婦人」を集め、アメリカ軍兵士の接待に活用したいと申し出たことに始まる。総督府の警務局長、財務局長、鉱工局長らが、その提案に賛同し、金桂祚が運営する朝鮮鉱業会社が元山にあり、山元に貯炭があることが分かっていたので、これを担保に日本人世話会が彼に資金六〇万円を貸し与えたという。事件に連累した塩田《しおた》正洪《せいこう》鉱工局長も、南朝鮮のエネルギー不足を解消しようと、金桂祚に元山の貯炭を南側に運搬せよと命じ、残った金はダンスホールをつくるために使用したと主張した。(16)

しかし、この事件は釈然としないことがあり裁判の過程で幾多の疑惑を生んだ。一九四六年三月、金桂祚に懲役五十五年と追徴金三二〇万ウォンが言い渡され、一審は結審したが、同年十月の控訴審では一審で判決された「横領、詐欺、贓物収受、間諜予備」などの罪目はすべて破棄され、背任罪だけを適用して懲役十か月が宣告された。一審でこの事件に連累した総督府の局長級は、ほとんど一九四五年十一月末に早々と帰国しており、京城日本人世話会長の穂積真六郎だけが、金桂祚とともに四六年三月十九日に、西大門刑務所に暫時収監された。だが十日ほどすると特別の説明もなく釈放され、四月初めに日本に帰ってきた。

穂積の主張によれば、朝鮮人検事側は総督府の「陰謀」のことを知っていたが、金桂祚に金を渡したのは事実なので、外患予備幇助罪で懲役二年を求刑したのだという。そして裁判長は検事の求刑どおり、人格の上においても、功労の上においても、十分考慮すべき点があるので、執行猶予二年を申し渡した。それればかりでなく米軍防諜隊(CIC)も、やはり自分に罪のないことを良く知っていたので、裁判中にも良く対応してくれたと回顧している。反面、水田総督府財務局長と塩田鉱工局長を取り調べた監査局のキム・フンソプ（김홍섭）は、「ウィツソン」の命令で取り調べが中止され、朝鮮司法の威信が損なわれたと不満を吐露した。(17) ここでの偽善とは、つまり米軍政を指すもので、金桂祚が感じたものと同じ不満は、これと類似した事件と疑惑のたびに起こった。

八・一五以後、朝鮮の経済を混乱させた元凶、総督府財務局長の水田直昌と元農産局長の塩田正洪は、（略）国税庁から取調停止の命令があり、監査局ではやむなくこれを中止したこと、（略）取り調べが停止されたその後に、水田直昌らは議会を口実に日本に脱出した事実が判明した。[18]

前交通局長の小林利一と前ソウル地方法院検査長の森浦藤郎を釈放した問題で、一般の不満は高まっているが、（略）小林利一は交通局から事務引き継ぎ上、保釈したものであるが、逃亡したということ、（略）そして安部泉も保釈されたが、これは特別検察委員会で最高方針によって保釈したものだという。[19]

三十八度線以南の監獄に収監された日本人の数は、（一九四六年）六月二十日現在（略）二十名であるが、（略）事件の主人公である長官らはみな逃亡し、「鯉は逃しメダカだけを捕まえた」結果になった。最近、各刑務所は食糧問題で頭を悩ましているだけに、彼らを収監しておくのは意味がないので、一日でも早くこれらの代わりに、上月良夫、遠藤柳作、水田直昌、塩田正洪、西宏忠雄らの主犯を呼び出し、取り調べをせよというのが一般世論である。[20]

朝鮮人は朝鮮総督府から接待された軍政当局が、各種事件に連累した日本人高官らを解放すると信じ、そのために解放後の数年のあいだの暮らしが、植民地時代よりも索漠したものになったと考えた。これは金桂祚事件など、日本人が関係した事件のもみ消しに、当時の総督府が日本から空輸した資金によって、米軍を相手にいかに強力なロビー活動を展開したかをうかがわせる。こうした慣行は京城だけのものではない。地方でも米軍が進駐するとなれば、きまって地域の日本人有志は同様な対応をした。

例を挙げると、仁川の場合は米軍が上陸する直前に、府尹《プユン》（市の代表者）は怖じ気づいた末に各町会長を召集し、一般婦女子を保護する方法を協議した。その一つの方法として「府尹は日本婦人業者（性売買ブローカー）及びこれに類似の人々に対して、此の際大奮発を希望し勧告し」、日本人から批判された。(21)

また、全羅北道《チョルラブクド》では一九四五年九月四日に、道内の警察主任会議を開催し、米軍接待の一つの方法として進駐軍のための慰安所を準備する。太平洋戦争の開戦中は、休業していた相生町（現在の全州市完山区太平洞）の遊郭をはじめ軽洋食店の吉見屋、日本料理の博多屋を復活させると決めた。さらに、群山と全州一帯の英語教師を動員し、管内状況の報告書を飜訳することにした。こうした動きは占領軍と友好関係を築くために、各地方単位でどんな努力が重ねられたかを示してくれる。特に全北地域は、道知事夫人がハワイ大学出身だったこともあり、地域世話会と進駐軍とのあいだの通訳も引き受けた。その結果、日本人上流層の人々と米軍のあいだの交流が活発になり、朝鮮人との紛争が起きるたびに、日本人に有利な方法で問題を解決することができた。さらに、この地域の世話会は、アメリカに着物を売る仲介者の役割まで果たしたという。

六　朝鮮総督府の変身、日本人世話会

朝鮮総督府は敗戦の直後に局長会議を開き、朝鮮半島の日本人と日本在住の朝鮮人の相互帰還を担

当する部署として「終戦事務処理本部保護部」の設置を決定した。そして白石光次郎農商局長を保護部長に任命し、傘下に総務班、指導班、給与班、警備班、宿営班、衛生班、輸送班と七つの班を置き、課長級職員を班長に任命した。これを土台に朝鮮総督府は、居留日本人と日本中央政府両者の立場を考慮し、日本在住の朝鮮人とほぼ同じ比率で、朝鮮半島居住の日本人を送還する、おおまかな方針を決定した。

続いて京城はじめ大田、大邱《テグ》、釜山《プサン》、全州《チョンジュ》、光州《クアンジュ》、麗水《ヨス》、下関（後に仙崎）などに下部組織の案内所を置き、各道の事務官級の職員を配置した。しかし、米軍が進駐し公式送還機構の軍政外事課が設置されると、朝鮮総督府が組織した終戦事務処理本部は事実上、有名無実になってしまった。こうした状況を予知していたように、朝鮮総督府は植民地機構と朝鮮軍が無力化された場合に備えて、米軍進駐後にも帰還援護事業の連続性を確保できるように、民間組織の結成を誘導した。

一九四五年八月十八日、朝鮮総督府政務総監は、京城の日本人有力者を呼び集め、今後の対策を論議し、敗戦後の総督府の統治力低下による苦衷を吐露した。彼は現在、治安維持を担当している朝鮮軍も、いずれ占領軍が進駐すれば機能停止になるから、これに備えて民間人組織が代わって日本人を保護しなければならないと語った(23)。

これを契機に一九四五年八〜九月にわたり、京城、釜山、仁川など全国三十七か所に日本人世話会が結成され、朝鮮総督府と朝鮮軍司令部の全面的支援を受け、朝鮮半島居住日本人の援護活動を開始した。財源は朝鮮総督府、終戦事務処理本部、道庁、朝鮮軍など多様なルートで準備され、民間からの寄付も受け付けた(24)。

当初、世話会は民間から寄付金を募って設立しようとしていた。しかしながら、国策会社や銀行などがやむなく金を出すだけで、民間からの寄付はあまり集まらなかった。そのため世話会は総督府から一〇〇〇万円、銀行と会社から四〇〇万円、そして九月初旬に朝鮮軍司令部が大田に移転し残した金四〇〇万円などが支援されたので、やっと発足することができた。すなわち、モラトリアムを防止するために、日本で発行し調達した通貨、すなわち、清算資金のなかから約一八〇〇万円が日本人世話会に転がり込んだ。

各道の世話会のうち、特に京城日本人世話会は、総督府と朝鮮駐屯軍が無力化した後に、朝鮮全域に居住する日本人の援護を実質的に担当した一種の総本部だった。京城世話会は南朝鮮の日本人が一九四六年春に帰国した後にも、米軍政の許可を受け、同年の暮れまで滞留したり、北朝鮮地域から南下してきたりした日本人の援護を担当した。

世話会のスタッフの構成は地域ごとに違いがあった。言うなれば京城日本人世話会は、幹部の故郷だけは異なっていたが、ほとんどは総督府官僚出身で、東大出身者が絶対多数を占めていた。これはまさに京城世話会が「半官半民」的性格を持つ援護組織の総本部だったことを端的に示している。反面、京城世話会とともに帰還援護の二大組織だった釜山世話会の役員は、企業家や専門経営者、あるいは大企業の役員らが多くを占めていた。

北朝鮮地域の世話会では、ソ連軍の占領によって官僚や企業家の活動が困難になり、大規模工場のエンジニアやテクノクラートが相対的に多かった。この地域でも初期には、植民地時代の有力者たちが世話会幹部に選出されたが、ソ連軍が進駐すると拘禁されたり、他の地域に押送されたりする場合が多くなり、職員が何度も交代するケースもあった。
後日になると、世話会は役員構成に地域差が発生することもあったが、日本人が残留派と帰還派に二分されると、朝鮮残留を想定・志向する人々を中心に組織された。さらに、初期の世話会役員は、大抵地域の名望家であり、過去に府会・道会の議員だったり、警防団、在郷軍人会、産業会議所など、民間団体の活動を通じて地域社会を良く知る者が引き受けていた。こうした事実は、京城日本人世話会の会長だった穂積真六郎の文章からもうかがわれる。

米軍の進駐（九月九日）の前後は、情勢がどういうふうに動いて行くか全くわからず、世話会の計画もたびたび変更せざるを得なかった。第一に、将来、日本人が朝鮮に止まり得るか否かの問題であるが、当初は相当頑張ったら根こそぎ追いかえされることはあるまいという楽観的な観察が多かった。したがって世話会も、将来の日本人居留民会の基礎をなすものと考え、ただ当初から「日本人会」と名称をつけることは、当時の朝鮮の事情から遠慮した方がよいという説もでて、結局世話会という名になったのである。(25)

このように世話会は朝鮮で長く生活し、残留を希望する人々が中心になり、日本人援護を目的に作られた組織だった。しかし、占領軍によって残留の可能性が根本から消えるにつれ、総督府官僚の追放と朝鮮軍の送還による行政・治安部門の空白を埋め、占領軍の送還政策に協調し、日本人の安全な帰国を期するための組織に変身していった。

七　原罪が呼ぶ報復

総督府の心配は統治力の低下と日本人の帰国問題に留まらなかった。過去の総動員体制のなかで、「応徴士」の名前で徴用された植民地支配の被害者たちが、次々に朝鮮に帰国してきたからである。特に三十八度線以南の主要帰還港の付近、そして日本と地理的に近い三南地方〔忠清・全羅・慶尚道〕では、公式帰還船の運航以前から、炭鉱や軍需工場などで働き、密航船で帰国する者が多かった。彼らはそれまで外地で体験した非人道的な処遇や未支給賃金に対する補償を、朝鮮で内地への帰国を準備していた日本人個人や、該当地域の日本人世話会に要求するようになった。

木浦の府尹、佐野吾作は、海外連行された朝鮮人徴用者たちが密航船で故郷に帰ってくると戦々恐々としていた。その徴用者が佐野のもとに押しかけてきて、自分たちは強制的に徴用されたうえ、日本では罪もないのに虐待されたと、一人あたり三〇〇〇円の慰謝料を支払えと要求した。これに怯えた佐野は、全羅南道当局に資金支援を訴えたが、最終的には相当額の私財から彼らに支払わざるを得なくなった。(26)

このように、植民地時代から敗戦、解放と複雑にからまった日本人と朝鮮人における「加害と被害」、「被害に対する報復」という悪循環の輪が、両地域の住民の移動によって拡大していった。すなわち、日本帝国の維持拡大のための犠牲になった朝鮮人徴用・徴兵被害者たちは、自分を動員した会社、日本政府、朝鮮総督府などのどれにも、正規の交渉窓口がない状態だったので、当面、目前の日本人（組織）に植民地支配の「帝国の借り」を清算せよと要求したのだった。

強制動員の被害者たちが相次いで帰国し、各地でこれと同様な事件が起きると、総督府は「朝鮮勤労動員援護会」なる一種の医務機関を設立した。しかし、この援護会はもともと朝鮮総督府鉱工局傘下の外郭団体で、かつては戦争に必要な労働力を徴発した機関だった。解放後、徴用された朝鮮人労働者が帰国することになると、彼らを慰労するに相応しい朝鮮人の有名人士を迎え入れ、この組織を活用しようとした。米軍が進駐した翌日、一九四五年九月九日、朝鮮勤労動員援護会が「帰ってきた応徴者」たちを支援するため、釜山に職員派遣を決定という新聞報道が見られることから、組織自体は解放後も引き続き残存していたと思われる。[27] ところが実際のところ、この組織は日本から帰国した朝鮮人徴用者を、実質的に支援するものではなかった。むしろ徴用被害者が日本現地での苛酷な労働条件、敗戦直後の不当解雇、未払い賃金と退職金、誠意のない帰還支援など積み重なった不満を、帰国した朝鮮で日本人向けに糾弾するのを防止するのが目的だった。

日本政府は一九四五年九月一日、厚生省と内務省を通じて全国の地方長官あてに、強制動員された朝鮮人徴用者の優先送還方針を伝達した。その方針の主たる内容は土建労働者を第一順位に、炭鉱労働者を第二順位に送還させよというものだった。日本のエネルギー難が深刻な状況だったので、熟練した炭鉱労働者のうち、残留を希望する者にはこれを許可し、可及的速やかに生産活動に支障が生じないようにせよというものだった。しかし、朝鮮人が爆発的に帰還窓口に殺到していたのに、単位作業場の作業主や日本政府の送還支援の遅滞はしばしばだった。すると、朝鮮人は九州や北海道の主要炭鉱で、集団的に不満を表明し、場合によっては炭鉱事務所を襲撃したり、ストライキに突入したりすることも頻繁に起こった。

日本での状況がこうだったため、朝鮮人徴用者が密航船などを利用して朝鮮に帰国すると、行政機関や特定人物を相手に不満をぶっつけるのは明らかだった。

もしこうした事態になれば、朝鮮人社会の民族感情を刺激するのは明白であり、結局は居住日本人全体の帰還条件を悪化させることになる。朝鮮総督府の塩田鉱工局長らが、敗戦直後から紙面や電波を通じて「しばらくは混乱があるだろうが、日本本土では徴用された朝鮮人の送還支援に万全を尽くしているので、悪意の宣伝に動揺しないように」と訴えたのは、まさにこうした事態を憂慮したからだった。朝鮮総督府が鉱工局を中心に、米軍進駐の後にも朝鮮勤労動員援護会を通じて、朝鮮人徴用者支援に励んでいることを可視的に宣伝したのも、未然に起こり得る事態を防止しようとするものだったが、効果を挙げることはできなかった(28)。

朝鮮総督府は米軍政が公式に送還システムを稼働させる前に、このような帰還計画を樹立してはいない。ただ、日本人の帰還を抑制しようとする日本政府と、帰還希望者の要求を適切に調和させる線で、この問題に消極的に対応しただけだった。また、米軍が進駐すれば、行政権を移譲すべき立場であり、独自的な計画を立てる状況ではなかったので、日本人世話会という半官半民の組織を各道に設置し、帰還関連業務を代行させた。しかし敗戦後、四面楚歌《しめんそか》に陥った朝鮮総督府は、具体的な帰還計画を主導的に推進できずに、朝鮮軍の物理力を随時活用し、治安を確保したのだった。

その後、日本側は通貨増発と輸送によってモラトリアムの危機を防ぎ、その金で占領軍にロビー活動を展開することで、有利な帰還環境を創出しようとした。そして形式的であれ、朝鮮勤労動員援護会を残して置いたのは、朝鮮半島の日本人と海外の朝鮮人が相互に帰還の局面で、対立が生じる事態に対処するためだった。以上のような措置によって、朝鮮総督府は朝鮮での敗戦による危機をそれなりに乗り切ることができた。だが、その過程で起こった各種事件と疑惑は、朝鮮人にまた別の傷跡を残すことになる。

第三章　残留と帰還の岐路に立たされた日本人

一　時ならぬ朝鮮語学習会の熱気

一九四五年九月十二日、小公洞《ソコンドン》にある京城ＹＭＣＡ青年会館のロビーには、学生、若い女性、それに白髪混じりの高齢者まで集まって立錐の余地もなかった。この日は京城日本人世話会と京城ＹＭＣＡが、在留日本人のために共同で準備した朝鮮語講習会の開講日だった。

午後四時、開講式が挙行された。京城ＹＭＣＡ総主事の笠谷保太郎は、挨拶で「状況は異なるものの、かつて京城ＹＭＣＡが組織されたとき、手がけた最初の事業が、まさに朝鮮語の講習」だったと述懐した。そして「昔も今も、変わることなく朝鮮を愛し、朝鮮のために働こうとする念願を抱く方は、まず言葉を習得しなければなりません」と力を込めて語った。続いて事務局次長も「祖国の敗戦と朝鮮の独立によって発生した現在の状況は、たとえ心が痛むにしても（略）ただ茫然自失し不安と後悔しながら暮らすよりも、むしろ朝鮮語を学んで新しい朝鮮に協力しましょう」と、受講生を激励した。[1] 一見したところ、これは儀礼的な挨拶に聞こえるかもしれない。けれどもそこには、過ぎた数十年、韓日両民族が結んできた関係だけでなく、敗戦直後、日本人の内情と今後の展望までが一つに凝縮されていた。笠谷の言葉どおり京城ＹＭＣＡの初期の主要事業は、まさしく朝鮮語講座だった。

一九一〇年の韓国併合を前後して、日本政府と朝鮮総督府は朝鮮支配を後押しするため、教育界と宗教界の大きな改編を意図した。一九〇三年に設立された皇城基督教青年会（通称「韓国ＹＭＣＡ」）も改組の対象となった。この団体は一八九九年に解散した独立協会の出身者が設立に深く関与し、さらにハーグ密使事件の中心人物が大勢含まれていて、一進会《イルジンフェ》などの親日団体とあからさまに対立する色彩を強く帯びていた。

この皇城基督教青年会改革の任務を帯びて朝鮮に渡来し、一九一〇年に京城ＹＭＣＡの設立を主導した人物が丹羽清次郎総務だった。そして主に教育を担当した笠谷とともに、丹羽が韓国キリスト教の内鮮融和を促進し、京城の日本人がこの地に根を降ろすことができるように、尽力したプログラムのなかの一つが朝鮮語講座だった。当時、京城ＹＭＣＡは民間団体としては唯一、朝鮮語講座を開設し、居留日本人にキリスト教を伝えるとの名目のもと、各種講演会、学習会、体育活動などを通じて、朝鮮キリスト教勢力の同化を多角的に推進した。[2]

韓国併合の直後、朝鮮のキリスト教勢力を無力化するため、日本が動員した硬軟の両面策を象徴的に示すのが、いわゆる「一〇五人事件」と「維新会事件《ユシンフェサゴン》」である。一〇五人事件は一九一〇年に鴨緑江の鉄橋の起工式を終えて帰ってくる寺内正毅《てらうちまさたけ》総督の暗殺を企図したとの嫌疑で、朝鮮人のキリスト教信者を無理に投獄した事件だった。そして維新会事件は、日本帝国の侵略に同調した京城ＹＭＣＡ

と日本の組合協会勢力が、総督府から受けた機密費で朝鮮人幹部を買収し、内部に維新会という私組織をつくり、財政権まで把握することで、韓国キリスト教を日本キリスト教に隷属させようとしたが、逆に朝鮮人の強い抵抗を呼び起こした事件だった。

このように韓国併合とともに、日本の帝国主義的膨張政策を宗教によって支援した御用キリスト教勢力の京城ＹＭＣＡは、日本が敗亡してから二週間で朝鮮語講座を復活させたのだった。周知のように、朝鮮総督府は日中戦争の勃発後、一九三八年から段階的に朝鮮語の教科目の廃止と日本語の常用化、朝鮮語の新聞・雑誌の廃刊を断行した。一九四二年には朝鮮語学会の会員に、治安維持法違反と内乱罪を適用し投獄することによって、朝鮮語を研究し普及させる人的資源を弾圧した。このように戦線が中国大陸と太平洋に拡大する過程で、朝鮮語を禁じた日本人が、敗戦後に急変して朝鮮語講座を復活させ、朝鮮の未来を案じ、両民族の共生を語りながら、「カ、キャ、コ、キョ」を叫んだのである。

朝鮮語講座は一九四五年九月十二日から三か月過程で、毎週火、木、土の午後四時から九十分の授業、講師は奥山仙三だった。(3) 彼は東京外国語大学で朝鮮語を専攻し、一九一三年から朝鮮総督府の学務課に勤める土着型の教育官僚だった。京城の医学専門学校と明倫學園などでも教鞭をとり、一九二八年に『語法・会話　朝鮮語大成』（日韓書房）という語学書を出した朝鮮語通である。この本は当時の朝鮮総督府の警察・内務・情報系官僚の講習用に使用され、朝鮮語教材として高く評価されていた。

彼の師匠はモンゴル語・朝鮮語・日本語など東洋語の比較研究の権威者だった金澤庄三郎で、金澤は言語学と韓日両国の古代地名研究の結果を土台に、日鮮同祖論を学問的に立証した代表的人物だった。韓日両民族は祖先が同じだから、日本が負けたからと言って冷酷に追い出さずに、いまからでも熱心に朝鮮語に慣れるようにするから、朝鮮で引き続き暮らせるようにしてほしいと集団の希望を表明したものなのか？　文法はもちろん、日常会話にまで通じた奥山の朝鮮語講座は、直ちに大きな反響を呼び起こした。受講生を募集すると、希望者が定員を超える騒ぎになり、一週間も経たずに学級を増設せねばならなくなった。わずか数年前には朝鮮語の使用を禁止していた日本人が、朝鮮語の講義にこんなに興味を示したのである。この見慣れない答えに窮する現象を、どう理解すればよいのだろうか？

日本人は朝鮮に居留しながらも、朝鮮語の存在すらも忘れて暮らしていた。韓国併合の初期、朝鮮総督府は職員を対象に、職務上の方針で朝鮮語を定期的に教えた。しかし、この教育は朝鮮人を相手とし朝鮮人社会の動向に関する内密情報の収集を職務とする公職者と、メディア関係者など特定階層を対象とするもので、一般人の場合には朝鮮語学習の必要をほとんど感じることはなかった。

特に一九三〇年を起点に、全体居留民の三〇％を超えるようになった朝鮮生まれの日本人二世たちは、朝鮮語学習経験が皆無の世代だった。けれども日本が敗亡すると状況は急変した。いまや彼らもこの地で生きていくために、朝鮮語を学ばねばならなくなった。あるいは学ぶ必要すら認識していなかった日本人が、朝鮮語講座に押し寄せた事実は、敗戦後に朝鮮残留を希望する者がそれほど多かったことを意味する。しかし、残留の希望を抱いたこうした日本人の夢は、たちまち水泡に帰してしまった。

一九四五年九月二十四日、米軍政は京城の全ての学校で教える言語を朝鮮語に統一せよと指示した。このため朝鮮語を駆使できない生徒は、公教育から排除されかねない状態になった。解放後の朝鮮半島では朝鮮語の復活と、日本語の排除による言語権力の移動が急速に起こった。朝鮮でどうしても暮らしたいと望む京城の大勢の日本人は、解放後半月ほどのあいだに、朝鮮語講習会に殺到した。しかし、それは言葉にだけは慣れて朝鮮で暮らしていきたい、そして夢を叶えたいとの単純な問題ではなかった。

二　残留派と帰還派の精力を傾けた戦い

森田熊夫は、日清戦争が最終段階に達した一八九五年四月、兵馬と軍需品を運搬する御用船の船員として朝鮮に足を踏み入れた。彼が乗った船は慶尚南道の統営《トンヨン》を経由し、約半月後の五月十一日に仁《イン》川《チョン》港に到着した。彼は途中で牙山湾《アサンマン》の沖合を通り過ぎ、「ああ！　この一帯こそ日本国民が一日も忘れることのできない、日清戦争開戦の端緒となったところか。わが海軍の威力を示した海域」と胸が高鳴り周囲を見渡した。続いて仁川市街地を見てまわり、開港していくらも経たないのに、「わが機敏な商人が大きな家を建て、また街頭には西洋式高層建築を見るのは素敵だ（略）異境で日本の花を咲かせた」ことを誇りに思った(5)。

彼の言うとおり、仁川港は一八八三年の開港から日清戦争を経て、ひなびた漁村は軍港に変貌した。日露戦争の後には名実ともに日本人の地域空間になった。日本人にとって仁川はどのような所だったのか。一八八二年、壬午軍乱の際に京城から追われてきた花房義質公使一行が、港に停泊中の英国艦船フライングフィッシュ号の助けを受けて日本に逃亡しながら、きっと再び帰ってくると叫び、震え上がった地ではないか！　また、日露戦争の際には、日本ときちんと闘うこともできずに満身創痍になったロシアの巡洋艦バリヤークを陸地に引き上げ、旭日昇天旗を掲げ、快哉を叫んだ所でもあった。一九四五年の敗戦当時、仁川に居住する日本人は二万名を超えていた。そのうち相当数は、一九一〇年の韓国併合以前から、ここであらゆる栄誉と恥辱の歴史を味わってきた人々だった。

一九一〇年代には、首都圏内陸の産米の移出港として、一九二〇年代には観光地として、一九三〇年代には大陸侵略を支援する京仁工業地域として変化しつつ、朝鮮半島のどこよりも多額の資金が集まった地域だった。特に一九一七年、月尾島《ウォルミド》と仁川駅のあいだに防波堤が完成、さらに海上道路が建設され、休日になると海水浴を楽しむ観光客で賑わう代表的な行楽地として有名になった。松島《ソンド》地区も一九三七年に水仁線《スインソン》が開通すると、戦時体制に入っていたのに月尾島に次ぐ遊園地となった[6]。そのお陰で仁川の日本人は、万国公園（現在の自由公園）麓の端地に家屋を建てるようになり、現在の東仁川駅から東区庁をへて第二国際旅客ターミナル一帯にまで居留地を広げ、日本帝国と運命をともにするに至った。

仁川の日本人のうちには、日本帝国と興亡を一つにした者が多かったため、敗戦の悲しみはとても大きかった。また、朝鮮で長く暮らしたせいで、この地に対する未練も相対的に強かった。敗戦直後、二代目の仁川日本人世話会長になった小谷益次郎も、やはり一八八九年に神戸からやってきた両親が、仁川に定着して以来、ほぼ半世紀にわたり暮らした「仁川人」だった。彼の回顧によれば、敗戦後に日本人社会は帰還派と残留派に分かれ、両集団の意見調整に苦労したという。二つの集団のあいだにいかなる葛藤があり、それはいかにケリが付いたのだろうか[7]？

敗戦のニュースが伝えられると、最初の二～三日間は、朝鮮人が昼夜を問わず独立万歳を叫んでいたので、日本人は外出することができなかった。さらに北朝鮮にはすでにソ連軍が進駐し、仁川にもまもなく米軍が上陸するとの噂が広まり、逃亡する官吏らが続出した。この様子を見た一般居住民は日本帰国に先立ち、家財を処分する気にはなれなかった。けれどもアメリカ軍が九月初旬に上陸するとの確かな情報がもたらされると、日本人は占領軍が自分たちをいかに処遇するのか不安になった。

人々が対策をめぐって悩んでいると、仁川府尹は、連日、町会長を召集した。ある日、府尹はアメリカ軍を相手とする慰安隊を設けてみようかと、ひどく苦しげに話を切り出した。仁川港付近（現在の多府洞ロータリーから第二国際旅客ターミナルの間）の敷島遊郭を急いで整備するように、遊興業者らの奮発を期待したものだった。仁川の日本人は府尹が精一杯に考えた対策がせいぜい「米軍慰安隊」なのかと一斉に批判した。当時の府尹の意向は、せめてアメリカ軍の性犯罪、婦女子の被害を無くしたいとの思いからだったが、それは女性たちの不安を増幅させるだけだった。幸いにもアメリカ軍の綱紀は乱れることはなく、案じられた事態は起きなかった(8)。

アメリカ軍が進駐し治安が回復すると、しばらく前までは避難所探しに余念のなかった日本人たちは、徐々に仁川に残留する算段を講じ始めた。ところがこうした状況は、一九四五年八月二十六日に発足した世話会の今後の運営方針をめぐって、残留派と帰還派のあいだの対立を深化させた。当初、仁川日本人世話会の設立を主導したのは、長い間、仁川で暮らした残留派であり、彼らはこの組織の性格を最初から海外居留民会程度に考えていた。だから活動の方向も、やはり祖国の復興を助け、祖国の人々の苦痛を少しでも緩和させる「仁川残留」に置くべきであると主張した。彼らはまず敗戦後放置されている児童教育を再開すべく小規模の学園の開設準備に取りかかった。

この動きが伝わると、教師出身者の一部が、この計画に賛成する旨を明らかにした。すると彼らは、今後の日韓外交問題が解決されて、一日も早く領事館が開設され、それによって海外派遣教師の身分で、仁川にそのまま安全に居留できることを希望した。仁川世話会は十月から中等学校以上の生徒を対象に、この数年間、敵国の言葉だからと廃止されていた英語の授業を再開させる計画だった。さらに米軍政当局の了解を得て、正式に日本人学校を開設し、居留民のための規模の大きい総合病院を新設しようとも考えていた。

しかし、こうした一連の活動はすぐさま帰還派から強く反対された。帰還派から見ると、世話会幹部らはここに引き続き留まろうと思案するばかりで、自分たちのように、日本に直ぐにでも帰国したいと思っている者のための交渉は眼中にないと映った(9)。気の短い者は、釜山行きの列車が毎日運行されている京城駅を訪ねたりしていた。

結果的に、帰還派と残留派の対立は長くは続かなかった。米軍進駐から約半月ほど過ぎた十月になると、日本人に対する一連の制裁措置が相次いで発表され、次いで日本人の朝鮮残留は禁止されるとのニュースが入った。これを聞くと、残留派も「敵軍に腹を立て」ながら、徐々に帰国準備をするしかなくなった。米軍政当局の集団送還方針が確定するにつれ、帰還派と残留派の葛藤の火種は鎮まったが、長い期間、朝鮮で暮らした残留派にとっては、帰国前に処理すべき問題が山積していた。たとえば日本人共同墓地の処理も心配の種の一つだった。

十月になると、日本人府尹と府議会議員が罷免され、朝鮮人の新任市長と議員が選出された。ところが十一月に新議会が上程した最初の案件が、現在の新興初等学校、松島中学校、多府洞路一帯に位置している日本人墓地の移転問題だった。一九〇二年に造成されたこの共同墓地に対して、新任市長と議員らは、都市の美観を損なうとして外郭地への移葬を主張した。

これに対し小谷益次郎は市長を訪ねて、この問題は最小限、日韓双方に正式の外交関係が締結された後に、国のレベルで決定すべき事柄だから、仁川市議会で勝手に決める事案ではないと強硬に主張した。すると仁川市長は「もし東京の真ん中に朝鮮人墓地があったとすれば、日本政府はそれをそのまま残して置くだろうか？　初めから日本人が勝手に市街地のなかに共同墓地を作ったのではないか！」と怒鳴りつけた。小谷は、日頃、日本人に好意的な態度を示していた日系米軍将校を先に立て、この計画を白紙化させようと八方に手を尽くした。しかし、結果的にこの墓地の遺骨は遍照寺（現在の仁川女子商業高校の東側）周辺の防空壕に集められ、そのまま埋葬されたと伝えられている(10)。

前述のように、帰還派と残留派の葛藤は、米軍政当局が日本人の一括送還方針を発表すると、もはや長く続くことはなかった。だが、代を重ねて朝鮮で暮らしてきた人々にすれば、数か月も学校に通えないでいる児童の教育問題から、祖先の墓地にまで神経を使わねばならなかったのだ。実際に日本に帰ってみると、朝鮮各地に残した暮らしの痕跡がとても多く、短い時間にそれを消し去るのは手に余ったという。朝鮮にやってきてからいくらも経たない、この地に未練の薄い人々、失ったもの、捨てるもの、片づけるもののない人々は、残留派から見るとこの上もなくうらやましい存在だった。

三　港で捕まった水産業界のボス

一九四五年十二月、釜山を騒がした事件が発生した。数十年にわたり釜山の「三巨頭」とか「四巨頭」と称されてきた日本人有力者のひとりが、生活に行き詰まり、自転車のチューブに株式・債権・保険証書などを隠して日本への密航を試み、海岸警察に逮捕されたのである。(11) 一行のなかには大池忠助《おおいけただすけ》、迫間房太郎《はざまふさたろう》とともに釜山の三大富豪に数えられた香椎源太郎《かしいげんたろう》が含まれていた。

一八六七年、福岡で生まれた香椎は一九〇四年から巨濟島《コジェド》一帯で缶詰製造の商売をしていたが、一九〇五年からは釜山に定着し、朝鮮屈指の資産家になった。(12) 彼が釜山の大富豪に成長した決定的な契機は、一九〇六年に高宗の五男の義親王李堈《ウィジンワンイガン》から、巨濟島・加徳島《カドクド》・鎮海《チネ》一帯の漁場を引き継いだからだった。(13) 形式上は二十年の長期賃貸契約だったが、七十もの漁区を事実上独り占めしたことは間違いなかった。そのおかげで一九〇九年以降は最高の漁獲高を上げ、「朝鮮の水産王」と言われるようになった。彼はどうしてこの膨大な漁場を入手できたのか？

彼が李王職（植民地時代に朝鮮の王族と関連した事務を担当した官庁）所有の漁場を手に入れるまでには、伊藤博文の役割が大きかった。彼を伊藤に紹介したのは、統監部設置の前後に韓国の財政を牛耳った目賀田種太郎《めがたたねたろう》だったという。伊藤と香椎は一面識もなかったが、明治維新の産室と言われた松下村塾（私設学堂）の同門関係にあった。朝鮮統監と財政顧問という、またとない支援者を得た香椎は、いともたやすく南海岸の黄金の漁場を手に入れた。その後の香椎は釜山輸出株式会社社長、朝鮮水産協会会長、水産輸出組合長、朝鮮水産会会長などを歴任し、水産業界のボスとなった。

そして、こうして集めた資本を基礎に、電力事業、陶磁器業、金融業などにも進出した。彼が一九二三年に設立した朝鮮瓦斯電気株式会社は朝鮮屈指の会社に成長した。また陶磁器と古美術品にも関心を持ち、一九二三年から朝鮮美術品製作所株式会社の大株主として骨董品の収集に熱中し、(14)一九二五年には金沢に本社を置く日本硬質土器株式会社と朝鮮硬質土器株式会社を合併させて社長に就任した。一九三四年には自分が収集した骨董品を中心に釜山博物館の建立を推進した。現在の国立中央博物館が所蔵する文化財のなかには、彼が収集したものが相当数に達するという。

一九三五年、慶尚南道水産会を中心に地域の有志によって、釜山の旧草梁倭館《チョリャンウェガン》の跡地に、釜山開発への香椎の功労を称える銅像が建てられた。彼は一九二〇年から三五年まで十五年間は、釜山産業会議所の会長職だったので、銅像くらい建てるのは充分に可能だったのだ。香椎はこうした名望をもとに、一九四五年九月には釜山日本人世話会の初代会長に推戴された。各地の世話会とは異なり、釜山の場合は事業家らが幹部陣に集中配置されていたのは、彼の個人的ネットワークを活かしたからだった。ところが約半月後、彼は釜山築港会社と釜山臨港鉄道株式会社社長を辞し、池田佐忠《いけだすけただ》に世話会会長の職を譲った。そして暫くすると日本への密航を企て海岸警察に捕らえられたのだった。

一緒に捕まった面々というのは、釜山府の林産課長や南旨《ナムサ》国民学校の校長など地域の有力者だった。特に注目されるのは、一九〇八年、統監部の朝鮮再審法院の検事に招聘され法曹界で活躍した後、南朝鮮殖拓会社の社長を務めた杉村逸楼《すぎむらいつろう》とか、同じ会社の重役だった秋葉孝平らである。南朝鮮殖拓会社は、香椎が一九三三年に羽島とともに最大の株主になり設立した会社だった。彼らは釜山を中心にした代表的金融会社の大株主と重役だったのだ。したがって、自転車チューブに各種有価証券が隠されていたのは、決して偶然ではなかった。

香椎源太郎の息子が九州の修猷館に通っていた頃、同じクラスの生徒五十名余が満州に修学旅行に行く途中、釜山に立ち寄ったところ、香椎は生徒全員を彼の家に泊めたという(15)。このように上昇気流に乗った釜山の資産家が、密航を企てた嫌疑で、一介の海岸警察に捕まったのだった。彼は一九四五年十二月に病気で、故郷に帰ってからいくらも経たずに翌四六年三月、享年七十八歳の生涯を終えた。

四　闇船と送還船、何を積んだのか

日本は島国なので、敗戦後、約七百万名に達する海外の軍人・軍属・民間人らが帰国するには、必ず船舶を利用しなければならなかった。日本帝国の版図は東の太平洋列島から、西はインドシナ半島に広がっていた。その範囲に住む日本人は、占領軍が指定した送還港を出発し、博多や舞鶴港などに帰ってきた。なかには各地域を経由し、途中で船を乗り換えたり、陸地と海路の双方を利用したり、ごく例外ではあるが航空機を利用した場合もあった。しかし絶対多数は占領軍が指定した公式送還船に乗って日本に帰ってきた。

朝鮮半島は、日本帝国主義の他の植民地に比べると、地理的に日本に最も近いので、公式送還船のほかに私船を利用するケースが多かった。これらの船は夜陰に乗じて密かに出入りするので、闇船とか密航船と言われた。朝鮮人はこの船が当局の監視網を避け、あたかも逃亡するように動くので、俗に「盗っ人船」とも呼んだ。終戦直前、各植民地・占領地に居留した日本人の数と、敗戦後、最終的

密航船に乗って博多港付近に到着した日本人たち

1946年1月、駐韓米軍当局の推計によれば、日本在住朝鮮人のうち18万5156名が、密航船を利用して朝鮮半島に帰ったという。

この密航船が空で日本に帰った可能性は低いと見られるだけに、少なくとも同数に近い日本人が、公式の帰還船を利用せずに密航船で帰還したと推定される。日本人の密航はアメリカ軍の送還行政が軌道に乗るまでが、最も盛んであり、財産搬出に対する制限が強化されると、さらに巧妙な方法と新たな経路を利用するようになった。（引揚げ港・博多を考える集い編集委員会編『戦後50年　引揚げを憶う――アジアの友好と平和をもとめて』同編集員会、1995年）

に日本に帰国した帰還者の数を比べると、一定の偏差が示される。その理由は色々と考えられるが、基本的にはこうした闇船で帰った人々が、最終帰還者の数からは漏れているからである。

朝鮮半島南端と西日本の海岸は両国を結ぶ最短航路だった。だから両地域は日本に帰国しようとする者と、北九州をはじめ日本各地からやってきた朝鮮人が最終的に集まった場所だった。このために、正確に数の推定はできないが、慶尚南道海岸の一帯は、他のどの地域よりも運送特需を狙った闇船業者が横行したことは明らかである。占領当局の取締まりはあったが、この地域の港湾の周辺には、業者らが臨時事務所を設け、「日本〇〇行き」と堂々と宣伝幕を掲げ、帰国希望者の募集を行なっていた(16)。

米軍が検閲した書信のなかには、密輸・密航と関連したものが多かった。一九四五年十月十五日付で、釜山弁天町（現在の光復洞一帯）に住む竹本ひろという日本人が、ソウル本町（現在の忠武路一帯）あてに送った手紙の内容には、「いま釜山には多くの闇船会社がある。表示板には予め運賃が書いてあり、普通ひとりあたり一五〇円である。密船を利用すれば、あなたは軍警と朝鮮人女性検査員の物品検査を避けることができる。（釜山）日本人世話会が密航の経路と業者を案内してくれる。世話会の事務所は釜山駅の真ん前にある。現在、三隻が運行しており……。〈追信〉もし、あなたが利口な人間ならば、最大限多くの金を持ってくること」と書いてあった(17)。

朝鮮半島からの帰国日本人のうち民間人は約七十一～七十二万名、軍部隊員はほぼ二十～二十一万名と推計されている(18)。これらのうち、果たして何名が闇船で帰国したのか正確な数を知ることはできない。ただし、南朝鮮居住の日本人の送還がほとんど終わった一九四六年三月時点で、駐韓米軍が日本のＧＨＱに送った報告によれば、「日本から流入した闇船利用者（Abraod Uncontrolled Shipping from Japan）」は十八万五千百五十六名に達していた[19]。

闇船はたいてい韓日双方に連絡運輸網が配置されており、危険を冒して短期間に特殊な仕事をするため、航行して空船で帰ることはほとんどなかった。乗客を乗せなければ、代わりに高価な密輸品などを積んで行くので、これを狙う海賊まで登場した[20]。

日本に向かうときに、闇船と公式送還船が互いに何を積むかは、たんに交通便選択の問題ではなかった。これはその後の自分の運命を賭けた賭博だった。闇船の場合は検疫を経由しないので、伝染病に感染するおそれもあり、悪徳業者に遭遇すれば必死の思いで運んできた財産さえもみな奪われ、約束外の場所に降ろされる場合も少なくなかった[21]。にもかかわらず、大勢の日本人が闇船を希望した理由は何だったのか。それには大きく二つの理由があった。第一は、公式送還船として指定された船舶の不足という物理的状況。第二は、日本内地と旧植民地との往来と財産の搬出入を制限したＧＨＱ指令のためだった。

まず、船舶不足の問題であるが、ＧＨＱにおいて海外日本人の送還に関する公式指令を発したのは、一九四六年三月十六日（「引き揚げに関する基本指令」ＳＣＡＰＩＮ―八二二）である。それは南朝鮮の大部分の日本人が帰国した後だった。このように遅れて出された指令は、それほど日本人の帰還が最初から確固とした細部の政策を基礎になされたものではないことを意味する。つまりＧＨＱは、日本と旧植民地の分離という大原則のもとで送還を推進し、上記指令は逆に朝鮮半島の日本人が、本土帰国の過程で発見された現実的問題を反映し、事後的に成文化されたものだった。

現実的には送還が進んでいたのに、政策立案と指令が遅れたのは、何よりも解決が容易でない船舶不足の問題があったからだった[22]。敗戦当時、日本で航行可能な船舶はほぼ五十一万トンと推定される。戦争の過程で大部分の船舶が大空襲と魚雷攻撃で破壊されたため、公式送還船に使用できるものは限られていた。加えてこの全ての船を送還船に使用することはできなかった。占領地日本の日常経済の運用に必要な最小限の船舶は除外されたので、実際に海外の日本人を本土帰還用に割り当てることが可能な船舶は、せいぜい十五万トンにすぎなかった。

したがって算術計算をすれば、中国在留日本人を本土に運ぶだけでも四年を要することになる。こうした状況だっただけに、GHQの下部組織の駐韓米軍政庁も、民間人の送還については計画樹立もできず、朝鮮の主要政治勢力も日本の輸送力を勘案すれば、少なくとも五〜六か月は「彼らと同じ空のもと」で、過ごすしかないと見通していた[23]。

結局、民間人の送還が遅滞した状況で、ひたすら公式送還船が来るのを待たねばならない人々はひとまず出発港に向かった。そして、帰還者を相手に一儲けしようとする船舶業者の利害とからみ合い、闇船が大韓海峡を忙しく往来することになった。

さらに、日本人が闇船を利用するに至った重要な理由のうちの一つは、財産搬出に対する連合軍総司令部の制限措置だった[24]。船舶不足問題については、海外駐屯日本軍の送還が終わると、GHQは電撃的に送還が遅れた事態を回復させるべく、米軍所有の船舶を追加投入した。そして一九四五年十一月には、事実上船舶不足の相当部分は解消された[25]。一九四六年八月、この一年間にGHQが占領地域において遂行した治績のうち最も誇るべき事業は、まさに船舶不足問題を解決したことだった。短期間に九百万名に達する占領地の日本人と旧植民地出身者を故郷に送還したのである。

したがって、この時期の密航は日本人の財産搬出の意図が、以前よりもいっそう強く作用した結果と見られる。ＧＨＱはすでに一九四五年九月に、故国に帰る日本人と旧植民地民に対して民間人は一〇〇〇円、職業軍人は二〇〇〇～五〇〇〇円を帰国時の所持金の限度と定め、手荷物も携帯可能な範囲内に制限した。このため目端の効く者は、終戦と同時に自分の財産を整理し、闇船を利用して早めに帰国した。残った者も日本人に対する各種制裁措置が発表されるたびに、いっそう巧妙な方法で密航を計画した。特に十一月中旬以後には、占領当局が居留日本人の送還日程を通報するくらい送還行政が軌道に乗ったため、船便ではなしに闇船に乗る理由はなくなった。

一九四五年の真冬に闇船に乗った者は、ほとんど自分の財産を搬出するのが目的だった。不動産のように大きな財産は処分し、これを携帯可能な貴金属・宝石類や高価な文化財などに替えるまでには、一定の日時を必要としたのだった。長い朝鮮生活で、この地に未練が数多く残っている者、財産を処分するのに多くの日時を必要とするほど膨大な資産の持ち主、そして朝鮮半島と日本の生活を立体的に探索し、残留と帰還の岐路で損益計算に余念のない者は、いざ民間人の送還が目前に迫り、占領軍の制裁措置が延びると次第に息が切れてしまった。釜山一帯を仕切っていた水産業界のボス香椎源太郎が、一介の海岸警察に捕らわれ、恥さらしをした背後にはこうした事情があった。

五　「倭奴掃蕩」を叫ぶ朝鮮人

一九四五年十月、民間人送還がまさに開始された頃、ソウルの中心街に「倭奴掃蕩《ウェノムソタン》本部」なる団体の名義で「日本人は早く家を明け渡し、この地から立ち去れ」とのステッカーが貼り出された。[27]また、公式の送還船で日本人が盛んに帰国する十二月頃には「いまだに街を歩いてみると〝キンさん、ボクさん、ナカムラさん〟などと呼ぶ声が耳に入り、日本語の看板と創氏された門標が堂々と掲げられている」、日本文化の残滓を清算せよとの声が盛り上がった。[28]南朝鮮からほとんどの日本人が帰国した一九四六年三月には、撤退期限が発表されてから一か月すぎても、当局の許可なしに密かに隠れている日本人を、朝鮮人警察が捜し出して一括送還せよとの意見が聞こえてきた。[29]解放後、朝鮮人はこの地を後にする日本人を見つめて、どんな思いをしたのだろうか？

「倭奴掃蕩」とは、長い植民地支配で積み重なった日本人に対する感情を、激しく吐露した象徴的表現である。ひと言でいうなら、日本人はこれまで我々を貧しさに追いやったのだから、もうこの地から立ち去れという意味である。ところが、実際にはこの言葉にはもっと複雑な事情が潜んでいる。つまり、解放後、いかんともし難い理由で日本人と一緒に生活してみると、新たな問題が続けざまに発生し、そのため自分たちの暮らしがいっそう索漠としている現実的な不満と、実存的な苦悶がひとつに混じっていたのだった。

社会問題として、第一に浮上したのは住宅不足だった。もともと植民地時代の民族差別的な住宅政策のため、日本人と朝鮮人の住宅普及率の差は大きく広がっていた。解放後、海外帰還者が急激に増加すると、深刻な社会問題となった。一九三三年の統計を見ると、当時、京城には日本人が約十万名、朝鮮人が二十七万名ほど暮らしていた。うち住宅を持たない者は、朝鮮人が日本人の五倍にもなり、家族数を見ると朝鮮人家庭は日本人家庭よりも〇・六名ばかり多かった。両民族間の偏差は一九四五年まで続けて拡大していった。さらに、京城の住宅不足率は一九三三年に一一・二％、三五年に二二％、四四年に四〇％と急増している。(30)代表的植民都市である京城の住宅問題は、植民地支配の末期になるにつれ、悪化の一途を辿ったが、続けざまに下降する住宅普及率の犠牲者は、いつも朝鮮人だった。こうした状況から一九四五年八月から約一年のあいだに、南朝鮮の人口は二百五十万名ほど増加した。もちろん、この数字は中国と日本など海外からの帰国者によって高まったものだ。(31)

朝鮮人が帰国した四四年から四六年にかけて、各道の人口は平均二二・五％増加し、特に陸路による流入人口が多かったソウルは約三八％、海路の流入人口が多かった慶南地域は約三七％の人口増加となった。一九四六年一一月末の統計によれば、海外からの帰還者のうち当面住居のない者は、帰還者全体の二〇％に達したという。(32)事情がこうなので、敗戦後も帰国せずに朝鮮で頑張っている日本人は、当然、心が穏やかなはずはなかった。朝鮮人が米軍政に「なぜ日本人は直ぐに送り返さないのか」と抗議すると、そのたびに米軍政は「それは占領軍の所管事項だから、落ち着いて待つように」と誠意のない回答だけがくり返された。結局、我慢できない朝鮮人が、各種の宣伝文を市内各地に貼り出し、日本人に圧力を加えたのだった。「倭奴掃蕩本部」なる団体が果たして存在したのか、また実体があったのかについては証明する材料がない。しかし幽霊団体だったとしても、撒かれたビラには、当時の朝鮮人の普遍的な怨念がこもっていたと見ることはできるだろう。

日本人が朝鮮に残り各種の物資を横領するとか、密かに運び出すことも大きな問題と受け取られた。たとえば一九四五年十月の東洋紡績と鐘紡の綿布横領事件は、公共財産の横領・搬出をした典型的事例だった。それは一九四五年十月五日、前京畿道警察部長の岡久雄ら日本人経済官僚十数名と、前金剛飛行機会社社長ら朝鮮人四～五名が、米軍の進駐直前に、会社の倉庫内の綿布四万余疋を処分し、代金二二〇〇万余ウォンを横領した容疑で逮捕された事件である(33)。綿布処分代金は、すでに逃亡した日本人が密かに持ち出し、もはや回収する道はなく、それに起因する経営難は直ちに労働者の失業につながった。問題はこれで終わりにはならなかった。処分された綿布を投機師が買い占め隠匿したので、綿布価格が続けざまに上昇したのだった(34)。加えて解放後の三年間、朝鮮の紡績業界は生産設備の増設どころか、これまでの朝鮮・中国・日本の地域別分業体系が崩壊したので、原料難・設備難・電力難に逢着し、生産高は急速に低下してしまった(35)。日本人が帰国局面で犯した物資の横領と搬出による被害は、最終的に一般庶民にそっくり転嫁されたのである。

占領軍が制裁措置の水位を高めるにつれ、知能化する日本人の財産の横領と持ち出しは、彼らの密航を助け私的な利益を求める朝鮮人を量産していった。これは植民地支配の残滓清算を叫んだ当時の社会的雰囲気のもとでは、到底受け入れられないものだった。日本人の帰国局面で現れたもうひとつの社会的弊害である。こうした点で「西松組事件」は、日本人の横領・持ち出し、米軍政の未熟な関税行政、韓日両国の広域的密輸網、そして帰国日本人と朝鮮人投機師の結託などが、複合して現れた新しい犯罪の総合版と言えるものだった(36)。

西松組は野口財閥の下請け業者で、主に興南《フンナム》窒素肥料工場とか、鴨緑江《アムノッカン》水力発電工事などの大規模土木工事を受注していた。朝鮮人社会では、過去の常習的な賃金未払いと苛酷な労働搾取などで悪名高い建設会社だった。当時の新聞で、赴戦江《プチョンガン》・長津江《チャンジンガン》ダム工事に動員された朝鮮人の証言を確かめてみると、この工事のことを一様に「死の工事」と記録している(37)。

ところで一九四六年二月十七日に、この会社の京城支店の管理を受け持っていたチョン・セヨンとシン・ウォンソクら十三名が自宅で検挙された。彼らは朝鮮人自治委員会の幹部、すなわち米軍政が任命した管財人として日本人の前支店長の友原茂と組んで、会社の金三五〇〇万ウォンのうち一五〇〇万ウォンだけを書類上で引き継ぎ、残りを配分した後に、日本人幹部らの密航を斡旋したというのである。それればかりか、彼らは一五〇〇万ウォンのなかから、再び一〇〇〇万ウォンを着服し、残りの五〇〇万ウォンだけを会社の保有資産として国税庁に申告した。そして、このとき着服した金で南朝鮮の米九百叺《かます》を買い求め、門司にある西松組の系列会社幹部の井口栄吉に送り、その代価として蜜柑一千二百箱を買い入れて暴利をむさぼったのだった。

当時、あるメディアは彼らが密輸入した日本産の蜜柑のことを「気脈を通じた罪の塊りで、民族の恥辱となる蜜柑(38)」だとし、米を蓄財に利用した行為を強く批判した。日増しに配給量が減っているのに、米を密輸出する行為は、即、社会的反逆行為と受け取られた。このときの社会相を顧みれば、こうした批判も無理ではなかった。

朝鮮総督府の清算資金の乱発で始まった南朝鮮社会の経済的混乱は、日本人の送還局面で不法な公・私有財産の横領、持ち出しが頻発した。そして帰国する日本人と結託した朝鮮人投機師と高官らの蓄財、それによって経験することになる庶民の究極的な窮乏は、歪曲された富の移動・分配という新たな社会的病理現象をもたらした。まさに、こうした状況を憂慮したため、朝鮮の先覚者たちは日本人の早期送還を最初から主張したのだった。

朝鮮人からの追放圧力は、帰国局面で日本人が行なった一連の行動のためにいっそう強まった。これに伴い日本人は残留と帰還のあいだで苦悶し、米軍政の方針とは関係なく、残留の意思を放棄せざるを得なくなった。結果的に見れば、遅れて帰国した者は密航による財産持ち出しは叶わなかった。そして、送還当局のさらなる気難しい規制と、朝鮮人社会の厳しい追放圧力を受けながら、帰国船に身を委ねたのだった。彼らはいち早く帰国した者に比べて、日本定着の過程で求職活動などに遅れをとったため、より大きな困難に遭遇することになる。

六　信頼できない占領軍

南朝鮮の場合、占領軍の送還政策に関しては日本人も朝鮮人も不満だった。特に要領を得ない送還者の財産の処理方針と、船舶不足による送還の遅延が批判の標的になった。それでは南朝鮮地域で、占領軍の日本人送還政策はどのように推移したのか。

米軍は進駐すると、まず、送還機構を整備した。軍政当局は一九四五年九月二十三日、民間人送還業務の窓口を外事課に統一し、朝鮮総督府が日本人送還支援のために設置した終戦事務処理本部と、その外郭組織の日本人世話会に管轄・監督させた。(39) 送還方針は軍から示されたもので、「軍は最後迄厳然と残る。軍は後顧の憂いをなくするために、軍人家族の優先的引揚げを行なう。その次は官公吏の家族、次は男女を問わず民間人、次は官公吏、最後が軍という順位にする」と発表していた。この発表のように官公吏と軍人を後に送還させることで、居留日本人の安全と心理的安定を図ろうとした、朝鮮総督府と朝鮮軍司令部の構想は最初から壁にぶち当たった。[40]

米軍が特別に注意した集団は海外の日本軍だった。日本軍の輸送は占領政策において最優先課題だったので、軍政当局は朝鮮軍司令官の上月良夫に、直接、米第二十四軍団の指揮を受けて輸送を実施するように命じた。そして軍政当局の下部機関である外事課の業務から日本軍送還を除外した。これによって日本軍に対しては、現役兵とともにすでに除隊されたり、休暇中の軍人も原隊復帰させた後に、ほぼ一九四五年十一月初旬までに内地送還をさせた。こうした措置により軍隊に動員された男性は、民間人家族とは別に帰国することになった。[41] これとは別に、民間人送還は四五年十月十日から公式に開始されたが、実際には十一月中旬に初めて軌道に乗った。[42]

占領軍は送還当事者に一人あたり所持金の限度額を、民間人一〇〇〇円、軍人五〇〇円と定め、朝鮮銀行券と日本銀行券の額面交換比率を一対一とした。また、貯金通帳と有価証券の持ち出しを制限し、一定重量を超える手荷物については日本人世話会から託送することとしたが、直ちにこの搬出は禁止された。

一方、朝鮮総督府首脳部の送還状況を見ると、総督と警務局長は一九四五年九月十二日、残りの局長級は九月十四日に解任した後、顧問格で当局の占領行政を補佐させたが、十一月末までに全員を帰国させた。そのほかに比較的早い時期に免職、送還されたのは警察と教職員らで、彼らは解放以前から朝鮮人の恨みを買っていた。警察の免職時期は地域ごとに米軍の進駐時期が異なっていたため若干

博多駅に到着した日本軍

南朝鮮の日本軍の送還は、1945 年の 9 月から 10 月に、民間人に先んじて実行された。アメリカ軍は日本軍を武装解除のために、軍人と民間人を分けて送還したので、除隊後、各自帰宅した者までも本来の所属部隊が再び召集し、各部隊単位に送還した。そして青壮年の男性は大抵家族と離れて別個に帰国した。彼らのうちには家族と会うために、日本で除隊手続きを終えた後に、朝鮮に密航し家族とともに帰国した場合も見られた。（福岡市総務局総務部市史編纂室編『ふるさと 100 年——写真集　福岡市市制 100 周年記念』福岡市、1989 年）

の差があった。ソウルでは九月中旬、日本人居留地を除外した残りの地域の警官を免職にした。地方の警察の場合は、米軍が行政権を掌握した以後の十月頃に免職し帰国させた。そして教職員は九月二十日に、まず日本人専用国民学校の全てを朝鮮人に解放することと、同時に、朝鮮人の後任者に業務の引き継ぎをしてから離職するように命じた。(44)

占領軍の送還促進措置は次第に具体化され、日本人の日常生活は大きく変わった。これに関連する主要措置をうかがうと、米軍政は進駐翌日の九月九日の午後四時から日本国旗の掲揚を禁止した。(45)また治安事件の発生を防止するため、九月二十三日から二十九日までに武装解除と武器の回収をするように命じた。(46)十月三日には、各地域世話会の帰国希望者名簿に登録しなければ、個人的帰国は認めないと発表し、十月八日には法令第十号によって、自分が登録されている町会所在地から十キロ以遠の移動は禁じられた。(47)つまり軍政当局は、粗雑な密航規制に対する朝鮮人社会からの批判が集中すると、日本人の私的移動を統制するために、身分登録と集団移動の統制システムを導入したのである。

たとえば軍政当局は、占領地統治の観点から、南朝鮮社会の要求を局限的に反映しながら、次第に送還促進の水位を高めていく方法で、日本人送還政策を実施に移した。レーチ（Archer L. Lerch）軍政長官は一九四六年一月二十三日に、日本人の総撤退令を発している。こうして朝鮮はこれ以上、日本人が暮らせる地ではないことが明らかになった。(48)

第四章　抑留・押送・脱出の極限体験

一　入れ墨まみれの「ロスケ」

一九四五年八月末、日本人村の若い女性たちは、ソ連兵が来るたびに高梁畑に駆け寄り身を隠した。それまで家を奪われなかった人々は、屋根裏や地下室に隠れてドアを固く閉ざした。誰が言うともなく女性たちはみんな頭髪を短く刈った。「髪を短く切った女に手を出さない」という噂を聞き、こぞって丸坊主になったのだ。次の記録は平安南道の江界《カンゲ》に、ソ連軍が初めて進駐した日に起こった村の状況を描写したものである(1)。

「最初に入って来たソ連兵は、ザンギリ頭で手の甲にイレズミをした連中で、朝鮮人を案内に立てて、白昼公然と日本人の家に入って来て、金や時計類を強奪して行った。彼等は時計・万年筆を特に欲しがった。酒、酒という奴もいた。酒をやればおとなしく帰って行くが、そのとばっちりが他家へ行くので、酒はやらぬことに申合わせた。それから又、毛布・布団、女の兵隊は炊事道具を持っていった。これが所謂現地調弁かなと思った」

ソ連軍の初印象は強烈だった。彼らに関する多くの理解しがたい話が、いち早く口伝えで北朝鮮全域に広がっていった。ソ連軍が南下するらしいと耳にすると、日本人はそれが「今日か、明日なのか」と心が落ち着かなかった。江界に近い郭山《カクサン》地域にも疑いなくソ連軍が現れた。当時の様子をある日本人目撃者は、次のように伝えている。

「〝ウーウー〟と空襲警報のようなサイレンが鳴ると、それはソ連兵が郭山に来るという歓迎の合図であった。歓迎とは表向きで、実は朝鮮人でも、婦女子は家へ入れ、時計その他金目のものは隠せということだという。ソ連軍は戦闘態勢で侵攻して来たので、略奪・暴行は、日本人・朝鮮人の区別なく行なわれた。それで保安隊では、歓迎と称して警報をならしていたのである。

初めてソ連軍に接した私はびっくりした。その一団は馬車を先頭に、だらだらと長い列をつらね、マンドリンのような銃をぶら下げた遊牧の民の群といった印象だった。後尾には山羊や、雞まで従え、馬車の上には、かまどがこしらえてあった。そして赤毛の犬は旨いといって、飼主がいようが、野犬狩のように発砲し捕獲しながら行進した。彼等は武器弾薬以外は何も持たず、すべて現地調達しながら肥えていったようだ。鉄道・橋梁の警備に、ソ連兵が郭山にも駐屯した。それは軍用列車が通過するからではなく、北鮮各地の工場の機械設備を撤去して運び去るためだった。日本人はソ連兵の警備小屋の使役を命ぜられ、何輛も無蓋車に山積みされた日本製の発電機や、工作機械が北へ運び去られるのを見た。懐しいメーカーの名が刻まれた機械を眺めながら、朝鮮人はどう感じているだろうかと複雑な気持にとらわれた」

北朝鮮地域に進駐したソ連軍は、アメリカ軍とは異なり、あらゆる物資を現地調達した。これに伴い不必要な対民接触が多くなり、その過程で悲惨な事件が発生するのが常だった。しばしば「以北江原道」と呼ばれる三十八度線の境界地域は、最初はソ連軍が進駐したが北側に撤収された後に、アメリカ軍が入ってきたため、両占領軍の形態をみな見守ることができた。江原道庁があった春川《チュンチョン》の場合も、一九四五年八月二十八日から九月二日までソ連軍が進駐した。九月一八日からはアメリカ軍が三日間進駐した。それでは日本人四千名が居留していた春川の事例をうかがってみよう(3)。

ソ連軍は鉄原《チョロン》、金化《クムファ》、淮陽《フィヤン》、通川《トンチョン》、高城《コソン》、襄陽《ヤンヤン》、江陵《カンヌン》を経て春川に入ってきた。ソ連軍についてのあらゆる奇怪な噂話が、まず避難してきた日本人の口を通じて広まると、人心がひどく動揺した。ある人は噂を聞くと、その足でソウル城東駅行きの汽車に身を預けた。極端な場合は婦女子たちが危険になる前に、いつでも飲んで死ねるように、あらかじめ青酸カリを分け与える話さえもあった(4)。

しかしソ連軍が進駐すると、日本人は静かに息を殺して事態を見守った。直ちに人民委員会の主催でソ連軍歓迎会が開かれた。その席に参加しようと先遣隊としてやってきたソ連軍諜報隊員（KGB）は、ドイツとの戦争が開始された後、自分も五年間も家に帰ることができなかった身の上で、どのみち戦争も終わったので、親しく過ごそうと語った。実に幸いなことだった。そしてしばらくすると、ソ連軍は、整然と三十八度線以北に引揚げた。もし彼らがそのまま駐屯していたならば、春川の女性たちもみんな丸坊主になっただろう。なぜならばソ連軍将校の甘ったるい演説の後には、間違いなく暴行と略奪がともなったからである。

その次には米軍を迎える準備をしなければならなかった。ところが米軍に関するあらゆる情報を、人民委員会が独占していたので、春川日本人世話会は米軍歓迎の準備で混乱してしまった。とうとう、いかなる情報もなしに、まず春川中学校、料亭、警察会館、そして放送局として使用した三洋会館などを米軍が使用する宿舎に予定し、あたふたと木材を買い求めて簡易ベッドを造った。そして約三百名分の寝具を分担して用意した。全ての準備を終えてみると、何か重要なものを忘れているように思われた。それはまさに米軍慰安婦だった。米軍も結局三十八度線以北のソ連軍と異なりはしないと、前から怖じ気づいていたからだった。当時、世話会の幹部らはどんなことがあっても、我々の慎ましやかな女性（大和撫子）が性の玩具に転落する危険な状態を、とても見ていられないとの声が高かった。それで方々に性売買の職業女性を探してみたが、慰安婦の代わりを務めるには役不足だった。このように戦々恐々としているうちに米軍が進駐してきた。

正確な数は分からないが、五百～六百名ほどが進駐してきたと思う。その数にも驚かされたが、さらに肝をつぶしたのは、装備の充実していることだった。寝具も食糧も、当座の飲料水までも持参していた。今まで四年間の戦いを終えて、こんな朝鮮の山の中にまでやってきた部隊、武器はいわずもがな、飲料水まで持参とは、夢想もできないことだったので、その実力にはまったく驚かされた(5)。しばらく前にソ連軍に追われて軍服さえ脱がされて憔悴し、降伏した日本軍の様子がしきりに思い出され、いっそう悲惨な気分に陥った。

アメリカとソ連占領軍の違いは、南朝鮮と北朝鮮に居住した日本人が終戦後の時期に、どのような帰還環境に置かれたかが端的に示してくれる。ソ連軍を避けて逃げてきた日本人の姿は誰が見ても衝撃的だった。彼らは徒歩で三十八度線を越えたり、西海岸と東海岸に沿って南下したりしたが、闇船を利用して脱出することもあった。北朝鮮から逃亡してきた日本人は重い患者を除いては、大抵、米軍の収容所や京城の臨時収容所でしばらく休養した後、直ちに帰還地の釜山に移送された。釜山日本人世話会の関係者は、彼らの姿を次のように記録している。

一九四五年十二月十三日夕、七百七十名の戦災者が案内所に到着した。一見して三十八度線を越えてきた人々である。満足な服装は一人もいない。持つは風呂敷包み一つ、子供のおしめと食器だった。婦女子は大半が坊主頭で、大半は杖を持ち歩行が困難だった。子どもたちは誰一人として口を開かない。(6)

明らかに彼らは確かに他の地域の日本人とは変わっていた。彼らを見守った南朝鮮の日本人は、骨身に染みる敗戦の現実を再確認させせられた。また、自分が直ぐに米軍輸送船で帰国するという事実が、どんなに幸せなことかを悟った。たとえ闇船に財産をたっぷり積んで、故郷に帰ることはできないにせよ、依然として足止めされている北朝鮮地域の三十万名のことを思うなら、それは大きな慰めだった。日本に到着してからも彼らの姿は世間から注目された。当時、日本では敗戦後の数か月で、外交チャネルだけでなく、通信すらも途絶した満州と北朝鮮地域の消息は途絶えていた。それだけに間歇的にこの地域から脱出した人々の証言となれば、メディアは飛びつき特筆大書するのが常だった。

朝鮮で除隊した山形県出身のある兵士が伝えるところでは、ソ連軍はほぼ十五〜十六歳の兵士で構成されていたが、劣悪な給料のために様々な問題を抱えていた。さらに北朝鮮の日本軍と民間人は事実上、軟禁状態に置かれており、丸坊主の女性たちが所在なげにしているのが目についた。反面、米軍の進駐した南朝鮮地域は平穏な状態と伝えた[7]。

一九四五年十一月、満州から北朝鮮を経て脱出に成功した満州重工業の社員、岩井八三郎のインタビュー内容は衝撃的なものだった[8]。彼がいた新京（現在の長春）とハルピンでは、八月末から「日本人（男）狩り」が始まったという。日本人ひとりにつき五〇〜七〇円という賞金が発表され、白昼でも人々が拉致される事件が頻発した。恐怖に駆られた女性たちはみんな髪をばっさり切ったという。岩井は避難列車で北朝鮮地域に逃れてきた。彼が徒歩で南下しながら聞いたところでは、九月になると北朝鮮地域の治安は悪化し、満州と同じく日本人狩りが広まり、妊産婦が凌辱されたとか、平壌の女性は毎晩、下帯をして出かけるとかの非常識な噂が多かったという。

もちろん、当時の日本メディアに紹介された脱出過程の目撃談は、直接経験した事実と伝聞が混在しているばかりか、噂という特性から大勢の人々に伝わり歪曲された部分もあるので、いちいち事実関係の確認はできない。けれども、これらの証言が主要メディアを通じて大々的に報道されたため、北朝鮮を脱出した人々が博多港などに到着すると、内地の日本人は、それらの話が単なる噂話ではないと確信するに至った。特に両目で確認した坊主刈り女性の姿は、そうした噂の信憑性を裏づけるものだった。

二　被害を拡大した〝現地調達〟命令

一九四六年一月初旬、米ソ共同委員会を前にして、北朝鮮に在住する日本人の南下問題を論議するため、米軍将校が平壌を訪問した。協議の席でソ連軍関係者は、上部から日本人の送還に関して指示されてはいないが、日本人をそのまま送り返すのは、「とても貴重な労働力」だからと発言したことがある。(9)これは居留日本人に関する米ソ両占領軍の視角が、どんなに異なっていたかを示す端的な例である。

前述のように、アメリカ軍、すなわち、日本のＧＨＱと駐韓米軍の最も大きな使命は、朝鮮半島と日本列島を政治・経済・社会的に分離し、ふたたびアメリカを相手に無謀な挑発をさせないことだった。したがって日本軍の送還は、軍事作戦の次元において米第二十四軍団長が、直接、小杉芳夫第十七方面軍（朝鮮軍）司令官に命令して、短時間に優先的に処理するものとし、残った民間人の送還は次の順位で、民政機関の駐韓米軍政の外事課で処理することになった。

米軍の日本人送還政策は、軍事的観点から朝鮮半島と日本列島の分離に重点を置き、身分職種に応じて順次に送り返す「計画送還」で、最終的にはすべてを送り返した点から「一括送還」だったとも言える。反面、ソ連軍の日本人に対する政策は、一括して「移動禁止」措置をしてから、必要に応じて選別的に「活用と放置」するものだった。同じ連合軍の一員でありながら、朝鮮半島を共同占領したソ連軍は、なぜ米軍とは異なる政策に固執したのか？　これに対する回答は第二次世界大戦全般についての理解を必要とする。

原爆投下で日本帝国の利権が、大挙アメリカに渡るようになると、急遽、対日戦に割り込んできたソ連軍は、事実上、朝鮮半島にはさほど関心を示さなかった。ただポーランドと同様に、長期的観点から最小限、ソ連に友好的な政府を樹立する程度だった。[10]ソ連の主たる関心地域は、相変わらず東ヨーロッパだった。アジアでは朝鮮半島よりも、伝統的にソ連の首を抑えてきた満州地域、そして日本と利権を争った北海道・サハリン地域をいっそう重視していた。したがってソ連の朝鮮半島政策は、満州・サハリン地域の状況と密接に連動しながら具体化された。

ソ連は一九四五年八月十四日、モスクワで中国国民党代表と中ソ友好同盟条約を締結、満州に関する利権と対日参戦に関しては事後的に認定された。当時、ソ連は日本の降伏後三週間以内に軍隊の撤退を開始し、最大限三か月以内に満州から撤退すると約束した。[11]しかし、この約束は一九四六年の春まで履行されなかった。その背景にはドイツとの長い戦争による国力の損失を、アジアで補いたい心理が作用していた。ソ連は連合軍の一員として第二次世界大戦で戦勝国にはなったが、これは文字どおり負傷したうえでの栄光だった。実際に第二次世界大戦において、ソ連軍はドイツとの激しい戦争で二千万名以上の死者を出している。[12]また、この期間にソ連国内の生産施設は無残にも破壊され、一九四〇年対比で、四五年の国民総生産は一七%も減少している。したがって日本敗退後のソ連の最優先課題は、労働力確保と経済復旧だった。

こうした状況にあっただけに、北朝鮮に進駐したソ連軍の駐屯費用は、当然ながら現地調達になった。当時の「軍衛戍司令官のための指針」は、戦利品をソ連軍駐屯に活用せよと露骨に指示していた。特に日本人や彼らと共に逃亡した者の財産を調査し、軍において優先的に使用せよと指示している。

実際に北朝鮮行政局の支出予算を見ると、占領軍の月給も北朝鮮の財政から支出されていた(13)。そればかりか、ソ連軍は賠償の名目で水豊発電所《スプンパルチョンソ》はじめ、朝鮮半島の主要工場施設、鉱物資源、生産品などを運び出した。すなわち、満州と北朝鮮地域は、ソ連の戦後復旧のための労働力と設備・機械を提供する鉱脈と認識されたのである。特に満州地域の場合は、潜在的にソ連を威嚇する戦時産業を破壊することで、軍事的安定を図り、同時に、これらの施設を戦利品として持ち帰れば、ソ連国内の産業生産力を高めることができる。このためソ連は所期の目的を達成するまで、満州から軍隊の撤退を延期し、各種施設の搬出に専念した。

　北朝鮮地域に対しても、ソ連はこうした認識の枠から大きく抜け出すことはなかった。シュトイコフがモロトフ外相に送った北朝鮮の生産現況に関する報告書によれば、ソ連軍は北朝鮮の三十八か所の重工業工場を復旧させ、約二〇五〇万円に達する戦利品と一四一〇万円もの新製品を保障なしに搬出している。ただ生産設備のみを運び出したのではなく、北朝鮮で生産施設を稼動させ、完成品を搬出した後に、生産設備を持ち出すという「一石二鳥」の方式を採用したのだった。

　これに対しては、北朝鮮に友好的な政府を樹立するための融和的措置だったとの主張と、朝鮮海運株式会社や朝鮮石油株式会社の例のように、一種の合作会社設立への投資にこと寄せて基幹産業に対する統制権を掌握し、最終的には北朝鮮の資源をソ連に供給するための道具に過ぎなかった、との主張が共存している(14)。これらの主張を論証するには、さらに実証的な討議が必要とされる。

　ただ明らかなことは、敗戦直前に日本が敵軍に利用されるのを防止するとの名目で、故意に産業施設を破壊したため北朝鮮の経済状況が厳しい困難に陥り、ソ連の産業施設搬出でさらに悪化した事実である。解放直前、日本人による故意の産業施設の破壊状況を見ると、北朝鮮所在企業一、〇三四社のうち、敗戦の際には鉱山会社六十四社が閉鎖され、五十三の工場が完全に破壊された。一部の水力発電所を除く、ほぼ全ての工場設備が稼動を停止している。つまり、程度の差はあるものの、北朝鮮の産業施設の相当数が日本人によって破壊され、稼動不能な状態になっていた。

産業施設の搬出とソ連国内の経済再建には労働力が必要だった。戦闘しながら北朝鮮に進入したソ連軍にとっては、日本軍捕虜はまたとない人的資源だった。さらに高級技術を持つエンジニアグループも、絶対に見逃し得ない天からの贈り物である。アメリカ側が一九四五年十一月に、北朝鮮とソ連占領地の日本人送還の協議を要請したのに対し、ソ連側は強く拒否した。その主たる理由は、まさに日本人に対するこうした認識によるものだった。

一九四五年十月頃、ソ連政府の外交人民委員部の朝鮮担当政治顧問のG・M・バラサノフが、北朝鮮居住の日本人の送還問題を、ソウル駐在のアメリカ側、すなわち、政治顧問及び日本代表団との協議の席で、送還対象者のうち産業と運輸専門家を例外扱いするかどうかを論じている。(15) ソ連軍は最初から日本人を帰国させる意思はなかったのである。

三　上官の命令に不服従の問題児ソ連軍とその手先

敗戦後、北朝鮮から帰国した人々の手記や回顧録には、ソ連軍のあらゆる悪行とその手先の役割を務めた朝鮮人に関する記述が溢れている。彼らは自分の経験した苦労を告白し、周辺の人物が蒙った被害の状況を告発しながら、ソ連軍の悪行を暴露した。果たして彼らの記憶はすべて事実なのか？もし事実ならば、それはいかなる脈絡から起こったものなのか？

ソ連軍の悪行との関連で見れば、当時、北朝鮮に進駐したソ連軍は監獄で急造された「囚人部隊」だったので、軍の紀綱が乱れていたという説、ソ連軍部隊は戦闘態勢で満州と朝鮮半島に進駐してきたから、軍隊を取り締まるべき憲兵隊の派遣が遅れたとの説、対ドイツ戦争でのドイツ人に対する無慈悲な報復からも見られるように、ソ連の民族性に基づく根本的な属性と見る説などがある。(16) この問題を理解するためには、ソ連軍がいかなる過程を経て北朝鮮に進駐してきたのか、そして彼らの悪行とソ連軍指導部の「現地調達」方針に、いかなる相関関係があるのかをうかがう必要がある。

まず、重要な事実は、最初に北朝鮮に進駐したソ連軍の先発隊は、対民業務や軍政を主管する民政部隊とは、性格がまったく異なる集団だったという点である。彼らはドイツと戦争を始めてから長期間、戦場を転々とした末に、解放直前の朝鮮半島に配置され、咸鏡道の外郭で日本軍と戦闘をくり広げ、南下した部隊だった。したがって長い戦場移動の過程で身についた戦場における感性と、狂気に満ちた逸脱心理が彼らを支配していた。

上部からの「現地調達」方針も、私的な略奪と暴行を助長する重要な要因になった。当時、ソ連軍と日本軍の戦闘地域だった羅津《ラジン》から、戦乱を避けて逃げた府伊の木村留吉は、途中でソ連軍と出くわした。彼の脳裏に一九四五年七月中旬、ベルリン駐在の同盟通信特派員の一行四名が、羅津を経て日本に帰国する際に聞かせてくれた話が蘇った。ベルリンの陥落当時、特派員一行はソ連軍の進駐を目撃したので、当時のソ連軍の行動を聞くことができたが、まったく今回と同じだった。木村は戦車から降り立った兵士たちが、銃の引き金に指をかけながら迫ってきたので身の毛がよだつ思いをした。ソ連軍兵士は避難民一行から、腕時計、万年筆、カメラなどを略奪し、これをすばやく自分の上着やポケットにねじ込んだ(17)。これが彼らにとっては給料であり、戦利品だったのだ。

ソ連軍の悪行は、この戦闘部隊が民政部隊と交代して本国に帰るまで、すなわち、九月中旬から下旬がピークで、都市地域よりは治安が不安な奥地で頻発した。この時期にはさらに司令官の命令も聞かない状況が頻発し、ソ連軍指導部ですら頭を悩ますほどだった。ソ連軍の略奪と暴行は、一九四五年十一月以後、新しい民政部隊が入ってくると同時に、ソ連憲兵隊と内査部隊（ＭＶＤ）が軍の紀綱を正したので相対的には減った(18)。ところで日本人の手記などに、いつもソ連軍と対をなして出てくる朝鮮人は、どのような役割を果たしたのだろうか？

一九四六年三月、南朝鮮の日本人の多くは帰国したが、北朝鮮の日本人は依然としてとどまっていた。これに対し日本では彼らの脱出を助けようと、「在外父兄救出学生同盟」なる団体が組織された。そしてこの団体の一員である金勝登《かねかつのぼる》という学生が、東京を出発して平壌に潜入した。彼は人民委員会委員長の韓炳玉《ハンビョンオク》秘書官に面会を求め、日本人の日本送還について単刀直入に嘆願をした。すると韓秘書官は次のように答えた。

「……今まで朝鮮民衆のしてきた不法行為も、また脱出途中における保安局員の略奪等も、これは今までの感情の行きがかり上、したことであって、決して政府の意向ではない。またソ連軍将兵の婦女子への暴行も、彼らは何分、戦地から直接きた関係上、気も荒く、万やむを得ないことと思う。とにかく我々としては、日本人をいじめてやろう等とは決して考えてはいず、今後もソ軍より特別の命令の出ない限りは、日本人の脱出は認めるだろう。（略）余ははち切れるばかりの胸を押えて、足をあげ手を振り、万歳万歳と心中絶叫しながら世話会に向った」[19]

韓炳玉秘書官の発言は、ソ連軍の私的な略奪と暴行、そして彼らの道案内人の役割をした朝鮮人に関して重要な示唆を与えてくれる。まず、韓炳玉は解放の熱気のなかで朝鮮人が日本人を迫害したのは、感情を制御できない好ましからざる事件だったことを率直に認めた。そして当時はそうした感情を統制し得る治安組織が充分に整備されていなかったと告白した。それと同時に考えるべき問題は、彼らに対する劣悪な処遇もまた無視できないという点である。

北朝鮮全域において治安組織が整備されたのは、一九四五年九〜十月頃だった。そのときは党中央の幹部さえも月給が支給されない状況で、末端で治安を担当する者たちの給与は、言うまでもなく些少なものだった。加えて彼らは充分な教育を受けていなかった。だから日本人の財産に対する私的略奪が発生したのである。

この問題と関連して考えねばならないもう一つの問題は、ソ連軍・朝鮮人対日本人、被害者対加害者の構図の設定が、果たして当時の状況を正しく反映していたかという点である。たとえば、一九四五年十月に上海湾を出発し、十一月二十一日に長崎に到着した陸軍燃料担当官の竹内幸男は、旧満州国内にいた朝鮮人、そして日本人も同じ被害に遭ったことを伝えた。[20]こうした状況は三十八度線以北でも同じだった。前述したように、郭山にソ連軍が入ってくると、保安隊が警報を発したのは、朝鮮人も略奪対象から免れていなかったからだった。

海州《ヘジュ》の場合を見ると、八月二十八日に海州港に進駐したソ連軍は武器を押収した後に、公然と女性の提供を要求した。当時、保安隊は「朝鮮側からも適当な女性を出すから日本人側からも出すように」と言ってきた。日本人側も芸者と娼妓出身の二名を出そうとした。ところが九月末になると女性の外出が困難なほど治安が乱れ、ソ連軍の略奪と暴行は日本人だけでなく、朝鮮人女性にも広がり、故郷を離れて南下する者が激増した。(21)

また、平安北道《ピョンアンブクド》南市《ナムシ》でも十月末からソ連軍の（日本人）婦女子に対する暴行が始まった。すると朝鮮人側もソ連軍の暴行を憎むようになり、日本人婦女子に対するソ連軍の暴行を見かねて保安隊員が、日本女性を山の中や朝鮮人民家に待避させることもあった。ソ連軍はついには保安隊員に日本人女性を探し出すように命令し、これにどうすべきか分からぬ保安隊員が叱責されもした。(22) こうした状況から考えると、朝鮮人治安機関による略奪行為を、ソ連軍のそれと同一線上で論じることはできないと思われる。

とにかく一九四五年八月から十月は、ソ連軍先発隊、朝鮮人保安隊員、そして偽検察部員、偽保安隊員ら(23)の個人的感情や原始的欲望の表出行為が、制度的に統制できない時期だった。彼らの私的な略奪は北朝鮮の日本人社会を恐怖に陥れ、朝鮮人もまた彼らから安全とは言えなかった。

四　連行される者と残された者

朝日新聞の清津支局長だった兼元淳夫《かねもとあつお》は、避難の途中、偶然に（前）雄基警察署長の梅田某に遭遇した。ところが彼の顔はなぜか血まみれだった。兼元は一九三九年に道庁取材のため、咸鏡道一帯をまわった際に、梅田の号令ひとつで村人たちが、あたかも彼の手足のように動いたことをまざまざと思い出した。

梅田は警察関係でもまれなスピード出世をした人物だった。それを可能にしたのは、彼の勤務地の咸鏡北道《ハムキョンブクド》が「赤化」の震源地だったからだ。昔から羅津・雄基《ウンギ》・清津《チョンジン》一帯は、赤化勢力が強いことで知られており、咸鏡北道でも特に吉州《キルジュ》・明川《ミョンチョン》・城津《ソンジン》は南三郡といわれ、全国的にも思想事件が頻発した地域だった。一九三一〜三二年頃には、警察書が襲撃され地主が虐殺されるなど、険悪な事件が絶えることはなかった。一九三八年、南次郎総督の「赤色分子一掃」の指示で、この一帯だけで思想犯をはじめ三千余名が逮捕されたほどである。梅田はまさにこの頃に、事件の中心地である明川郡花台《ファデ》駐在所の主席として赴任してきた。彼は赴任後二年も経たずに、地域では神のような存在になって君臨した。警察部でも彼の熱情と手腕を認め、駐在所主席から一躍、明川警察署の署長に抜擢し、一九四四年には当時の雄基警察署長に栄進していたのだった。この間に彼は朝鮮で初めて警察官功労賞を胸に飾った。

天下の梅田が避難途中で出会ったのが、よりによって一九三八年の赤色分子掃討作戦で彼に検挙された朝鮮人保安隊長だった。兼元はその時の様子を次のように記述している。

隊長は「おれの顔が分かるか？」と尋ねた。梅田はじっとその顔を見上げていたが、「知らん」と一言吐き捨てるようにいった。隊長はどうしようかと迷っていたがやがて、梅田に「立て！」と促し、ほかの二人に手伝わせて裸にさせた。そして傍らの女のすり切れた下駄を取り上げ、鼻緒に縄を通して、頸に掛けさせた。（略）「貴様は七年前、おれをこうして街中を引き廻しただろう、憶えはないか」（略）
部落の者が一団となって川原にかけ降りて来た。先頭に立った老婆は、梅田を見るなり狂人のようにわめき立て、片手に持った洗たく棒で続けさまになぐり出した。（略）隊長が老婆を後ろからかかえて止めた。（略）（そして日本人）避難民の群れに向かってかすれた声を張り上げた。
「みなさん、この婆さんの子供は梅田に殺されたのです。無実の罪で検挙され、ひどいごう問にかけられて殺されました。われわれの故郷を立派にしようとした村一番の青年でした。われわれは一般の気の毒な日本人になんらの危害も加えません。これは中央から固く禁じられていることです。しかしわれわれを苦しめ、この朝鮮を破壊した警官と軍人は断じて許すことは出来ません。どうぞ、みなさん、われわれの気持を諒解して下さい。この梅田はこの婆さんの子供ばかりでなく、われわれの兄弟を、同志をなん千となく社会から葬り去ったのです。この恨みがどれほど深いか察して下さい。この男は、かつてわれわれがされたように、街の中を引き廻し、次の部落に廻してやらねばなりません」[24]

朝鮮人独立運動勢力を徹底的に弾圧した功労が認められ、スピード昇進した日本人警察官が、敗戦で避難している途上、かつて自分が検挙した保安隊長に遭遇し狼狽しているのである。

一九四五年十一月上旬、ソウル苑南洞で殺人事件が発生した。死亡したのは斎《さい》賀《が》七郎《しちろう》、独立運動家たちには広く知られた人物だった[25]。彼は香川県出身で、一九三〇年に朝鮮にわたり思想警察において悪名を広め、一九三六年の「軍官学校学生事件」と、四二～四三年の「京城放送局短波盗聴事件」など重要事件の取り調べ担当官だった。京畿道警察部の司法警察官の際に、受け持った軍官学校学生関連の尋問調書が、現在、五十点ほど残されている。これを見ると、彼が金九《キムグ》、金元鳳《キムウォンボン》、金科奉《キムトボン》など、主要な活動家の動向と彼らが関係した団体などについて、どんなに緻密な情報を集めていたかが分かる。特に全五回にわたる安在鴻《アンジェホン》の尋問内容を見ると、どんなに執拗に思想の検証をしていたかが確認できる。彼はどのように生きてきたのか？　当時のある新聞はこの事件の顚末を次のように伝えている。

日本帝国主義の虐政を盾に高等警察系で頭角を現し、朝鮮人の膏血を搾り、残酷に振る舞った（前）道警察部の高等課警部、香川県出身の斎賀七郎（四九）が、路上で拳銃によって射殺された。二日午後六時二〇分頃、斎賀は市内越南町一二四の自宅から、客人とともに越南町ロータリーを渡り、郵便局の路地に入り、同町二一九の愛甲義一の家の前に達したとき、突然、銃声が起こり胸に銃弾が当たり、次には頭に当たった後に胸に手を当てて倒れたという。彼は家族を先に故郷に送り返し、残って家財の整理をしていたという。隣人の言によれば、連日、客人が訪ねてきていたが、会えずに帰って行く人が多かったが、昨日は意外にも不吉な家のように静かだった、その家に煌煌と明かりが灯り、客人との話し声が聞こえたので不思議に思ったという。(26)

斎賀七郎が殺害された理由は、かつて朝鮮の独立運動を弾圧したからであるが、それよりも直接的には、危険を冒し少しでも多くの財産を日本に持ち帰ろうとした彼の強欲が原因だった。

梅田と斎賀は過去に同じ経歴を持つ人物だったが、北朝鮮と南朝鮮で両者が過ごした状況は大きく異なっていた。梅田は保安隊員によって厳しく罪を追求されたが、斎賀は確かに殺害されはしたものの、逆説的にはその渦中でも財産を処分して帰国しようと考えるほどの余裕があった。実際に斎賀殺害事件を前後して米軍政は、日本人を相手にした私的テロ事件を厳禁すると発表している。

朝鮮人の立場からすれば、朝鮮総督府の高官らを断罪するどころか、煙に巻いて言いのけるのに不満が多い状況において、日本人を擁護する米軍政の措置は、とても理解できるものではなかった。南朝鮮とは異なり、北朝鮮ではソ連軍政が植民地支配の実体だった軍人、警察、官僚らを押送・投獄・抑留して、支配ネットワークを解体してしまった。もっぱら労働力確保に熱を上げたソ連軍は、彼らを北朝鮮内の他の地域や満州・サハリン・シベリアなどに一方的に連行していき、北朝鮮に新たに台頭した朝鮮人政治勢力は、旧支配勢力に対する断罪を南朝鮮に比べると、はるかに強く実施することができた。

すでに見たように、朝鮮軍司令部はもともと朝鮮に居留した日本人の送還順序を、軍人家族→官公吏家族→民間人→官公吏→軍人と想定し、最後まで治安と行政システムを維持しようとした。しかし、ソ連占領当局は進駐すると直ちに一九四五年八月から翌年二〜三月にわたり、十八〜四十歳の男性に対する大々的な「男狩り」を実施、日本軍を一千名単位の作業隊に編成し、シベリア地域などに送ってしまった。そのほかに行政官僚、司法関係者らは、一般人と分離して収容した後に、そのなかの一部は軍人とともに他の地域に連行したり、投獄したりした(27)。

その規模は六〜七万名程度と推定される。主な抑留地域は平壌《ピョンヤン》地区（平壌、秋乙《チュウル》、弥勒洞《ミロクドン》、三合里《サムハムリ》）、咸興《ハムフン》地区（咸興、宣徳《ソンドク》、富坪《プピョン》、五老《オロ》）、古茂山《コムサン》地区（古茂山、富寧《プニョン》）だった。一般人と分離して投獄や押送した対象者は、地域によって若干の相違はあったが、各道の知事、そして警察部長と課長級などが第一次送還の対象だった。場合によっては各道の財務課長、税務署長、刑務所長なども含まれていた。彼らのうちの一部は一九四五年末から軍の捕虜として、約六万名がナホトカとウラジオストックに押送される過程で、咸興地区を経て満州の延吉《ヨンギル》などに送られた。延吉は満州・北朝鮮・シベリア・サハリンなど、ソ連占領地域の労働力を配分するハブの役割を果たしていた。

ところでソ連占領当局が、彼らを押送して行くときには、行先を偽りソ連本土や他の地域に送る場合が多かった。一九四五年八月十五日、陸軍甲種幹部候補生十三期として、極寒の朝鮮軍教育隊で訓練を受けた平野高次郎は、興南《フンナム》港でソ連軍の戦利品の米から銅・鉛などの採掘物と牛肉を船積みする仕事をしたが、一九四六年六月に乗船せよとの言葉を聞き、その船は当然、帰国船だろうと思っていた。しかし、船はウラジオストックに向かった。彼はそこから再びコーカサス山脈の彼方にある収容所に送られ、強制労働に投入された。無償労働力である日本人に、詳しい説明は必要としなかったのである(28)。

一方、朝鮮人の政治勢力によって投獄された日本人もいた(29)。平安北道の内務部長だった高橋英夫の『抑留概況報告書』によれば、平安北道では朝鮮臨時人民委員会の保安部長名義で、一九四五年九月二日、軍官僚と有力者四十数名を召集し、保安部に一旦留置した後、道知事を含む十二名は戦犯として平壌に送致し、残りの者は釈放した。その後一九四六年七月二十九日に、平安北道検察所から出頭命令があり、朝鮮における官歴及びその間の事績、日本の朝鮮統治方針に対する個人的見解などを調査された。同年八月、急遽、彼らは保釈を取り消され、新義州《シニヂュ》人民教化所に強制収容された。

高橋英夫は一九四六年十月に、懲役一年六か月の刑を宣告された。判決理由には「日本帝国主義を

ソ連占領地区から逃れてきた日本軍
　南朝鮮などアメリカ軍占領地域の日本軍は、民間人に先行して内地に送還されたが、ソ連軍占領地域の日本軍は、ソ連本土・シベリア・沿海州などに連行され、各種労役に動員された後に帰国を認められた。彼らの日本送還は1950年代にまで行なわれた。舞鶴港はシベリア抑留捕虜の指定帰還港となった。彼らのうちには社会主義者となり、帰還後、日本政府を批判し、各種社会運動に参加した者もいた。
(『一億人の昭和史4　空襲・敗戦・引揚』毎日新聞社、1975年)

朝鮮に施行したる官吏の代表として」なる字句が付いていた。彼は囚人服修理、雑巾・草履づくり、作業場清掃などの雑役を命じられたが、一か月後にソ連軍から「懲役二年以下の者は、刑の執行を停止し、日本に送還することとなりたる」旨を申し渡され釈放となった。

この報告書に登場する、新義州刑務所及び平壌刑務所に収監された日本人の量刑と有罪宣告の理由をみると、次のとおりである。

・山下秀樹《やましたひでき》（懲役五年、確定）

多年司法官として朝鮮人を圧迫し、特に朝鮮人思想犯人（共産主義者・朝鮮独立運動者）に対し、死刑・無期懲役等、苛酷なる判決を下したるは悪質前職罪に相当すとせらる。

・浜田《はまだ》みさ子（懲役五年、確定）

訓導在任中、朝鮮人児童の悪戯をなしたる者に対し、焼火箸を其の手に当て傷害を与えたるは、朝鮮人を劣等視したると共に、傷害罪を構成すとせらる。同人の犯行は数年前の事に属し、日本時代同人は既に本行為の為退職せしめられあり、犯罪として問題とせられたる事無きに拘らず、終戦後、朝鮮側に於て再び問題として取上げ、明かに報讐的に処罰したるものなり。

・浜田市蔵《はまだいちぞう》（第一審無期懲役、控訴中）

二十数年前国境警察官として在勤中、屢々警察功労章を授与せられたるは、神聖なる朝鮮独立の為の革命家分子を迫害したるものにして、憎むべき殺人罪なりとせらる。

・稲田京一《いなだきょういち》（第一審懲役十年、控訴中）

大正八年、所謂朝鮮独立萬歳事件に際し、消防組員として定州市内の警戒に当り、偶々騒動中の朝鮮人数名を殺害したるは、朝鮮独立革命家に対する殺人罪を構成すとせらる。

以上の如く日本人に対する処罰は、何れも牽強付会、強いて報復的に罪名を附せんとするが如きもののみにして、特に二十数年前の行為に対して迄、之を追及するが如き、甚だ執拗なるを認めらる。(30)

北朝鮮在住日本人のうち、植民地統治につながる男性は、占領軍や新たに成立した現地政権によって投獄・押送・抑留された。こうした措置は植民地支配の清算をはじめとする過去の悪行に対する処罰など、多様な動機・名分・必要性が絡み合ったなかで実施された。結果的にこの措置は植民地に居留した日本人社会に「国家不在」を認識させ、残された婦女子と老弱者に「家族の離散」をもたらした。特に男性不在の状況は、即、家長の不在を意味するだけに、残された婦女子に生活難と心理的動揺を加える要因となった。一九四六年四月、三十八度線を越えて山形県に帰った江口勉は、こうした状況を「平壌の夜は独立運動の熱気で燃え上がり、一歩も外に出ることができなかった。翌日、ソ連の指令で老弱者・婦女子は男性たちと隔離され、恋しい父母や夫婦の生き別れがくり広げられた」と描写した。(31)

五　在住日本人も避けた満州からの避難民

敗戦後、朝鮮半島から帰国した日本人の数は、統計によって偏差が大きい。大略九十二〜百万名程度が帰ったと推定されている。このうち民間人は七十二万名で、南朝鮮が約四十二万名、北朝鮮が約三十万名と見込まれている。(32)北朝鮮からの帰国者には五〜六万名の満州からの避難民を含む。彼らは避難の直後から大きな単位で集団生活を送り、大抵は長く北朝鮮に居住した日本人よりも遙かに劣悪な状況に置かれていた。

一九四五年八月九日、関東軍の通化地域移転が確定し、満州にいた相当数の日本人は北朝鮮に移動した。こうして移動した規模は約七万名と推定される。そのうち九〇％程度が、関東軍の避難命令が最も早く伝達された新京（現在の長春）と、奉天（現在の瀋陽）地域の居留民であり、彼らの大部分は、関東軍、満鉄、満州国官庁の職員家族だった。八月二十四日、平壌に「西鮮地区満州避難民総本部」が設置され、清州に平安北道支部が置かれた。ところが八月末から九月初旬、満鉄と満州国官庁関係者のうち約一万七千名が、家族を探しに満州に戻ったため、差し引き五〜六万名が北朝鮮に残存することになった。これらの人々が、これまで北朝鮮で暮らしてきた人々とともに現地に抑留され、短くて六か月、長ければ一年ほど、一緒に暮らした後に、南朝鮮に脱出することになる。

短いとはいえ、ともに暮らした「（北朝鮮）在住日本人」と「満州避難民」は、様々な面で異なる点が多かった。鎮南浦《チンナムポ》のケースを見てみよう。敗戦直後、この地の日本人数一万六千名のうち、在住者と満州避難民の比率はほぼ五対五だった。そこでこの地域の状況から、二つの集団の北朝鮮滞在当時の生活相が明確に対比して浮かび上がってくる。

ソ連軍が進駐した初期の鎮南浦では、従来の紙幣がそのまま通用し、他の地域に比べて個人財産の凍結や没収が徹底的になされてはいなかった。そのため、この地域の在住日本人は、勤労収入がないにもかかわらず、比較的経済的な余裕があった。少なくとも一九四五年の末頃までは、敗戦後の社会的地位の低下による大きな衝撃はなかった。在住日本人は南朝鮮の日本人とは異なり、抑留されており、住宅はソ連軍と人民委員会に撤収されていた。そして一軒の家屋に数家族が暮らす不便さを体験したが、金日成を中心とする新政権がやってくるまでは、残留する意志もあったという。

ところが鎮南浦の満州避難民は、遅れて新京（長春）からやってきて平壌に行けない流浪生活に疲れ切っていた。彼らは在住日本人とは異なり、工場倉庫や講堂などの臨時宿所で、畳一枚に二〜三名で暮らすような団体生活をしていた。避難民団の約九〇%は婦女子と老弱者だった。後に詳しく調べてみると、まさにこの集団のなかから、一九四五年の極寒期に大勢の死亡者が出ている(33)。

むろん、鎮南浦在住日本人においても、帰国に対する意見の相違はあった。たとえば官舎で暮らした官僚や、日本に本社のある大企業の社宅に住んだ会社員たちは即時の帰国を希望した。けれども南朝鮮の日本人と同様に、北朝鮮でも昔からその地域の開発にかかわった人物とか、先代の家業を継いだ二世などは居留民団を組織し、どうしても残留したいと希望していた。

鎮南浦警察署の巡査だった日々谷茂市は、植民地時代の鎮南浦について「郊外に行けばリンゴ畑がつづく田園地帯である。（略）秋ともなれば枝一杯に真赤なリンゴが実をつけ、甘い香りを一面にただよわせて私たちの目を楽しませてくれる静かな港町だった。日本が、アメリカやイギリスを相手にはげしい戦争をしている事など、忘れるくらい平和そのものだった」と記録している(34)。彼は日本が久しく築きあげてきた工場や物資を、わずか十日足らずの参戦で持ち去ったソ連軍を恨んでいた。ソ連軍がいなくても鎮南浦の平和は保たれたのにと思っていたのである。

こうした朝鮮に対する望郷の念は、長く居住した日本人には、共通して見いだされるもので、彼らは口を揃えて「我々の故郷は北鮮《ママ》であり、安住の地も北鮮しかない」という考えが支配的だった。少

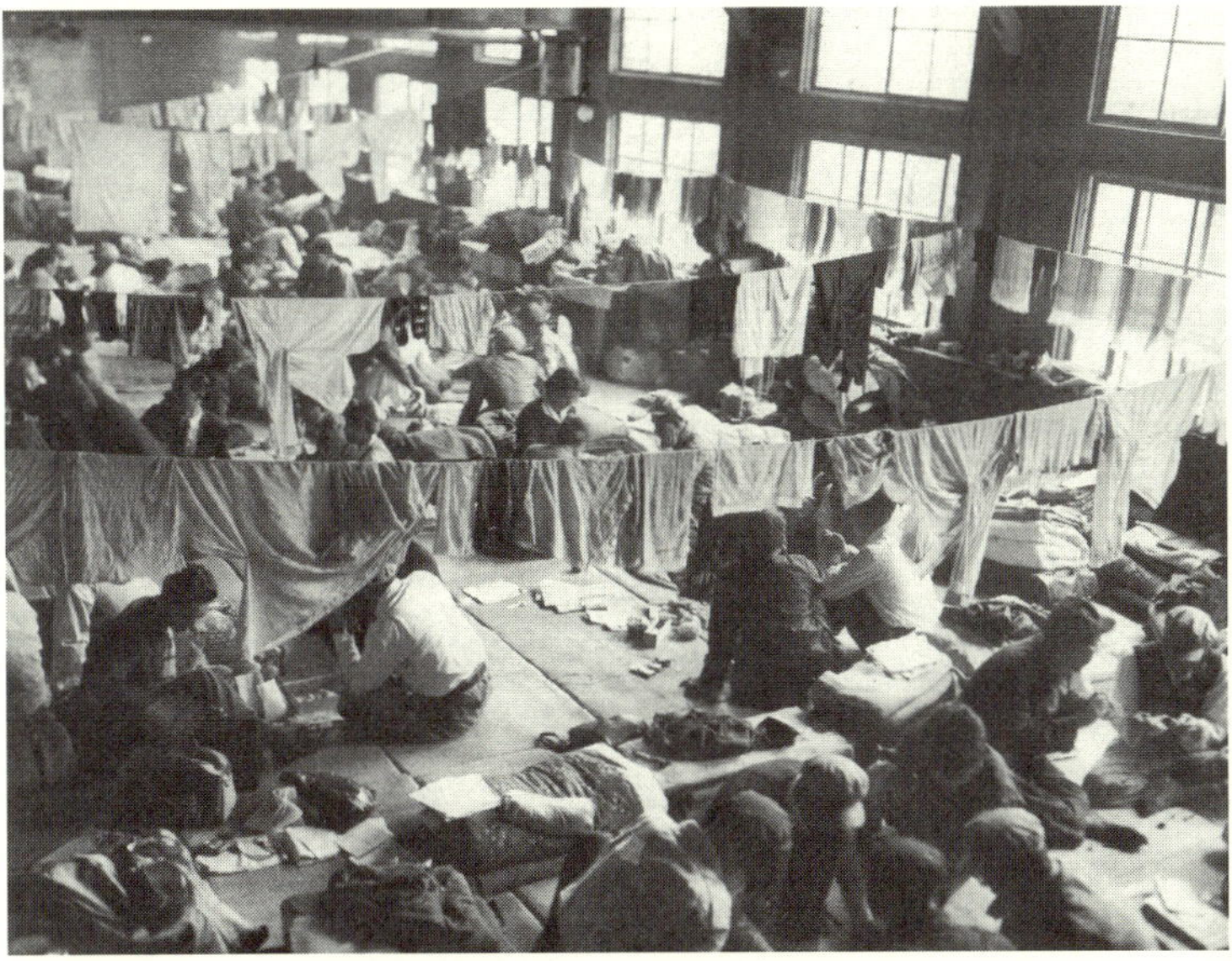

日本に帰り、近くの収容所で荷物を解いた引揚げ者
　北朝鮮の日本人は一定期間の抑留生活を経て脱出する方法で帰還した。特に避難民とか、北朝鮮内の戦闘が行なわれた地域から平壌や咸興などに避難した人々は、多いときには数千人単位の集団収容所で、共同生活をすることもあった。こうした共同生活は個人の私生活を奪い、精神的疲労を累積させ、しばしばいさかいを生んだ。また、生活難から盗難事件が頻発し、殺風景な雰囲気が支配していた。彼らは日本に到着してからも、直ぐに上陸することが叶わず、一定期間、船の中で検疫を待つこともあった。内地に知人や親戚がいない場合には、帰還港近くの臨時収容所や定着地の引揚者収容所で過ごすことになった。
（『一億人の昭和史４　空襲・敗戦・引揚』毎日新聞社、1975 年）

なくとも一九四五年九～十月までは、ほとんどの鎮南浦在住の日本人は日本内地を、むしろ「外地」と考えており、新生の北朝鮮政権のもとでも、生活基盤を確立できると予測していたという(35)。

それではずっと一緒に暮らした在住日本人と、満州または北朝鮮の他の地域からやってきた避難民を、強く分けへだてる理由は何だったのか？　それは第一に、旧日本帝国が本質的に持っていた各種の亀裂が、北朝鮮という同一空間に抑留された日本人集団においても確認されるからである。第二に、北朝鮮帰還者で有名人の手記は、北朝鮮内の特定地域で長く暮らした日本人の書いたものではなく、満州避難民や北朝鮮内の他の地域から避難してきた人が記述したものが大部分だからである。

一九四五～四六年の真冬に幼い娘を失った森本あやは、避難初期に地域の世話会の世話で、避難民収容所で共同生活をし、四十日ぶりに在住日本人の家に同宿することになった。しかし、「避難民は不潔で、臭くてかなわん」「虱を移されては困る」「早く出ていってほしい」とあからさまな態度を示された。彼女は「初めて思い知らされた同胞の冷たさでした」と回顧している(36)。

こうした葛藤は一九四六年の春から始まった南下脱出の過程でも、そのまま再現された。在住日本人と満州避難民は互いに助け合いもしたが、大抵は別々に脱出グループをつくり、移動に必要な資金も別々に管理する場合が多かった。脱出ルートごとに要所を見張っているソ連軍や朝鮮人が金品を要求すると、在住日本人は、持ち合わせのない避難民の分まで拠出しなければならないので、最初から避難民とともに脱出するのを嫌がった(37)。

ひところ日本帝国は、海外日本人だけでなく植民地の住民まで、戦争に動員しようと「大東亜十億の解放のための聖戦」と大々的に宣伝した(38)。しかし、日本人と植民地住民のあいだの本質的な亀裂は、敗戦と同時に開始された日本人に対する大々的な追放の動きに波及し、もはや回復できない状態に達していた。それならば海外の日本人社会では、きちんと纏まっていたのだろうか？

南朝鮮の事例で見たように、高位官僚、軍人、警察幹部、そして資本家と大企業の重役らは、財産の搬出ばかりに没頭し、先を争って逃亡するとか、先んじて帰国しようと懸命だった。こうした亀裂は立場を代えれば「ドングリの背比べ」にすぎない北朝鮮の日本人社会でも、在住日本人と避難民における葛藤と不信感として現れた。かつて日本人は朝鮮人に停滞性・衛生・勤勉などの物差しを突きつけ、近代化・文明化された日本人（内地人）という優越感を基礎に、集団的価値の正体性を公有してきた。[39]けれども終戦を契機に、こうした虚像のもとで伏流化していた亀裂が鮮明に表出したのである。

この亀裂は海外日本人の内部だけに留まるものではなく、内地人と海外引揚者のあいだにも、大きな波長になって広がった。南朝鮮の日本人よりも気の毒な北朝鮮の日本人、北朝鮮の日本人のなかでも最も気の毒な満州避難民という構図は、博多などの帰還港に到着した瞬間、もはやそれ以上の意味は持たなくなった。内地人の立場からすれば、外地からの帰国者はすべて自分たちの暮らしを脅かす厄介な集団にほかならなかった。

一例として、海外の日本人は占領軍から「善良な妻子」を守るために、芸者と娼妓たちを慰安隊として差し出したが、本土に到着した瞬間、すべての女性は外地から帰国したとの理由だけで、まったく同様の扱いをされた。思春期の少女から閉経期の中年女性まで、帰還港でタラップを降りて「こちらへ」と検査台に横たわった瞬間、彼女たちは同胞から受けた蔑視と差別が、どれほど深い傷になり根づいたかを知った。

北朝鮮の日本人社会も、帝国の崩壊で生じた総体的亀裂から自由ではなかった。それは寂寞とした居留と帰還によって、人間本性の奥底を現す赤裸々な方式で示された。そうした意味で、南北朝鮮を問わず日本人の本土帰還と定着の過程は、強固な支配体制のなかに潜んでいた旧帝国の亀裂がいたるところに現れ、拡大深化する一連の道のりだった。

第五章　ひっくり返った世の中を恨んで

一　あべこべの運命

京城帝国大学理科教員養成所に通っていた都甲芳正《とごうよしまさ》は、敗戦になると家族が暮らしている平安北道《ピョンアンプクト》の定州《チョンジュ》に帰った。彼は生き延びていくためにどんな仕事でもしようと思った。「日本人は良く仕事をする」との噂を聞いて、同じ村の朝鮮人が彼に働く場を与えてくれた。この仕事、あの仕事と働いて体に肉体労働が馴染んだ頃、週末に村に一軒しかない共同浴場で働くことになった。朝七時からポンプを動かして三時間、やっと浴槽が満水になる。薪を燃やして二時間すると湯が沸く。浴場の仕事はそれほど難しいものではなかった。しかし朝鮮人と対面して傷つく心は、簡単に癒されるものではなかった。

朝鮮人はわざと聞こえよがしに、あちこちから熱い湯を出せと命じた。そのたびに彼は「ネェー（はい）」と答えて直ぐに湯を送るのだった。時には子どもからも「コラッ！　イリボントッケビ、さぼるな、水汲めっ！」と怒鳴られた。呆れて答えに窮するが、食べて行くにはどのみち甘受しなければならないことだった。むしろ、もっと気分が良くないのは、日本人の立場を理解するふりをしながら、慇懃無礼に振る舞う人々である。裸になればまったく同じ人間だとか、「戦争に負けたおかげで、こんな朝鮮人の風呂番をしながら、都甲のお兄さんと裸のつきあいが出来るようになったのね」とか、独り言のように当てこすりされるのは、まったく耐え難いことだった。あるときは一緒に働いているおばさんが青い顔をして、長靴を手に裸足で駆け込んできた。一部始終を聞いてみると、保線区の木下さんの下で働いていた、通称〃大山〃と呼んでいた朝鮮人に乱暴されそうになったらしい。「いつも顔を合わせる度に、オドしたり、すかしたりしていたが、何か子供にやる物があるからと、いやに今日は親切だなと思ったら、『不自由してるだろ』って言い出して、ああ胸糞わるい。引っぱたかれたが、すぐひっぱたき返してとび出してきたけれど……」。もし、おばさんの夫が引っ張られて行かなければ、こんなことは無かっただろう。おばさんの話を聞いた瞬間、都甲は騎士のような気分になって、「またここまでやって来たら頭から冷水をぶっかけて冷やしてやるよ」と男気を見せたものの、本当のところは、「こういう問題は全くどうしてよいか解らなかった(1)」

まさしく、こうした現象は世の中がひっくり返ったから起こったことだった。わずか二十余年前には、このようなことは想像すらできなかった。一九一九年の「三・一運動」でしっぺ返しされた朝鮮総督府は、文化政治を標榜し、日本人と朝鮮人の差別をなくすと広言した。けれどもその後もしばらくは、朝鮮人にとって公衆浴場は、なかなか見くびることのできない聖域だった。一九二二年、京畿道警察部は、日本人が運営する共同浴場で、朝鮮人を門前払いしたとの雑音が絶えないと、浴場業主に是正命令を出したこともある。にもかかわらず、京城の南米倉町（現在の南倉洞）の〝黒穂湯〟や太平路の〝興業湯〟など都心の有名浴場は、依然として朝鮮人の入浴を認めなかった。

地方でも事情は同じだった。一九二五年、全州裡里《チョンジュイリ》の〝日の出湯〟で、朝鮮人と日本人のあいだに大きないさかいが起こった。そのわけは公衆浴場の主人が、金堤から沐浴にやってきた朝鮮人六名を帳場で追い払ったためだった。意外にもその日は、萬頃江《マンギョンガン》の水利施設改築の起工式が開かれ、全国から大勢の人が押し寄せていた。当時、萬頃江と東進江《トンジンガン》一帯は、毎年くり返される水害を防止し、全羅北道地域で生産される米を日本に搬出しようとしていた総督府が、大雅《テア》ダムの建設などで大きな功績を挙げた地域だった。解放後の界火島《ケファド》、新万金《シンマングム》干拓事業に比肩する大々的なものだった。当日は施工者側が広範囲に宣伝したため、大勢の関係者が各地から集まっていた。ところが公衆浴場の利用をめぐって、朝鮮人と日本人のあいだに大規模な争いが起きたのだった。[2]

一方、この事件が発生する二、三か月前に開場した仁川《インチョン》 乙尾島《ウォルミド》の公衆浴場の場合は、他の浴場とは多少事情が異なっていた。乙尾島の浴場は仁川遊園株式会社が朝鮮だけでなく、今後日本内地からの観光客も誘致しようと準備した会心のプロジェクトだった。開場とともに打ち出した入浴料半額サービスは、当時としては破格的な広報戦略だった。同時に、朝鮮人の富裕層に的を絞り、何名かの朝鮮人女性サービス係を特別に雇って宣伝した。[3]しかし、これは大勢の観光客がやってくる遊園地だったので可能なことだった。

しかし、日本人が運営する地方の浴場は、相変わらず朝鮮人の利用を容易に認めなかった。実際には前述のように、京畿道警察部から業主に是正命令が出ていたが、朝鮮人に対する入浴拒否は続いていた。そればかりか、代表的な日本人居住地である京城チンコゲ一帯の日本人商店では、仮に朝鮮人が代金を支払って品物の購入をしようとしても、厄介者扱いするのがいつものことだった。つまり、日本人は金を少しばかり儲けなくても構わない。行政指導に違反して罰金を科せられてもいい。朝鮮人と同じ浴槽に体を浸けたくないのだった。

朝鮮人に対する浴場の入場拒否が、しばしば社会問題になった一九二〇年代には、〝ハエ取り運動〟も流行った。一九二四年、京畿道ではハエ捕り事業に七三〇〇円の予算措置をし、ソウルだけでも二二〇〇円ほど支出している。京城で始まったハエ取り運動は、直ちに地方にまで広がった。伝染病を移すハエを捕まえれば、各地方の官庁から若干の報償金がもらえるからだった(4)。

京畿道楊平郡《キョンキドヤンピョンクン》では、ハエ百匹に対して一銭を給付していたが、十日足らずで、なんと六万匹も持ってきたという(5)。ハエ取り運動は次第に熱を帯びるようになり、もともとは道や郡単位の地域事業だったのが、いまや報奨金目当てに他の地域に遠征してまで、ハエを捕らえてくる弊害まで現れるようになった。そのため、この事業は一九三〇年代まで廃止と復活をくり返した。

日本人は文化水準が低く汚らしい朝鮮人と、少しでも同じ空間にいることを嫌った。朝鮮人に沐浴を認め、もし日本人客が病気にでも罹ったら、町の人々を相手に商売をする風呂屋は、もはや廃業するしかなくなる。日本人にとって朝鮮人は、いうならばウイルスみたいなものだった。

一九二七年、『現代評論』誌に崔曙海《チエソヘ》が寄稿した小説「二重」には、こうした生活が赤裸々に描写されている。この小説の主人公は、日本人居住地の京城府若草町(現在の中区草洞)に引越をした。しばらくして主人公の妻は、自分の家にしばしば水道の水を貰いにくる前の家の日本人の老女と、地域の風呂屋に行った。ところが妻は風呂屋に入ることができない。門前払いされたと泣きながら帰ってきて、主人公に別のところに引っ越そうと訴える。怒った主人公は風呂屋をとっちめようと飛び出して行くが、途中で会った友人は「ああ、ダメなんだ！　ヨボ（日本人が朝鮮人を蔑視して呼んだ言葉）は、日本人の風呂屋に入ることはできないんだ。日本の羽織に下駄を履いて行けば、入ることはできるが、朝鮮人の身なりをした者は、入れてはくれない」(6)と言うのだった。とどのつまり、主人公はひどい目に遭ったと気落ちして家に帰ってきた。そしていくらも経たずに家主から明け渡しを通告された。主人公はたぶん「風呂屋事件」が、地域の日本人社会で問題になったと考える。この小説は朝鮮人差別を素材にしたという理由で、当局から販売禁止の処分を受けた。

崔曙海は、この小説の末尾に「考えてみれば、われわれは二重の悲哀を味わっている。朝鮮人であるがゆえと、〝ヨボ〟であるために入場を拒絶される。（略）この心に深く積み重なり、血管や細胞に深く深く、また重々しく染み入っている二重の悲哀」と書いている。近代以来、日本人は気品ある金持ちでごく少数の〝両班〟と、蔑視を受けてきた大多数の〝ヨボ〟という静態的視角で朝鮮人を見つめてきた。小説の主人公は朝鮮人で貧乏、バックを持たない庶民であり、日本人が「オイ！」と朝鮮人を軽んじて呼ぶときに使うあの〝ヨボ〟だったのだ。(7)二十年が経過して都甲芳正が公衆浴場で、ある朝鮮人から聞いた「戦争に負けたおかげで、都甲の兄さんと裸の付きあいが出来るようになったのね」と言われたのは、たんなる当てこすりではない。この小説の主人公のように、胸のなかに長く潜んでいた恨《ハン》を表したものなのだ。

都甲芳正の例からも分かるように、わずか半年から長くて一年のあいだに、「敗戦国民」として朝鮮人とともに暮らさねばならなかった北朝鮮在住日本人は、これまでの数十年間、朝鮮人が感じていた悲哀を圧縮した形で短期間に体験した。このようなあべこべの運命は極めて未熟な体験で、急激にやってきたため、それにともなう暮らしの落差がいっそう大きく感じられたのである。

二　初めて体験する集団生活

岩岡きみこは、小学校四年生だった一九二五年に、鉄道マンの父に連れられて朝鮮にやってきた。彼女は京城官立師範学校を卒業し、平壌で教職生活をしている時に夫に出会った。夫は敗戦まで平安南道江西郡のムンドン（문동）小学校の校長をしていた。そのおかげで敗戦直前にも夫の学校に勤務していた李先生と朴先生という朝鮮人が、彼女の家族を守ってあげると言ったので、木刀を持ってきた恐怖感は消えた。けれども中小都市に留まるのが心配なので、親戚のいる平壌に向かった。八月末に平壌に到着した岩岡一家は、親戚の家で十日あまりを過ごしたが、直ぐに官舎から追い出され、鉄道員の合宿所に入った。その後一家は鉄道員ではないとの理由で、再び親戚と別れて大同江《テドンガン》の対岸にある古びた独身者宿舎で暮らすことになった。

彼女の思い出によれば、そこでも互いに知らない人々とともに暮らしたが、自分の家族四名の外にも、満州から逃げてきて隠れている軍人二名、妊産婦一名、別の家族三名、そして北朝鮮の他の地域からやってきた男性と女性各一名が、畳八畳の部屋ひとつで一緒に過ごしていたという。算術的に計算すれば、一人あたり約〇・五坪（一・六五平方メートル）の空間が割り当てられたのだった。このように劣悪な環境で過ごしてみると、人によって生活習慣も異なっていて、生活必需品も足りなかったので何かと心労が多かった。加えてみんな夏に移動したので、布団などを持ってきた人はいなかった。お互いに知らない人と、やむなく一枚の布団を使用しなければならないので、何かと不便だった。彼女はしばらくしてから、幸いにも以前に教えた朝鮮人の娘に会い、その娘の家に移ったので、うんざりしたそれまでの生活を終えることができたが、他の人たちは、いつもそこから脱出する機会を狙っていた。比較的運が良かった彼女の家族も、脱出するまで五回も引っ越しをしなければならなかった(8)。

岩岡が回顧するように、解放後に北朝鮮から帰国した日本人が帰還前の滞留期間に、忘れられない苦痛として挙げているのが、まさに暮らした家から追い出され、狭い空間で見知らぬ人々と、あちこち揉まれながら心を痛めた経験である。こうした集団生活は、ソ連軍の進駐と同時に始まった脱出、すなわち、南下をした後にも、米軍の収容所や京城日本人世話会が管轄した収容施設でも続いた。乗船地の釜山と帰還港の博多などでも、共同生活は避けられなかった。さらには本土に帰還してからも、故郷の親戚や知人の家に世話になった。縁故のない者は、海外引揚者向けの定着地域や収容施設などで、引き続き居候することになるのである。

彼らの帰還と定着過程には、いつ終わるか分からない、うんざりする集団生活からくる精神的疲労、必要な情報もなく、いつもカケのような重大決定をしなければならない緊張感、そして生存本能からくる隣人との大小のいさかいなどが綴られている。特に北朝鮮に足を踏み入れている状況では、過去とは異なり、何ひとつ自分の力ではなし得ない無力感とともに、ソ連軍と朝鮮人がいつ自分の生命と財産を、どう処理するかも分からない不安感まで加わった。こうした苦難に満ちた抑留生活は、日本人住宅の接収と強制退去命令、そしてそれによる集団居住から始まった。

北朝鮮での日本人住宅の接収は、一九四五年八月末頃から開始された。接収時期と方式は、ソ連軍の進駐時点と各地域の政治状況によって多様な形態でなされた(9)。黄海道《ファンヘド》海州《ヘジュ》の事例を見ると、一九四五年八月、最初に官公署・官舎・社宅、九月末からは商店、そして暫くすると一般家屋という順に、撤収対象が拡大された。これは北朝鮮で実施された住宅撤収の一般的類型だった。官公署と社宅を真っ先に接収した理由は、これらの建物は大抵規模が大きく、植民地機構や大企業に勤める職員が住んでいたからだった。

占領軍は進駐すると、直ちに行政機関を掌握し、各単位事業場では朝鮮人従業員の自主管理が強力に展開され、日本人職員は職場だけでなく、社宅からも追い出された。当時、海州港には朝鮮セメント、住友、鐘紡、西鮮重工業、朝鮮火薬などの工場団地があった。これらの工場に勤務した日本人従業員は、八月十八日に社宅から追放され、一か所に集団収容された(10)。

比較的早い時期に、社会主義勢力が人民委員会を組織した新義州《シニジュ》では、海州とは異なり一九四五年九月初旬から住宅接収が始まった。撤収方式を見ると、その地域の保安部長が気に入った建物を任意に指定し、退去命令書を発する形式で進行された。退去までの期間は長くて五日だったが、急な場合は当日の退去命令で、即刻、家を空け渡さねばならないこともあった。もし命令に背いた場合には「建国非協力者」として留置場に放り込まれた。退去時には所持品と家財道具の搬出に対して保安署の許可を要することになった。

十一月末までに実施された住宅撤収は、少ない者は二~三回だったが、思いがけずに引っ越した場所が暫くすると、また接収の対象に追加指定され、またしても居所を移さねばならないこともあった。最も多い者は十日間に六回の引越記録を残し、そのためほとんど無一文となった者も少なくなかった。その結果、かつて約二千五百戸だった日本人住宅は、一千戸に激減し、住宅用面積は大きく縮小し、畳一枚に一・五名にまでなってしまった(11)。

在住日本人よりさらに劣悪な環境に置かれたのが、満州からの避難民など、ソ連軍と日本軍が戦闘をくり広げた地域から戦乱を避けて移動してきた人々だった。彼らは大抵、平壌を中心とした西北地域と咸興を中心とした東北地域に集中していた。避難初期に、彼らは該当地域の日本人社会の斡旋で、在住日本人家庭の許しを得てしばらく同居するとか、安全のために学校や寺社などに共同で暮らした。ところが平壌の場合には、九月中旬に人民委員会が組織されると、公共建物の接収が開始され、朝鮮人学校も開校するようになったので、彼らはまたも居所を変えねばならなくなった。

特に大勢が収容されていた大規模の建物が接収されたので、彼らを分散配置する場所がなくなり、当局を手こずらせた。一九四五年九月末、平壌で最も大規模な避難民収容所だった平壌高等女学校の場合、収容人員は二千七百名に達していた。当局はその収容者をわずか四時間で、旧遊郭地域に最大九百名も強制移転させ、六畳に二十四名、四畳半に二十名近くも収容させたのだった。畳一枚は成人が横になれば、ほとんど塞がってしまう広さなのに、そこに四、五名も押し込んだのである(12)。

西北地域とともに、満州避難民が一挙に流入した咸鏡道地域の状況は、いっそう劣悪だった。咸興府の場合、解放以前の在住日本人は約一万二千名だったが、避難民が押し寄せると、多いときは在留者が三万五千名にまで膨らんだ。満州避難民は急がされるままに、在住日本人の家庭に世話になり暮らしていたが、一九四五年九月、当局は日本人の住宅を接収し、ここに住んでいた避難民を旧遊郭地域に一括強制的に追放した。当時、遊郭一か所に最大九百名近くを収容したが、六畳の広さに二十〜二十五名が暮らすケースもあった。

家屋の接収による共同生活は、ついに以前から住んでいた咸興《ハムフン》の日本人にまで波及した。その結果、敗戦以前、咸興の日本人は一戸平均五・三名だったのに、一九四五年十二月末にはなんと二十六・二名に達した。住宅一戸当たり五〜六世帯が同居することになったのである。[13]

日本人住宅の接収と退去・収容は、ほとんど強圧的になされたが、元山《ウォンサン》の場合は、ソ連軍、朝鮮人（人民委員会）、日本人（世話会）が、比較的速やかに合意し住居問題を解決しようとした。元山人民委員会の総務課長は、解放を迎えて北朝鮮に在住していたり、避難してきた日本人よりも、さらに多くの朝鮮人が海外から帰国したので、住宅難の解決に頭を悩ました。ついに彼はこの問題を解決するために、日本人世話会側に次のような提案をした。

「松本さん、御承知の通り、ソ連軍の色々の機関がふえて、元山の目ぼしい建物は、殆どソ連軍にとられ、朝鮮人も住宅がなくて困って来たので、日本人との同居を世話会で斡旋してもらいたい」[14]

これを世話会長は各町会に連絡し、同居に反対する一部の在住日本人を説得し、最終的に合意を得ることができた。こうして「表は朝鮮人、裏は日本人」が使用する方式になった。当時、朝鮮人と日本人の同居は比較的円滑になされていたという。おかげで日本人が引き揚げる際には、朝鮮人側は「所持品を安価に譲ってもらいたい気持があり、一方、日本人側も、朝鮮人を利用して、日用品買入れの手引きをしてもらう」ことになり、こうして双方は便宜を図りあったのだった。

元山の事例は、日本人がソ連軍の移動禁止措置に応じて、そのまま残留している状況で、かつて外地に出かけた朝鮮人が帰国して発生した非常事態を、互いに譲歩し、協力して賢く克服した点で注目に値する。この事例が重要な意味を持つ、もう一つの理由は、一九三〇年代の半ば以降、朝鮮総督府が頭を悩ました社会問題の一つが、朝鮮の慢性的住宅不足だったからである。

三　身に染みる暮らしの落差

敗戦後の強制退去による共同居住と、集団生活の厳しさは日本人だけが味わったものだったのか？　ともすれば、それは植民地支配者として享受した特権が、突然、剝奪されたために、より大きく感じられたのではなかったか？

日清戦争以降、朝鮮総督府は朝鮮の住宅問題を、戦争遂行のための後方の社会的インフラの観点で見つめた。言うなれば、植民地の機構としても軍需品の安定的生産、そしてこれを裏づける労働力の維持と再生産のためにも、朝鮮の絶対的な住宅不足問題を、これ以上放置することは許されなかった。

京城府が一九三九年初頭に住宅実態調査を実施したのも、こうした背景があったからである。調査結果は惨憺たるものだった。京城府の住宅は約八万二千棟だったが、十四万八千世帯のうち六万六千世帯に住む家がなかった。(15)　この結果を受け、急いで新築計画を立て住宅不足を解決しようとしたが、戦時体制に差しかかっていたため、財政と資材不足で工事の進行が思うに任せなかった。むしろ、住

日本鉱業製錬所とともに工業化を導いた鎮南浦港の光景
　鎮南浦は朝鮮半島西北海岸に位置する各種物資の集散地で、日本鉱業製錬所をはじめ精米所、製粉工場、貯炭場などが集中していた。ソ連軍はこの地域から物資と生産設備を搬出し、日本人労働力を集中的に徴発し物資の運送と荷役に動員した。また、この地域は電気化学工業が発達していたため、ソ連軍は軍事上の要衝と見なし、相対的に多くの駐屯軍を配置していた。このため日本人は彼らの宿舎をつくったり、雑役をしたりしなければならなかった。（鎮南浦会編『よみがえる鎮南浦――鎮南浦終戦の記録』鎮南浦会東京本部事務局、1984 年）

宅新築計画が発表されてから建築された住宅よりも、撤去された中古住宅が多いほどだった。

京城がこうした状況だったので、一九三〇年代の急速な工業化・都市化が進行した北朝鮮の主要都市の場合は、再言を要しないほどだった。平壌では都市開発が進行されるにつれ、地価（一九三三年基準）は三六年には十倍にまで高騰した。[16] その影響で家賃は三倍になり、庶民生活は益々苦しくなった。地価の上昇で住宅供給が困難になり、家賃ばかりが天井知らずに上昇すると、四二年には平壌と鎮南浦一帯は、京城とともに全国的に土幕《トマク》［土小屋］と不良住宅が最も多い地域として順位を争うほどになった。ある日本人は鎮南浦を回想して「太平洋戦争も忘れるほど平和な所」と書いているが、それは各種便宜施設が整った日本人居住地域でのことで、同じ時期、場末の朝鮮人たちは、真冬でも風雪を凌ぐ場所を探し出し、生存のために死闘しなければならなかった。

日本高周波工場のあった咸鏡《ハムギョン》道《ド》城津《ソンジン》と、平壌・鎮南浦に続いて北朝鮮地域で、第三番目に土幕と不良住宅が多かった清津のケースを見ると、住宅問題に対する朝鮮人と日本人の温度差を克明に確認できる。城津は第二期の重工業施設の拡充過程に、大勢の人々が働き場を求めて押し寄せてきた地域だった。このため物価が高騰し、一九三八年に土地価格は坪三〇ウォンから、翌年には八〇ウォンにまで上昇した。さらに高い収益を狙った地主は宅地を売らずに、住宅を新築する方向に転じた。その結果、家賃は急騰し、これに耐えられない者は、急いで家を出ねばならなかった。こうした清津《チョンジン》の状況を、ある新聞は「住宅地獄」と表現し、次のように報じている。

日に日に膨張する清津港！　急激な人口増加で起きた住宅難は、最近の「厳冬雪寒」を前にして、完全に地獄化している。建築関係の実績を確かめてみると、朝鮮内のどの都市よりも先行しており、先の四月から十月十五日現在までに建築戸数は約二千戸になったが、最近では清津府内に家を手に入れようとする人々が、市内各地に溢れている。

部屋が二つに台所一つならば、どんなところでも二〇〜三〇ウォンの借家料の支払が普通なので、収入の少ない細民衆（細国民）は、一間に七、八名の家族を抱え慌てふためいており、少しばかり余裕のある層も、第一に、清津の地主から土地を買い求めることはできない。第二に、資材・建築費などが二倍以上に高騰し、なかなか家を建てることができないなどで、家が一軒建ったりすれば、借り手の争奪戦で大変なことになる。家主はこのような弱点を狙って「好機到来」とばかりに、家賃を上げてしまうので借り手はいつも辛い立場になる。

こうした現象のために、清津港では最近移住してきた人々が、野宿しているのをよく見かける。極寒期を控えて住宅難はいっそう深刻になった。(17)

朝鮮総督府は戦時体制になると、住宅難解消を標榜したが、財政難と物資難、建築費の上昇、地主の宅地売買拒否などで難航を続けた。加えて一九三八年からは、戦時インフレを鎮めるために、各種の物資統制令が発令され、市中の建築資材は姿を消し、住宅政策は悪循環をくり返した。また、家賃の統制はかえって闇価格ばかりを助長し、不動産賃貸市場を攪乱させ、上記報道に見られるように、地主と家主の腹だけを満たした。

敗戦後、日本人が直面した強制退去と共同居住問題を、どう理解すれば良いのだろうか？　むろん、日本人の立場からすれば、住み慣れた家から、突如、追い出され、大勢の見知らぬ人々と狭い空間で過ごさねばならないので、種々の面で苦労を味わった。また退去の過程では、朝鮮人の度の過ぎた感情がナマの形でぶつけられるなど、多少は不格好な形態で強制移住がなされたのも事実である。けれども、この問題をきちんと見ていくと、いくつかの考えるべき点がある。

まず、日本人住宅の接収と再分配、それによる日本人の共同居住は、旧ソ連占領地に共通する現象だった。中国大連の事例を見ると、一九四五年当時、大連市の総人口八十万名のうち約二十万名が日本人だった。彼らは全家屋面積の六五・四％を占めていた。住宅をめぐる富の不平等がそれほど深刻だったのだ。その結果、ソ連軍と大連市当局は、こうした偏重現象を是正しようと、この地域で唯一の居留民団体として承認した「大連日本人労働組合」を通じて標準化政策の一環として住宅調整運動を展開し、日本人住宅を中国人に開放しようとした[18]。日本人と被植民地人のあいだの住宅調整運動は、ソ連軍が占領したために起きた現象だったかも知れないが、それ以前に旧日本帝国内の各植民都市が抱いていた民族差別的な住宅政策と、住宅所有の実態に起因する現象だった。

住宅不足と日本人所有住宅に関する処理論議は、北朝鮮地域だけの問題ではなく、朝鮮半島全域にわたる共通した社会的問題だった。南朝鮮の場合は米軍政の初期には、当局が日本人の私有財産権の保護を宣言することによって、金持ちの朝鮮人に日本人住宅が大挙売却された。その後の四五年十二月、米軍政は、すべての日本及び日本人財産の一括帰属を宣言し、それまでに締結された売買契約は無効となった。これは遅きに失した措置だったので、それ以前に多くの日本人住宅が、個人の利殖に悪用されたが、どうあっても、その背景には南朝鮮社会の持続的な圧力が作用していた。

当時、南朝鮮の主要政党及び社会団体は、政派を問わず日本人所有の不動産の処理問題の重要性を認識していたため、帰属不動産の自由販売に反対した(19)。そして、米軍政の厳しい管理のもとで、日本人家屋を住宅のない貧民と海外帰還者に開放せよと要求した。各政派はたとえ政治路線や理念が異なっていても、当時の社会問題を解決するには、不動産、すなわち、帰属財産を社会全体の所有物にしなければならないとの、歴史認識はある程度共有されていた。

実際に、南朝鮮には解放後二百万名もの朝鮮人が帰国した状況で、冬になると定例行事のように、彼らの餓死・凍死の報道が社会面を賑わしていた。だから帰属した日本人住宅の社会的共有・活用は、避けられない選択だった(20)。日本人住宅に対する朝鮮人社会の一般的感情と認識は、それが実際に貧民、労働者、海外帰国者らを入れるかどうかの問題とは別に、南朝鮮も北朝鮮も大きな違いはなかった。家を共同使用しなければ、社会構成員のうちの相当部分が街頭で野宿を迫られる状況だったからである。

北朝鮮から引揚げた日本人が訴える強制退去、共同居住、集団生活の苦痛は、逆説的に言うなら、それほど朝鮮人と朝鮮社会には無関心だったから、いっそう大きく感じられたのだ。日本人は敗戦後、しばらくそのような苦難を味わったが、多くの朝鮮人は過去数十年間、下男暮らしや住み込みで極貧生活をしてきたのだった。敗戦後、日本人が感じたその苦痛は、帝国の「陰地（影の部分）」を長く支えてきた朝鮮人には、すでに暮らしの一部になっていた。また、貧民はもちろん、同じ時期に海外から帰還した朝鮮人同胞は、駅前・土窟・防空壕などを転々と、毎日を苦労しながら送っていた(21)。

再言すれば、そのような苦痛は日本人ゆえに体験したものではなく、日本人の歪曲した民族差別的な住宅政策に起因するもので、帝国が崩壊し多くの人々が、国境を超えて移動する混乱期だったために加重されたのだった。日本人はそれまで朝鮮人と隔てられた「府」と「指定面」を中心に、いわゆる日本人村と呼ばれる空間で、様々な便宜を享有しながら暮らしていたため、朝鮮人社会の実情を知らなかっただけの話で、そうした社会問題は今に始まったことではなかった。

要するに、解放直後の不動産接収は、朝鮮に常に存在した生活難・住宅難のため、日本人社会にも多少は関わる形で実施されたのである。しかし、こうした困難を初めて経験した日本人は、当惑せざるを得なかったのであり、敗戦後は、これ以上「陽地」ばかりを固執することはできないので、暮らしの落差による喪失感と被害意識はいっそう深まったのだ。これは朝鮮で暮らしていながら、朝鮮人を見向こうとはしなかったからだった。

四　味の素を売る日本人

一九四五年十月のある日、軍人村の秋乙《チュウル》（朝鮮時代の地名は秋鬱未・秋乙美、現在は平壌市内）の兵器製造所で働いていた日本人が、平壌治安署に連行された。彼らは敗戦後、金に窮して生活必需品を一つ二つと闇市場で売っていたが、そのなかに味の素が含まれていて物議を醸した。この事件で治安署に呼び出された平壌日本人会長は、激怒する治安署員にあの手この手で平謝りし、やっと帰宅を許された。この事件は敗戦直後の日本人の重要な社会経済的変化とともに、彼らを見つめる朝鮮人社会の視角が一つに凝集して起こったものだった。治安署員はなぜこの調味料に腹を立てたのか？

当時、仁川陸軍造兵廠の平壌製造所病院内科部長だった富田《とみた》寛《あきら》は、味の素のような「贅沢品」を、いまだに日本人が持っていたことが治安署を憤激させたのだと思った。[22] そのようなもの、つまり朝鮮人にとって味の素は、たんなる調味料ではなく、いつも使ってみたかった羨望の対象で、金がなくて買うことのできない疎外とコンプレックスの象徴にほかならなかった。朝鮮人にとって「近代の味」とは、これまで味わえなかった珍しい品物で、新しい文化に接するきっかけにはなりはしたが、同時にそれを味わえなかったことから、みすぼらしい自分の姿を再確認させられる奇妙な妖物でもあった。

一九〇七年、（合資）鈴木製薬所に始まる味の素株式会社は、翌年、東京帝国大学化学科教授、池田《いけだ》菊苗《きくなえ》が世界最初のグルタミン酸ナトリウム、すなわちMSGの製造に成功すると、これを調味料として製品化した。そのおかげで味の素は森永製菓、明治製菓、サッポロビール、麒麟ビールなどとともに、植民地朝鮮に「近代の味」を伝える有数の食品会社となった。特にこの会社は、一九三〇年代半ばになると、味の素の広告に他の製菓会社やビール会社に比べると、三倍から十倍に近い莫大な資金を投入し、全国的に朝鮮人の味覚を攻略した。[23] この化学調味料はどのようにして誕生したのか？

池田菊苗は助教授の頃にドイツに留学した経験があり、ロンドンで夏目漱石と同じ下宿屋で過ごしたこともある「開化」した知識人だった。彼は昆布の味を出す成分がグルタミン酸ナトリウムである事実を確認し、これを化学的に製造した。日本の食文化はしばしば関西と関東に大別されるが、関西地方は経験的にほのかな味を好み、薄い醬油や昆布でほのかに味を出すダシを好む。反面、関東地方は煮詰まった塩味を好み、濃い醬油や鰹節で味を出したダシを好む。味の素はまさに関西地方の長い料理文化と西洋の最先端の化学技術が、絶妙に混じり合って誕生した調味料なのである。両者を媒介した人物は京都出身の科学者、すなわち池田菊苗だった。彼がつくり出した調味料は、各植民都市の日本人居住地区を窓口にし、旧日本帝国の全域に「近代化された日本の味」を伝えていった。

味の素は一九二〇年代当初から「文明的調味料」なるキャッチフレーズで、朝鮮市場を攻略した[24]。しばらくすると会社名を「味の素本舗㈱鈴木商店」と改め、一九二九年の朝鮮博覧会を契機に、多彩な広告を通じて日本人と朝鮮人富裕層に的を絞り、さらなる攻撃的な最先端のマーケッティング活動を展開した。すなわち、博覧会期間中の一日を「味の素の日」と定めて広告の端に印刷した贈呈券を持参すれば、景福宮慶会楼の傍で調味料一瓶を提供したのである[25]。

化学調味料は、それ自体が〝文明〟のイメージで装われた一つのブランドであり、女性たちの家事労働を軽減する利器と認識され、富裕層のあいだで大きな人気を博した。特に煩わしく切りのない朝鮮の食文化を、画期的に改善できるとして世間から注目された。宋今璇《ソンクムソン》が一九三〇年に『別乾坤《ピョルコンゴン》』に寄稿した文章を見ると、当時、味の素に注目した朝鮮知識人社会の視線がよく現れている。

> （日本人は）ホウレン草などを煮ると、味の素や鰹節などを掛けていつも醤油で食べるが、我々はネギとニンニクを加え、ごま塩とごま油を掛けて、唐辛子粉、酢など、ナムルひとつを和えるにも、何度手を加えるかわからない。我々の食べ物には何であっても、薬味が入らないものはない。その薬味が一つや二つではない。少し上等な料理と作ろうとすれば、薬味をつくる手順がさらにかさむ。もちろん薬味を入れなければ朝鮮料理の味が出ないが、ほかの国の料理よりも著しく薬味に手が掛かり、また複雑である。もっと食べ物を簡単に調理することはできないか。この問題はもちろん大きな問題である。四千年以来、伝えられてきたものを、一朝に捨て去ってはならないが、少しは科学的に改良すれば良いのではないか[26]。

麦芽から滲みでる甘みよりも、舌の先を直接刺激する砂糖の味、そしてビールとともに、「清涼飲料」なる名前の新奇な飲み物が、喉をくすぐり「のど越し」なる新たな食道楽を生み出した。こうした近代の味は文明それ自体で魅力的なものだった。[27] 味の素に類する化学調味料は、解放後にもしばらく国内の有名食品会社が「味元《ミウォン》」「味風《ミプン》」などの名称で生産し、弊害が世間に知られるまで長く我々の食卓を占領した。そして、それが持つ〝致命的な魅力〟を否定することはできなかった。けれども、どんなに良いものであっても、自分が味わうことができなければ、むしろ、それは無いも同然である。

同時に、一九三〇年代になって盛んに工業化が進行した北朝鮮地域では、味の素がまた別の次元で格別な意味を持つことになった。朝鮮水力発電所と朝鮮窒素肥料会社を経営した野口遵《のぐちたかし》は、一九三〇年代中葉、咸興・清津一帯の土地五十七万坪を買い求め、その約二十五万坪に味の素工場を建てるとの噂が何度も流れた。[28] その後、それが計画どおりに推進されたかどうかは分からないが、その噂だけでも、全国から投機師が集まるほど世間の関心を集めた。地域住民も大規模開発による就労の場の創出など、その事業に大きな期待を寄せた。しかし、きちんとした補償もなく、工場予定地から追われた多数の朝鮮人には、その調味料は決して美しく見えるはずはなかった。ここにはただでさえ、殺人的な労働と賃金遅配で悪名高かった野口のイメージも一役買っていた。前述した秋乙の日本人たちが、味の素を持ち出して販売した際に、平壌の治安隊員たちが敏感に反応したというのは、一言では説明しきれない、こうした微妙な感情が去来していたからである。ところで日本人はなぜ調味料を取り出して売ったのか？

秋乙は平壌から四キロばかり離れた所で、かつて朝鮮軍師団司令部と各種部隊が密集し、軍人家族らが暮らす官舎だけで構成される一種の軍人居住地域だった。したがってこの地域の住民はかなり経済的な余裕があった。しかし、一九四五年の九〜十月、北朝鮮地域において大々的な「日本軍狩り」が開始されたので、一瞬にしてひどい状況に陥った。ほとんどの男性が外地に押送された結果、この地域には婦女子と老弱者だけが残された。残された者の生活が困難になった理由は、男性の不在だけでなく、北朝鮮地域において実施された日本人財産の没収と、経済活動の制限措置のためだった。

植民地時代を経験した高齢の韓国人が、当時の血も涙もない強制供出について語るように、北朝鮮からやってきた日本人に、生々しく刻印されたものの一つが、まさに日常の家財道具を供出させられたことだった。物資の供出は各職場と地域人民委員会で、ほとんど同時に実施されたが、供出の時期、供出の規模、対象品目は地域によって少しずつ異なっていた。

桑原宗源《くわはらそうげん》は機関士になりたい一心で、日本で高等学校を終えると元山にやってきて、咸鏡南道の咸興交通養成所の卒業を前にしていた。彼の回顧するところによると、敗戦と同時に、朝鮮人鉄道員は日本人の所持品を検査した後に、制服と作業服を直ちに没収したという。彼はこれを植民地時代に、日本人が「欲しがりません勝つまでは」と、朝鮮人を抑圧したことに対する報復行為だと思った(29)。黄《ファン》海道沙里院《ヘドサリウォン》の場合は、強制供出対象品目に、自転車・リアカー・蓄音機・ラジオ・ミシン・書籍など、さらに布団や化粧品まで含まれていた(30)。ここから察すると、桑原の言うとおり敗戦後の強制供出には、一種の報復心理というか、高価な物品を所持した日本人に対する、嫉妬心や批判心理が作用したことは明らかである。

しかし、各地の事例を広く確かめると一定の傾向が見いだされる。それはまさに新たな建国に必要な物品、または物資難の渦中で、社会的に共有すべき物品が優先的に接収されたことである。したがってこの供出を一面的に見るには無理がある。たとえば、平安道の亀城《クソン》地域では、九月の第一次供出のときには、新聞の閲覧は禁止され、移動手段・刀剣銃器類・貴金属製品・ラジオなどが没収され、第二次供出のときには寝具・衣類・什器などが没収された後に、漸く最低生活の維持に必要なものだけを残して置くことが認められた(31)。また、咸鏡道では、一九四五年九月八日に、道の接収委員会が組織され、九月九日にラジオ、二十七日に時計、十月十七日には自転車・刀剣類・家具什器・文房具・生活用具という具合に、何度かに分けて強制供出命令が出された(32)。

他方、治安が安定していない解放初期には、人民委員会という準国家機関の公的接収（供出）のほかに、私的な略奪と盗難事件も頻発したようだ。特にソ連軍戦闘部隊が本国に帰る直前の九月中旬前後には、住居侵入と盗難・略奪が極に達した。咸興地域の日本人委員会は、一九四五年八月三十日から十一月十四日まで、わずか四十六日のあいだに金品の盗難による被害額は、八九一万八〇七三円に達したと推定している。日本人は各地域単位に組織された日本人世話会・日本人会などの団体を、供出窓口に指定すること、私的な略奪の防止に努めることを人民委員会に強力に要請した(33)。ついに元山などでは、地域人民委員会が日本人世話会を通じて物資を調達し、生活が苦しくなった日本人の個人所持品の売買を許可した。秋乙の日本人たちが味の素を取り出して売った背景には、物資供出に伴う総体的生活難があったのである。

五　「ロスケマダム」の登場

敗戦とともに日本人公職者と会社員らは職場から追放され、青壮年男性は外地に連行され家族と離別した。自営業者も日本人の経済活動の禁止措置で、今後の事業運営が不可能になった。いまや日本人は辛うじて供出を免れた物品か、密かに隠して置いた品物と生活費で、毎日を堪えねばならなくなった。けれども一九四五年の冬になると、もはや売る物はなくなり、あちこちに分けて隠して置いた現金も、底をついた家庭が増えていった。興南・元山とともに、朝鮮半島の東北地域の工業化を先導した城津の高周波工場の社宅街も、この地域の世話会渉外部長だった小西秋雄の回顧文で見るとおり、敗戦に伴う日常生活を変えねばならなくなった。

秋深みゆく敗残の町、城津双浦町。高周波舎宅街を秋風が吹きぬける度に、日本人はやせはてて行った。食なく、金なく、衣類なく、舎宅に電熱器と水道と大豆とだけで、日本人は冬を迎えた。一方、バザール（闇市場）は盛大を極めた。日本人の掠奪品が豊富に展示されて、リンゴ・柿・毛ガニ・朝鮮アメ・牛豚鶏肉はあれども、物々交換する衣服なく、望郷の想いは火と燃えた。天に神はいないか、断腸の叫びはちまたにみちた。着飾ったソ連将校夫人、盛装した朝鮮夫人の間で乞食の如くうらぶれたモンペ姿の日本婦人が、大豆や大根を物交する姿はまことに哀れを極めた。朝鮮人冷麺屋や酒幕に働く日本女性の姿が増え、また一方、白粉や色赤き口紅をさしたロスケマダムの一群も現れて来た。漸く栄養失調者が続出、幼児の死亡者が増加、出征遺家族や養成工・養成看護婦など、生活力なき者が脱落して困窮者となり……。(34)

小西は日本人の家から供出された家財道具などが、闇市場で堂々と取引されている事実に憤慨し、その物件を買い戻すために何か別の物品を、持ってこなければならない自分の立場を、自嘲混じりの視線で見つめている。また、もんぺ姿の日本女性と着飾ったソ連軍将校夫人、あるいは朝鮮の女性たちを対比することで、彼らが堪え忍ばねばならなかった相対的剝奪感と虚脱感を代弁している。ところで、ここで注目すべき場面がある。朝鮮人遊興飲食店での雑役や、ソ連軍相手の接客業に従事する女性が登場したことだ。とりわけ濃い化粧をした「ロスケマダム」の登場は、地域日本人社会に大きな衝撃を与えた。以前なら想像もできない、こうした現象は城津だけに現れたものではなかった。

赤尾彰子《あかおあきこ》は朝鮮で生まれ、京城第一高等女学校に通っていた時に敗戦を迎えた。彼女が北朝鮮に閉じ込められたのは、京城で弁護士をしていた父親が、ソ連軍参戦との噂を聞き、江原道《カンウォンド》高城郡《コソンクン》浦外《ポウェ》津里《ジンリ》の私的別荘に家族を連れて避難したものの、その直後に三十八度線が封鎖されたからだった。つまり、京城一帯にソ連軍が進駐したので、避難してきた家族は北側に属することになるという、むしろ最悪の不運なケースだった。

この少女が残した日記には、高城で体験した細やかな日常生活の変化がなまなましく綴られている。

一九四五年九月三十日

（当局が指定した家に）分宿してからも、直接または間接に強制されて、夜の商売をする婦人は多いようだ。所持金も乏しくなったから、それは半ば職業的になってしまっている。朝など、そういう努めをした人たちが、その報酬で果物や魚など買って帰るのに出会うことがある。[35]

ロスケマダムの登場は、日本人社会の内部で急速に進行した下降階層分化と貧困化過程を赤裸々に示すものだった。さて、日本人は北朝鮮を離れるまで、どのように生きたのだろうか？

解放直後、北朝鮮でもひとときではあるが、統制経済のもとでは見ることのできない各種生活必需品が、一斉に市中に現れ人々の目をひきつけた。特に、旧日本人地区付近には、日本人が放出した品物が大挙して溢れ、自然に闇市場が形成された。南北を問わず朝鮮半島各地で出現した闇市場は、極端な物資不足に喘いでいた朝鮮人に一息をつかせ、日本人の生活難を助けてくれた。しかし、少し光が射した余裕は一か月も経たずに消えてしまった。十月頃からソ連軍が大々的に供出米を巻き上げて行き、生産施設を搬出したため、物資は植民地時代末期よりも高価になり、軍票が乱発され、物価が耐えられないほど跳ね上がった(36)。平壌地域の闇市場で米穀の取引価格を見ると、解放直後に一斗五〇〜七〇円だったものが、四月には七〇〇円と大幅に値上がりしている(37)。

こうした状況で、日本人は一九四五年九月頃から、いわゆる「勤労奉仕」の名目で無償労働、すなわち、集団使役を命じられるようになった。それから二〜三か月ほど経過すると、使役に出ると日当五〜七円を支払われたというが、それだけでは糊口をしのぐことはできなかった。しかし、それさえもなければ、延命が不可能になる者も少なくない。平壌日本人会が一九四五年十月末に、居留民を対象に調査した結果によれば、一人当たりの平均所持金は三〇〇円程度であり、母子家庭や家族内に病人のいる場合には、特段の措置がなければ、十二月からの生存すらも覚束ない状態だった(38)。

新義州《シニジュ》での勤労奉仕は九月中旬から始まった。最初は使役対象者の割り当ても少なく、作業も主に軍需施設を整理する仕事に制限された。しかし、使役対象者と使役回数はしだいに増えて、作業範囲も官庁の雑業、薪割り、ソ連軍飛行場の拡張工事などと漸次拡大された。当時の使役対象者を見ると、男性は十七～五十六歳、女性は十七～四十五歳だったから、経済活動人口をほとんど網羅したと見なすことができる。

一九四五年十二月、無償労役の廃止措置により「契約労働制」が導入され、若干の賃金が支払われるようになったが、これはただ形式的なものに過ぎなかった。雇用契約の場合にも、職業紹介所を通じて保安署の許可を受けるようになっていたが、関係官庁では朝鮮人失業者保護の立場から、日本人への職業斡旋を回避する場合もあった(39)。

その結果、他に収入のない日本人は、九月に凍結された自分の預金のうち、毎月の引き出しが許可された若干の生活費と、幸いにも接収を免れた隠匿現金、さらに所持品売買によって得た現金などで辛うじて暮らした。そうすると一九四五年十二月から翌四六年一月を峠に、生活費を稼いでくる男性のいない家庭、敗戦初期に何度も強制移住させられた家庭、隠して置いた金品を盗まれた家庭などが、最初に破綻の道を歩むことになった。

地域別に若干の差はあるが、無給の集団使役は北朝鮮各地に人民委員会が成立した一九四五年十一～十二月に廃止された。無給労働が有給化され、同時に、日本人労働組合が許可され、制限的な営業活動の許可など、一連の制裁緩和措置が実施された。これにともない貧困状態にあった軍人・警察家庭の婦女子はじめ生活難に喘いでいた日本人は、朝鮮人が経営する床屋・旅館、風呂屋などで雑役をするようになった。特に婦女子は富裕な朝鮮人の家や、ソ連軍官舎などに入り、家政婦として働くようになり、また、農業労働の経験のない者も、中国人の畑に草取りに出かけたりした。そのうちに占領当局は日本人の商業活動を部分的に認めるようになったので、煙草・豆腐・石鹸などの行商をする者が現れてきた。ただし、行商の場合には朝鮮人の商売に影響を与えてはならないとして、日本人の集団居住地区だけで容認された。煙草販売は比較的多くの収入が期待できた。だから煙草を巻く器械がどんなにありがたかったことか。「巻煙草で命をつながせて貰ったのだから、日本に帰ったら「巻く機械は神棚に祀ります」と、大切に持って帰った人もいた(40)。

収入がなくなり生活が困難になると、昔、自分が教えた生徒の家で家政婦になって働く教職者も現れた。前述の公衆浴場で働いた都甲芳正という青年の父親は、平安北道の定州郡郭山《チョンジュクンカクサン》小学校の校長だった。都甲の妹も京城女子師範学校を終えた教師だった。彼が朝鮮人の家庭で薪を割って働いていた頃、彼の妹も朝鮮人の教え子の家で家政婦をしていた。都甲はその妹の姿を見て痛ましい思いがしたと吐露している。

> かつて日本人家庭が「チェーネ」と呼んで女中として使っていたように、日本人の娘たちは、朝鮮人家庭に雇われていった。私の妹敏恵は邊鎬成《ピョンホソン》というヤンバン（素封家）の家へ、岡部貴美子さんは金明《キムミョン》玄《ヒョン》の家へ奉公した。二人とも学校の女教師だった。教え子のいる家庭にいって、どんな思いをしているだろうとあわれに思えた。朝鮮人雇主が気を使ってくれればくれるだけ、また彼女たちは辛くて、むしろのしられて、こきつかわれる方が楽だと言ったが、私達に心配かけないために言っているように思えて、私の心は暗かった(41)。

都甲が妹の言葉を信じられなかったのは、当時、日本人に対する朝鮮人の視線が、どのようなものかを良く知っていたからである。彼は勤労奉仕として街路清掃を命じられた際に、朝鮮人の馬夫が糞尿桶を運びながら、わざと汚物をこぼすのを知っていたが、彼は黙々と汚物を拾い上げた。この初めて見る光景に、村の朝鮮人の大人たちは微妙な笑いを浮かべ、子どもたちは校長の息子が牛糞とゴミを片付けているのを嘲った。自分がこんな状況だったので、妹が朝鮮人の家、それも妹が教えた生徒の家で家政婦をすれば、村人が自分の家族をさらに侮ることは確かだった。植民地時代、日本人と朝鮮人のあいだの定形化された出会いの方式と関係を象徴する「日本人雇用主と朝鮮人家政婦」の構図が完全に変わったのである。(42)

在住日本人の場合、ある地域で長く生活したため、周辺の環境に慣れ親しんでいる人も多く、都甲の妹のように良かれ悪しかれ、働く場を手に入れることができた。しかし、避難民の場合はそれも容易ではなかった。乳児や幼児が何人かいる母親の場合は、育児の負担のため外に出て働くこともままならなかった。大谷節子も独りになり、ソ連軍将校の官舎で家政婦として働くことになった。

彼女は元大連汽船の社員だった夫が満州の某部隊に召集されると、どうしようもなく一九四五年八月十三日に、奉天(瀋陽)から赤ん坊だけを連れて平壌に避難してきた。平壌に到着した当初は、日本人の家に分宿し、生きるためにあれこれと努力した。一か月が過ぎる頃からは数百名単位の収容所で、集団生活をしなければならなかった。その後も何度か避難民収容所を移り変わった。生活が苦しくなると、人々はしだいに殺気立ってきた。やがて三坪程度の部屋に二十六名が暮らすようになったが、それは並大抵の不便ではなかった。加えてあちこちで乳児が泣きじゃくるので、いつも睡眠不足に悩まされた。食べていくために共同生活の経費を拠出したが、ある人はお金がないとしらを切るなど、それぞれ利己的な行動をするので葛藤と摩擦が絶えなかった。

どのみち同じ避難民の身分なのに、相変わらず偉ぶる「奥様」も多かった。彼女らのなかには、奉天を発つときに見たところ、避難列車に荷物を数十個も持ち込む将軍夫人もおり、従卒五〜六名をあたかも下僕のように駆使する将校夫人もいた。彼女らの荷物のなかには、規制品の多量の服地、化粧品類、高級食料品などがどっさり詰め込まれていた。こうした行動が平壌到着後に朝鮮人の反感を買ったため、夏の服装のままで避難してきた日本人まで、とばっちりを受けることが何度もあった。(43)

当てにならないのは在住日本人も同じだった。日本人は敗戦初期にかつての身についた生活習慣を捨てられずに、闇市場で肉や生魚を買い求めたが、その行為が十分な月給を支給されていない朝鮮人保安隊幹部の怒りをかき立ててしまった。当時、旧満州国高官の夫人と裕福な在住日本人は、どうせ日本には持っていけない通貨なのだからと、在留期間中にさっぱり使ってしまおうという魂胆だった。(44)

こうした事件が起きるたびに、大谷節子のような避難民は胸の塞がれる思いがするのだった。思慮分別のない日本人の行動は、朝鮮人の民族感情を刺激し、朝鮮人は日本人をインフレの主犯と見なし、監視体制がさらに強化され、生命線でもある闇市場への出入りもいっそう厳しく規制された。その余波で三食が二食に、白米が雑穀に変わり、乳が止まって二歳にもならない娘は栄養失調になった。とうとう娘は、その年の冬を越すことができずに発疹熱で亡くなった。彼女は娘を失った悲しみを、ソ連軍被服廠での洋裁の仕事で気をまぎらわせた。娘がいる時は思いもよらなかったが、どうしても生きていさえすれば、夫に会えるとの思いで仕事を始めたのだった。彼女はそこで簡単なロシア語会話を学び、そのおかげで被服廠の責任者だったソ連陸軍少佐の家庭の家政婦として家事を受け持ち、マダムのドレスをつくった。

一方、抑留状態が長く続くと、在住日本人と避難民団体の成りゆきも下方に標準化されていった。こうして初期には在住日本人の世話会（日本人会）と避難民団組織は、あたかも水と油のように疎遠な関係だったが、両者は力を結集しなければ難局を打開できないと判断し、自活のために連携活動を模索した。まさにこの頃、当局から一九四六年一月から旧日本人所有の床屋・浴場・病院の再開が認められた。ただ、開業する店舗は個人所有のものではなく、地域日本人世話会の直営のものが許可された。

こうした許可方式は他の地域でも確認されている。同じ時期、秋乙日本人会では、直営で商店を開設し、生活必需品、衣類などを委託販売し、貧困に喘ぐ日本人家庭や子どもの多い母子家庭を支援した。つまり、営利事業というよりも支援事業の性格が強かった。しかし、店舗を持つ自営業に対しては制限的容認だったため、大抵は日本人を相手とする行商、世話会が斡旋する朝鮮人家庭やソ連軍官舎の家政婦、洗濯や裁縫、朝鮮人や中国人農家での雑役、薪割りや煙突掃除などが主な仕事だった。このように植民地時代には朝鮮人が専ら担っていた肉体労働を、いまでは日本人もともに負担するようになった。

六　カムチャッカ漁師と労働貴族

京城日本人世話会長の穂積真六郎は日本に帰国すると、京城府尹を勤めた古市進《ふるいちすすむ》が世話会に残した仕事を処理することになった。一九四六年初頭、南朝鮮在住日本人の帰国が仕上げ段階に達すると、京城日本人世話会は米軍政の許可を得て南朝鮮に残留しながら、依然として北朝鮮に留まっている日本人の帰還を支援するために各方面に働きかけた。ソ連側が外交的交渉を一切拒否した状況で、京城世話会は北朝鮮各地の世話会・日本人会・避難民団組織と秘密裏に連絡し、時には指導員を密かに派遣し、大脱出を誘導支援しようと努力した。そんな折りに、ソ連当局が興南《フンナム》工業地域一帯で、サハリン・カムチャッカ方面の漁船（蟹工船）に乗る労働者を募集しているとの情報が伝わってきた。

古市進は、ソ連が男性を満州とシベリアに連行しても足りずに、残った北朝鮮の日本人さえも、「募集」の名目で他の地域に送ろうとしているのではないかと、急いで咸興日本人委員会の松村義士男《まつむらぎしお》に連絡し、状況を調べてほしいと依頼した。松村は興南に出向き、ソ連の計画が事実であることを確認し、募集に応じた日本人に止めるように説得した。しかし、カムチャッカ行きを決意した日本人は、あくまでも「死ぬよりは喰う方がよい。喰うためには、今後どんな目にあうとも致し方ない」と慰留を拒んだ。カムチャッカ漁業労働者の募集広告が出ると、これに応じた日本人はたちまち二千名を超え、生活に窮した大勢の朝鮮人も志願したという[45]。「野口王国」と呼ばれるほど、大規模工業団地が造成された咸興《ハムフン》と興南地域の工場労働者たちは、なぜカムチャッカ行きの漁船に乗ると決心したのか？

この地域は鴨緑江《アムノッガン》と豆満江《トマンガン》の豊富な水力発電を利用し、数万名の労働者が働く、肥料、化学、燃料、金属、精錬などの工場が密集した大型工業団地だった。しかし、解放直後に朝鮮人がそれぞれの工場を接収し、「自主管理」に入ったため、日本人労働者は一挙に解雇された。こうして収入の道が途絶えた日本人労働者は、一九四五年の十〜十二月になると、生活能力をほとんど喪失してしまった。興南地域は工業団地だったので、職場から追われれば、他の地域に比べて働き口を求めるのは一段と難しいからだ。つまり、この地域の周囲には労働者は糞尿桶を担ぐ農村地域もないので、工場の稼働が止まった瞬間、仕事がない状態になってしまったのである。こうした状況は他の工場団地でも同じだった。それらの地域で解雇された人々に与えられた仕事は、ソ連に搬送される物資と設備の船積み作業、埠頭の清掃が大部分だった。さらには各会社の工場長すらも、解雇されてからは自分の特技とは関係なく、単純労働の仕事を探さねばならなくなった。

こうした工業地帯の大工場は、戦闘の過程で退却する日本軍によって意図的に破壊され、残された設備もソ連軍が本国に持ち帰ったため、生産システムはほとんど麻痺状態になった。そのうえに残った工場は朝鮮人が「自主管理」を標榜したものの、生産どころか工場の維持すらも覚束ない状況だった。新たに派遣された幹部たちは、工場経営の経験が浅く、原材料調達も思うに任せなかった。加えて日本人が高級技術を朝鮮人に伝授していなかったため、当面、機械を動かすエンジニアも疑いもなく不足していた(46)。特に、北朝鮮地域に偏在した化学工場の場合は、エンジニアが皆無の状態だった。端的な事例として、敗戦とほとんど同時に、朝鮮人が接収した機関車についても運行が中止になり、錆びついたまま放置されるのがお決まりだった。あげくは列車の運行が不規則になり、ダイヤは乱れるばかりで、運行列車の数も目に見えて減ってしまった。

交通部門でも民族差別的政策の影響で、朝鮮人高級技術者が決定的に不足していたからである。かつての鉄道局従事者のうち、朝鮮人は総じて現場実務を担当する中・下級の技能分野、あるいは単純労働部門に集中的に配置されていた。中・上級の監督職と高級技術職には、長い実務経験を蓄積したごく少数のスタッフだけが進出することができた。反面、日本人は上級の指揮・監督職と高級技術職のほとんどを独占し、現場実務のうちでは熟練技能分野を掌握した。

　こうした技術分布のうえでの差異は、学力と職業訓練の差からくるものだったが、その裏面には、朝鮮人の技術獲得と成長を抑圧しようとした民族差別政策が根づいていた。その結果、鉄道工場従業員の総人員数において一九三八年を起点にすると、朝鮮人は日本人の数を超えていたが、監督や高級技術職にはほとんど進出していなかった。朝鮮人のうち最高の技術者である技師は皆無で、書記・技手・鉄道手などは、三八年に〇・三％、四一年に〇・四％に過ぎなかった。同じ時期に、日本人はそれぞれ四・五％、四・七％を占めて十倍以上もの偏差を示している[47]。実際に、勝湖里《スンホリ》セメント工場は電気系統の故障で、二か月は稼動不能と報告されたことがあった。しかし、日本人技術者が呼び戻されると、その技術者はわずか三時間で修理を終え復旧したのだった[48]。

　事態がこうなると、北朝鮮の政治勢力も現実を直視し、この問題を原点から再検討するに至った。その過程で多様な意見が出されたが、結局は日本人技術者を、再び現場に復帰させるか、あるいは朝鮮人の「自主管理」に固執するのかが選択の問題になった。現実的には日本人技術者を投入すれば、最も簡単に解決できるのだが、民族主義が思いっきり高揚した状況では、解雇した日本人技術者を復帰させるのは容易ではなかった。北朝鮮政界内では、実用主義路線と民族主義路線が対立しており、この状況を整理したのはソ連占領当局だった。

　二十余名のソ連軍が配置された兼二浦《キョムイポ》製鉄所の場合には、一九四五年十月初旬からソ連軍が、直接、日本人技術者の残留を指示していた。しかし、この工場の朝鮮人たちは、日本人の復帰を望まなかったため、ソ連占領当局が、まず積極的にこの問題を提起した。咸興でもソ連占領当局が朝鮮人首脳部に呼びかけ、「君たちは日本人を嫌っているけれども、ソ連軍は敵国であったドイツからさえ、科学的に学ばねばならぬ点は学んできた」と説得したという。これに応じて朝鮮人のあいだでも、工場の運営方針をめぐって少しずつ変化の兆しが見られるようになった。すなわち、感情的次元で日本人技術者問題に対応してきた朝鮮人社会が、新国家建設の過程で欠かせない生産システムを復旧させるために、電撃的に日本人技術者の再雇用を始めた。その結果、一九四六年一月末には、興南地域工場に日本人労働者約二千名が復帰し、地域日本人委員会は傘下に十六部門の専門技術部会を組織、日本人技術者が新朝鮮の建設に寄与できるように誘導した(49)。

しかし、全ての日本人が職場復帰したわけではなかった。ごく少数の核心技術の保有者だけが復職の対象だった。したがって単純作業に従事していた者、復職から除外された者などは、働き場を求めて余念がなかった。カムチャッカの漁業労働者募集に応じたのは、こうした復帰対象から脱落した一般工場労働者だった。一九四六年になって北朝鮮の工業地域で再生の道に入った者と、一般在留日本人のように塗炭の苦しみに味わった者、この両者は以後の道が歴然と分離されたのである。

北朝鮮政権の転向的措置で、日本人高級技術者は、労働貴族と呼ばれるほど最上の待遇を受け、生産設備の復旧に協力した資本家も、やはり貴賓待遇を受ける奇妙な現象がくり広げられた。こうした変化は南朝鮮の重工業専門学校出身の電気技術者李文煥《リムンファン》が、一九四六年二月に産業局長に就任したことで加速化された(50)。

西鮮合同電気会社社長と、平壌商工経済会の会頭だった今井瀬次郎は、一九四五年九月に「平壌市内の電線を高圧につないで全市内を焼払う計画があった」との容疑で留置された。だが、彼は刑務所内で当局の指示による「北朝鮮産業開発策」を執筆した後に釈放され、李文煥の家で過ごした。彼は釈放された後に、四六年六月から十月にわたり、社会主義企業も利潤を生まねばならないとの「事業経営論」を産業局の幹部らに講義した。彼が四七年十一月に、五百名を超える残留日本人技術者とともに帰国するときには、当局がブラスバンドを動員し、盛大な歓送式を開いたという。帰国船宗谷の船長は「こういうことは、日本人の引揚げでは初めてだ」と言ったほどで、解放直後だったら想像もできないことだった(51)。

日本人技術者が投入され、工場が稼動を再開すると生産高は目に見えて回復していった。すると占領当局と北朝鮮政権は、彼らをなるべく長期間留置するように努めた。特に、一九四六年春から北朝鮮在住日本人の大規模な南下移動が始まり、技術者も帰国したいとの兆候を示すにつれ、同年夏からは彼らの脱出を警戒し、各種の引き留め策を講じるようになった。四六年八月十一日、北朝鮮政権は金日成《キムイルソン》名義で「技術者徴用令」を発動し、日本人技術者の処遇を改善すると同時に、残留日本人技術者の登録実施を指示した。続いて四六年八月十七日には「日本人技術者確保令」を発表し、九月には在留民のうち一定年齢の男女には、公民権まで与える用意がある旨を示唆した(52)。

こうした一連の措置は、一九四六年秋から実施される米ソの日本人正式送還交渉に備えて、日本人の帰国を極力阻止する目的が内在していた。しかし日本人技術者はこうした誘引策にもかかわらず一部は密航船で南下し、四七年春からは、公式のルートを利用し、順次、内地への帰還を開始した。これに窮した朝鮮人民委員会は、四七年から工業技術総連盟日本人部に、日本人技術者の子女教育向けの下賜金二〇〇万ウォンを、財務局から支払わせるなど破格的な待遇を提供した。当時、日本人部の年間予算が三〇万ウォンだったことを考えれば、これがどんなに破格的なものだったかが分かる。

一九四七年六月当時、残留した日本人技術者の労働契約条件を見ると、次のとおりである。

一．契約期間は二年とし、延長する際には、両者の合意を前提とする。

二．処遇に関しては、厚生物資を優先的に配給し、給料は朝鮮人技術者の五〇%ないし一〇〇%加算とする。

三．帰還の際には、退職金と旅費を支給する。退職金は退職時の最後の給料に、勤務月数の二割を掛けるものとし、旅費は男女老若を問わず、すべて家族に三五〇〇ウォンずつ支給する。

このほかにも、外国人技術者の待遇改善を約束し、日本のラジオ放送の聴取を保障し、子女教育のために、平壌《ピョンヤン》・松林《ソンリム》・咸興《ハムフン》・勝湖里《スンホリ》・水豊《スプン》・清津《チョンジン》・興南《フンナム》・川内里《チョンネリ》などに、日本人初等学校を開設した。一九四七年十一月には、残留者が減少すると、これらを平壌・清津・咸興・興南の四か所に整理したが、代わりに電気オンドル・電気風呂・電気ストーブなど最先端施設を配分した。

一九四七年には三月、七月、十一月に残留者の公式送還が開始されたが、そのときにも技術者の待遇はさらに引き上げられた。たとえば月給は、最高制限額が三五〇〇ウォンだったものが、四七年六月には六五〇〇ウォンに、四八年には九〇〇〇ウォンに上がった。彼らが事業場に投入されたため三十八度線以北の生産高は、四八年には戦前対比約七〇%にまで復旧した。

日本人エンジニアは、北朝鮮で最高の待遇を受け、工場を再建させることにやり甲斐を感じることができたが、いつも政治不安のなかで日本との連絡不足などの問題を抱えていた。さらに工場や鉱山の朝鮮人責任者は、大抵三十歳未満で、時たま感情的な態度を示すこともあった。そればかりでなく、党が直接、朝鮮人技術者の人事に介入するため、技術を教えようとしても、いつのまにか別の部署に異動させられて、改めて新人教育をする必要が生じるなど、制度的な問題もあったという。

技術者の流用問題は、解放後の局面で日本人送還政策が、朝鮮半島の新国家建設にどんなに重要な影響を与えたかを端的に示してくれる。北朝鮮では初期にはこの問題の重要性を認識できず、自生的な「自主管理」と高揚した民族主義の熱気のもとで、すべての事業場から日本人技術者を追放した。しかし、追放による生産性低下を経験すると、技術者を引き留めようとした。そしてソ連側が満州と北朝鮮の事業施設の搬出を終えた四六年春からは、ソ連側がGHQと日本人送還に関する協議をする意思があると明らかにしたため、北朝鮮側はそれに先んじて彼らを管理する必要があった。そうした米ソ間の協議時期は、北朝鮮の日本人が大挙南下を開始したときで、日本人エンジニアの心は早くも帰国に向かった状況だった。結局、彼らは一九四八年六月、元山《ウォンサン》に集結した後に、七月に公式に帰国船で帰った。最後に帰国した日本人の数は約百七十名だった。(53)

七　「マダムダワイ」遊びと大脱出

北朝鮮日本人の劣悪な居留環境は、子どもの遊びすらも変えてしまった。敗戦後、北朝鮮の子どもたちのあいだで流行った代表的な遊びに「マダムダワイ」と「闇船ごっこ」がある。(54)「マダムダワイ」

はロシア語で「女を俺に寄越せ」という意味で、ソ連軍が日本人を脅迫した際に、いつも言い放つ言葉で、これがいつの間にか子どもたちの遊びの素材になった。遊びのやり方を見ると、男の子が木を削った拳銃を突きつけ「マダムダワイ、ダワイ、ダワイ！」と叫び、女の子を追っかけて取り囲むのである。

「闇船ごっこ」は、一種の寸劇で、直訳すると「泥棒船遊び」ということになる。日本人が密かに背嚢を背負い、闇船（密航船）に乗り込むと、やおらサイレンが鳴り響き、朝鮮人保安隊員が現れ、船を取り巻き密航者が逮捕される事態を真似た遊びだった。これは一九四六年春から始まった日本人集団の南下脱出の経路が陸路のほかに、四月頃からは注文津《チュムンジン》・三渉《サムチョク》・仁川《インチョン》など海路が拡大されたことから、子どもの世界に現れた遊びで、日本人密航団を検挙する過程を表現したものだった。

そのほかに女の子たちは、ヤミ市場の朝鮮人ブローカーに禁じられた品物を密売する様子を真似る遊びをした。ひとりが品物を買いながら「ちょっと高いんじゃないの」と言うと、相手側は「ダメですよ！」と朝鮮人ブローカーの真似をする。これは日本人の経済活動が禁止されるにつれ、それに見合う稼ぎがない状況で、こっそり隠して置いた所持金さえも底をつくと、家のなかの片隅に隠して置いた品物を、一つ二つと取り出してヤミ市場に出して売る様子を遊びにしたものである。こうした遊びはソ連軍の暴行、密航、日本人社会の総体的貧困化という極端な体験を素材にしたものだった。

一方、大人たちのあいだでは「コックリ占い」などが流行っていた。もともと西洋から入ってきた「コックリ占い」は、戦場に向かった兵士が生きて帰れるかどうかを知りたくて流行ったものだった。しかし、当時の北朝鮮地域では抑留された日本人のあいだで、自分は日本に帰れるかどうかを知りたくて「コックリさん」を頼ったのだった。もちろん、これは迷信だったが、日本語の新聞やラジオ放送が遮断され、移動が禁止された状況で、日本人の気がかりや日常生活の不安を象徴的に示している。何が彼らをこのように不安に陥れたのだろうか？

敗戦後、北朝鮮・満州・大連など、ソ連の占領地から帰ってきた人々は、送還の過程をしばしば「地獄からの脱出」と描写する。大部分の男性は他の土地に連行されていき、婦女子と老弱者が主流となった北朝鮮では、地獄についての記憶は、敗戦初期と南下移動の過程で経験した性暴力事件、冬季の避難民団の集団死亡事件を二つの軸に形成された。敏感な問題であるが、前述の父親とともに高城の別荘に避難した赤尾彰子の日記から、敗戦初期に頻発した性暴力問題を見ておくことにしよう。

（A）一九四五年九月十六日

夕方治安部の人が、日本人会長の安田さんに今夜、四名の日本人の慰安婦を出せ、という難題をもたらした。収容されている者の中にも、（職業）慰安婦は数名いたけれども、その人たちに出てくれと言いに行くわけにはいかないから、と安田さんは困っておられた。（略）夜に入って（略）「男子ハ二十一歳以上二十五歳マデ、婦人ハ二十歳位ノモノ、八名ズッ前へ……」（略）暫くの後、規定の事実のように、男の人たちは元にもどされ、娘たちだけを同行してソ連兵は去った。（略）一時間、二時間、――収容所ぜんたいに重くるしい沈黙の時が流れた。とつぜん（略）「安田会長！　会長は何処だ！　出て来い！　どうしてくれるのだ、わしの娘を！」（略）八人の娘たちの親は、てんでに叫びながら、薪や棒切れで事務所の窯や机を叩きつづけた。（略）激昂した親たちの叫びは、いよいよ殺気立つばかりだ。（以下略）

（B）九月十七日

きのうと同じ命令が、再び繰返された。父は母にむかって、「いよいよ死ぬときが来た」と呟いた。（母は）「もし、間違って彰子がつれて行かれることになったら、一緒に、私たちも殺せと申し出よう。彰子も、そのつもりで覚悟しなさい」「辱かしめを受けるよりも死を」とは私たちの不動の倫理であった。（以下略）

（C）九月十八日

昨夜の夜更け、貞操を強要されたある女の人が、ナイフで乳の下を突いて自殺をはかった、ということを今朝になって聞いた。（略）治安隊側では、包丁、ナイフの類を全部没収してしまった。

（D）九月十九日

朝、とつぜんサイレンが鳴りひびいた。新たにソ連軍の部隊が入場したことを報ずるものだった。午後、抑留者のうち十八歳から三十歳までの婦人の姓名を全部届出ることが命ぜられた。私は、からだが小さいので父が割引して十六歳として報告した。（以下略）

（E）九月二十七日

割当の家へ分宿するために、収容所ぜんたい大さわぎした。そして、そのどさくさを機会に私は男に変ることになった。分宿してからも、女の子はとかく目立ちがちだし、またどんな不慮の災難をこうむるかわからない、という父の意見だった。（略）私が自分でどんどん刈りあげた。切り落とした髪はこっそり校庭の隅に埋めた。（略）その姿が、悲愴に健気に見えたのか、眸をうるませたのは、かえって年老いた母であった。名前も彰と改めた。（略）荷物を整理してから、私は庭へ出て青坊主の頭を焦すために、日にさらした。（略）私は変装ということの悲しさに思い到った。さようなら「彰子」。この世から消えたあのお転婆の少女！[56]

（A）資料を見ると、慰安婦と関連して特定人を徴発はせずに、人員数を割り当てすることで、共同居住する日本人のあいだに微妙な葛藤が発生し、困難に陥った日本人社会が、犠牲の羊に既存の売春職業女性を差し出したことを確認できる。一方、（B）と（C）資料は、婦女子暴行がたんに一個人の被害に留まらず、家族の不幸に拡大された事実、そして女性の性暴力被害を「貞操」という物差しを通じて認識していることがわかる。（D）資料は、在留日本人に対する集団登録を実施することで、日本人の「性」または労働力と同様に、集団管理体制のもとに置こうとしたことがわかる。（E）資料は、感受性が鋭敏な一少女が性暴行を避けるために毛髪を切って男装し、女性としてと同時に敗戦国民として感じた自壊感が微妙に絡み合う状況を感知できる。

敗戦初期に深く確認した性暴力に対する恐怖は、一九四六年春から秋まで続いた南下脱出の過程でも再現された。これに日本人の脱出を計画し支援した脱出工作指導部は、新たな南下ルートを発掘し、気候・地勢・ソ連軍の配置状況・移動予定地の民情・各地の日本人の終結状況などを綿密に確認した。指導部は特に脱出を敢行する直前に、小規模の事前踏査チームと地域別秘密裡に組織し、移動ルートの安全性を検討し、婦女子の被害対策に格別の努力を尽くした[57]。

一九四五〜四六年の冬季に、大規模収容施設で発生した避難民団の集団死亡事件は、北朝鮮日本人を大脱出に向かわせた重要なきっかけになった。この時に死亡した人々の規模については、いくつかの説があるが、朝日新聞平壌支局長だった村常男は、冬季に食糧不足による栄養失調、極寒、天然病などで、咸鏡道中心の東北地域で約一万二千名、平安道中心の西北地域で約七千五百名と、多くの人が死亡したと推計している。(58)こうした悪夢のような極寒期の記憶は占領初期の集団生活、財産の剝奪など、社会的地位が下落して感じる相対的な剝奪感とともに、北朝鮮日本人の帰還過程を死地からの脱出という極端な形態で確認させる直接的な契機となった。

アメリカ側の報告によれば、三十八度線以北からの日本人の集団南下現象は、一九四六年三月三十日からキャッチしていた。進駐の後、アメリカ軍は南朝鮮地域内外の人口移動状況を、ほとんど連日集計していたが、当時の報告担当者は、南下日本人の数が一日に三百名を超えると、「今までの報告のうち一日で最も多くの人がやってきた。今後も同じ趨勢で大勢が南下するとは思えないが、この数週間に比べて、今後も脱出者が引き続き増加するのは確かである」と、当惑感と憂慮を披瀝した。(59)

こうした憂慮はまさしく現実のものとなった。同年四月十八日には一五三六名が南下し、北朝鮮から脱出した日本人の累計数は九万六一五六名を記録した。この時期には、それまで内陸地方に南下した日本人が本格的に集団をつくり、元山を経て注文津・三渉に達する東海岸の道を新たに利用したため、米軍政は陸路と海路にわたり行政的負担を負うことになった。(60)当時、米軍政が北朝鮮に密かに派遣した情報員と、兼二浦製鉄所から南下した日本人を尋問して把握した移動方法は次のとおりである。(61)

・審問場所　開城収容所
・審問対象　兼二浦製鉄所　ボイラー関係技術者
・移動過程

一九四六年四月十四日、日本人技術者がソ連軍下士官に南下移動の許可を求める。これに下士官は着替えの服と靴を支給した。

一九四六年四月十六日、六百名の日本人が採蓮江を渡り南下開始、二名の朝鮮人保安隊員が沙里院日本人世話会に案内、沙里院で南下許可費を一家族当たり五〇円ずつ支払う。

一九四六年四月十七日（一四：三〇）、六百名を再びいくつかの集団に分け、乗車後、旅費に一三円を支払う。汽車駅検問所にはソ連軍がいたが黙認した。

一九四六年四月十七日（一九：〇〇）、鉄道警備員の検索後、朝鮮人保安隊員の案内で、民家に宿泊費八〇円を支払って宿泊。

一九四六年四月十八日（一〇：〇〇）、朝鮮人保安隊員が刃物・剃刀・ハンドバッグなどを検査、該当地域警察の案内で、カヨリ（가요리）という地点に徒歩移動、老弱者と患者を乗せる荷車乗車費一万七〇〇〇円を支払う。途中で路宿した後、交通費として五五〇〇円を支払う。六名の保安隊員が途中で現れ案内を申し出る。カヨリ到着後、二〇〇円を除くすべての現金を押収される。腕時計・万年筆・乳製品・日本鉄鋼関連の写真を押収。

一九四六年四月十九日、カヨリを出発し、ガイドの案内で青丹アメリカ軍収容所に到着。


日本人の南下方法は、地域と時期に応じて規模も異なり、移動経路も陸路と海路でかなり多様化していた。だが一定の類型を発見することはできる。前述のように、まず集団になり南下した。集団の規模はほぼ数百名で構成され、出発前に各地域の世話会や日本人会の幹部が、在住日本人と満州避難民代表と協議して団長・副団長・組長などを選び、出発日と脱出経路を確定した。しかし、南下する過程で移動速度に追いつけない落伍者が発生するにつれ、さらに小さな集団に分けて集団の離合集散

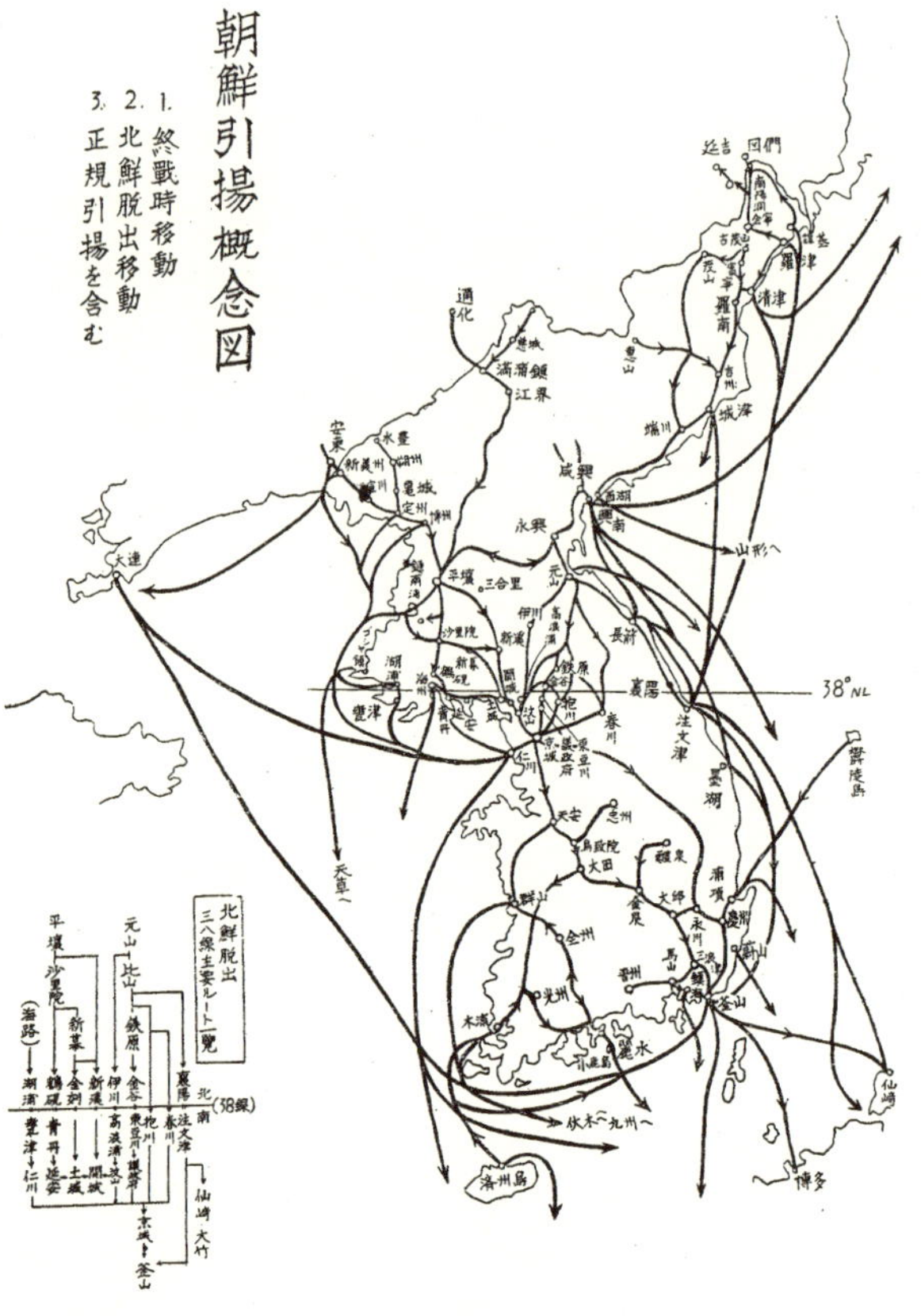

解放後の朝鮮半島内の日本人の主要移動経路

38 度線を越えてやってきた朝鮮人帰還者・越南民と南下する日本人のために、米軍は甕津・青丹・土城・開城・東豆川・抱川・議政府・春川・注文津の 9 か所に、臨時収容所を設置した。これらがつまり、南朝鮮から越北した人々と、越南民・日本人らが利用した主たる“ 脱出ルート ”だった。あわせてこの地域は米軍政当局にとって“ 防疫 ”と“ 防諜 ”の意味で、ソ連占領地域の情報収集のための重点地域でもあった。米軍政当局は海外からの帰還者と越南民らがソウルや京畿道に集中し、様々な問題が深刻化すると、彼らをこれらの収容所から直ちに南部地方に送った。日本人のための収容所は 1946 年 11 〜 12 月に全て閉鎖され、残った収容所は専ら越南民のための施設になった。

(引揚援護庁長官官房総務課編『引揚援護の記録 1 』引揚援護庁、1950 年)

を図り、米軍収容所に到着する頃には、出発当時の隊伍はほとんど維持されていなかった。

南下集団の団長と組長は青壮年男性が担当し、男性のいない地域の場合には、近くの地域の世話会・日本人会とか、京城日本人世話会が秘密裡に派遣した職員が代行した[62]。こうした方式で北朝鮮の日本人は、一九四六年末までに南朝鮮を経て日本に帰った。

日本人が一九四六年春から大挙南下したのは「このままでまた冬を迎えることにでもなったら、日本人はみんな死んでしまう」という危機意識が基本的に作用したからであるが、それを可能にした外的な要因もあった。何よりも彼らの脱出を黙認したソ連占領当局の態度の変化が大きかった。ソ連はこの時期に北朝鮮や満州などの占領地から、生産設備を搬出する当初の占領目的をある程度達成したので、日本人の送還に少しばかり融和的な態度を示したのである。

また、北朝鮮の状況も変わっていた。一九四六年の冬を過ぎると北朝鮮の政界は内部の権力闘争段階を経て、事実上、金日成を中心に安定的な政権基盤が構築されたため、日本人を顧みる余裕が生まれた。こうした状況で朝鮮人の一般世論も、漸次、日本人送還を求める側に傾いていた。占領初期、朝鮮人は解放の熱気のなかで日本人に対する当局の制裁措置を歓迎した。しかし、徐々に当局の方針を批判するようになり、早急に日本人を送還せよとの声が高まった。当時、こうした批判は、大きく「同情論」と「無用論」に二分されていた[63]。前者はどんな日本人であっても、実際に力があり要領の良い者はいち早く逃亡し、力のない者だけが残っている状況なので、彼らを捕まえて公然と苦しませるのは、好ましくないとの主張だった。後者は占領初期から提起された批判論であり、核心は食糧をはじめ住宅・衛生など民生問題が悪化するから、早く帰さねばならないとの主張だった。朝鮮人も食に欠く状況なのに、なぜ日本人に配給をするかと言うのである。このように北朝鮮在住日本人内部の危機感、ソ連軍の融和政策、朝鮮人社会の送還要求などが、からみ合って日本人の大脱出がなされた。

ところで、この脱出の記憶は果たしてどのような方式で確認されるのか？　一九四六年八月、南市《ナムシ》を出発した日本人の状況を見てみよう。

死亡者の埋葬を未明にすまし、午前八時、三登駅を出発。（略）徒歩行程二キロにして、股を没する大河二百メートルあり。流れは急にして、老幼病者渡河不可能なるに依り、成年男子総動員して救護に当る。（略）峻厳なる大山脈と山脈にはさまれた道は、道とは名ばかり、実に悪路蜿蜒、先頭と後尾とは二里余も離れたる難行を続く。乳幼児を前後に背負い、五つ七つの子供の手を引き、泣き叫ぶ子供をだましりすかしたりして行く母親。足を挫きはうが如く歩む老婆、後より鞭をあてながらゆく精神病者、四十度以上の熱を犯して気息奄々として行く病人等々、全く眼も当てられぬ死の難行である。(64)

そのうえこの脱出の流れは、八月に南下したため被害がさらに増したが、初春に南下した人々のなかには、道を失い死亡した者が多かった。前述のように、すでに出発した頃から患者が多かったため、途中で落伍者も大勢で本隊から離脱した場合には、子どもの一部をやむなく放置しなければならない最悪の選択を迫られた人もいた。そんなときには例外なく女の子が捨てられた。

子どもたちの死亡はソ連占領当局の「南下禁止」によって始まった。同時に、これは敗戦後に直面した社会的地位の逆転、朝鮮人社会の民族主義の高揚、財産の略奪と人身の拘束、集団収容、男性不在などが、相互にからみ合い、集約された結果だった。だから顧みれば、この環境自体、旧日本帝国が朝鮮に残した遺産でもあった。解放後、残された婦女子と老弱者は、ただ「日本人」という理由で、この重い負債を背負わねばならなかった。しかし、ここに「日本」という国家はなく、残されたのは残酷な「記憶」だけだった。

第六章　母国日本の背信

一　同胞から無視される悲しみ

一九四七年一月のある冬の日、大阪で暮らす二十二歳の女性が自宅で劇薬を飲んで苦しんでいた。遅れて彼女を発見した家族はあらゆる手段を尽くしたが、ついに彼女は息を引き取ってしまった。[1]滝川夏代というこの女性の家族は一九四五年十一月、朝鮮から帰ってきた。しかし、住む家がなくしばらく過ごす場所を訪ね歩いた末に、松井かねという親戚の家に一家は世話になることになった。もともとこの家には松井氏の家族五名が住んでいたが、これに滝川一家八名が加わり、にわかに十三名が同じ屋根の下で暮らすことになった。狭い家に一緒に暮らしてみると、何かといさかいが生じてきた。葛藤の中心は松井家の嫁よし子と、幼い兄弟の世話をしていた夏代だった。

よし子の身にすれば、敗戦で内地の者も暮らしが苦しい状態なのに、顔をいちども見たことのない人たちが、ただ親戚というだけでやってきた。そして一緒に暮らしてみると、並みの不便どころの話

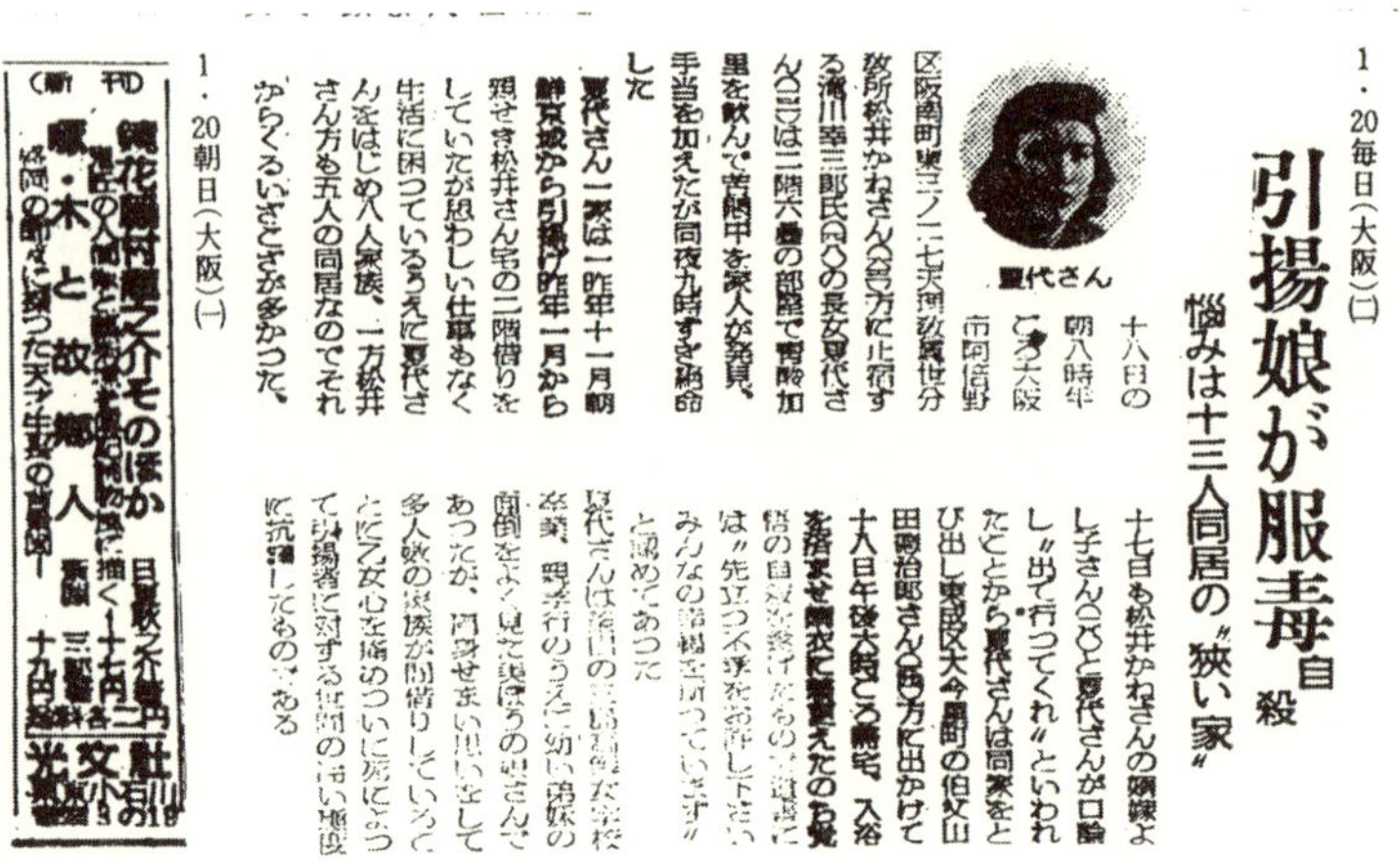

1・20毎日（大阪）㈡

引揚娘が服毒自殺

悩みは十三人同居の"狭い家"

夏代さん

十八日の朝八時半ごろ大阪市阿倍野区阪南町東三ノ二七[illegible]方に止宿する滝川幸三郎氏(四〇)の長女夏代さん(二〇)は二階六畳の部屋で青酸加里を飲んで苦悶中を家人が発見、手当を加えたが同夜九時すぎ絶命した

夏代さん一家は一昨年十一月朝鮮京城から引揚げ昨年一月から親せき松井さん宅の二階借りをしていたが思わしい仕事もなく生活に困っているうえに夏代さんをはじめ八人家族、一方松井さん方も五人の同居なのでそれからくるいざこざが多かった、

十七日も松井かねさんの嫁よし子さん(二〇)と夏代さんが口論し"出て行ってくれ"といわれたことから夏代さんは同家をとび出し東成区大今里町の伯父山田[illegible]治郎さん方に出かけて十八日午後六時ごろ帰宅、入浴を済ませ晴衣に着替えたのち覚悟の自殺を遂げたもの、遺書には"先立つ不孝をお許し下さい みんなの幸福を願っています"と認めてあった

夏代さんは[illegible]卒業、[illegible]のうえに幼い弟妹の面倒をよく見た[illegible]の娘さんであったが、何分せまい思いをして多人数の家族が間借りしているうえに乙女心を痛めついに死によって引揚者に対する世間の冷い態度に抗議したものである

1・20朝日（大阪）㈠

滝川夏代の自殺を報じた新聞記事

日本人が海外から本土に帰ると、内地の人々は内地人なりに、帰還者は帰還者なりに、互いに相手方に対する不満を抱くようになり、日本社会は至る所で総体的“疲労現象”を示していた。内地人にすれば帰還者は社会的負担になる集団で、迷惑そのものだった。その結果、あらゆるメディアを通じて海外帰還者に対する社会的温情を訴えても、内地の人々はなかなか心を開こうとはしなかった。むしろ、帰還者の劣悪な生活状態が報じられるたびに、内地人はそれを当然視し、帰還者に対する偏見だけが深まった。1946年から新聞の社会面を賑わした海外帰還者が悲観して自殺したなどのニュースは、こうした戦後日本の亀裂現象を圧縮して示すものである。

（『毎日新聞（大阪版）』1947年1月20日）

ではなかった。事実、思いもしない夫の親戚八名が増えてみると、愉快なことはまったくなかった。加えて彼らには十分な仕事がなく、松井家の援助を受けるのが常だった。

他方、夏代は釜山の三島《みしま》高等女学校を卒業し、朝鮮では周囲から羨ましがられるほどの生活をしていた。けれども帰国後は、八名の家族が二階の一間で、ぞんざいな扱いをされたのだから、彼女にとってはこうした状況が大きなストレスとなった。さらに彼女は長女として、幼い弟や妹の面倒を見なければならず、同じ年頃のよし子としばしば衝突するのだった。その日も些細なことで口争いになったのだが、よし子が怒ったあまり「この家から出てって！」と声を張り上げた。悲しみが深まった夏代は、結局、その日の夕刻「先立つ不孝をお許し下さい。みんなの幸福を祈っています」と短い書き置きを残し、帰国して一年目に世を去った。こうした悲しみは、果たして夏代ひとりの問題だったろうか？

帰国一年がすぎ歳末になると、結婚適齢期の人々のあいだでは結婚問題が話題になっていた。敗戦後、海外から帰国した若い男性は溢れていたが、逆に結婚件数は大きく減っていて、私設の結婚相談所は相次ぎ倒産するほどだった。しかし、残っている結婚相談所を訪ねる人々は、大抵三十～四十代の男やもめや、戦争で夫を失った寡婦だった。初婚の場合は主に二十五～三十歳の富裕な家の娘がお客だったが、実際には若い男性の姿を見かけることはなかった。

その原因は「結婚をしたいが家がない。家具道具がない。当面食べるものがない。子どもが産まれても、おしめ一枚を買う金もない。結婚式をしたくても貯えがない。そんなあれこれで結婚できない」(2)と、ある結婚相談所長が語っているように、厳しい生活難のためだった。敗戦後、日本社会で結婚は戦争で儲けたごく少数の人々や、比較的戦争の被害が少なかった内地人の特権となっていた。すでに見たように、夏代のように敗戦と同時に無一文になった海外からの引揚げ者、除隊の瞬間に失業者になった若い男性、そして日本国内の他の地域から空襲を避けて避難していた居候、集団生活をした疎開者にとって、結婚は考えることすらできなかった。

引揚げ者・除隊軍人・疎開者らは、戦後日本の劣等国民に転落した。そのなかでも、特に海外引揚げ者は内地人の根深い偏見で、ふさわしい相手にめぐり会うのが、ことさら難しかった。朝鮮で生まれた日本人女性の場合は、すでに朝鮮在住当時から、内地人との結婚は容易ではなかった。内地人は言うまでもなく、さらに朝鮮で暮らした日本人男性ですら「血統を信じることができない」。家庭的ではない。本土の舅姑に仕えるすべを知らない」などの理由で、朝鮮生まれの女性を新婦に迎え入れるのを忌避したためだった(3)。男性たちは花嫁候補者を求めるために、内地にやってきたり、新婦の家族を朝鮮に呼び寄せ見合いをしたりした。一九三〇年代になると朝鮮で生まれた日本人が全居住人口の三〇%を超え、彼らの結婚は日本人社会内部の敏感な社会問題にまでなった。社会の指導層の人々は、日本人男性が朝鮮生まれの日本人女性をひっくるめて「不良でフラッパーな娘」と見て、慎ましさに欠ける女性と見なす偏見を批判した(4)。

ところが敗戦後には、こうした先入観に内地で広まった「引揚げ者」という、また別の差別イメージが加わった。さらにソ連占領地から帰ってきた人々の証言によって、占領軍の様々な暴行の事実が大々的に報じられた。実際に被害女性が帰国してから混血児を出産したことで、海外帰還女性は貞操を失った集団とまで罵倒された。帰還女性の混血児出産が社会問題になると、一九四六年四月、社会党婦人部では「この問題に対しては、どこまでも〝女性らしい配慮〟が必要である」とし、各政党と社会団体の婦人部が力を結集し、共同で対処することを主張した。

しかし、日本の救護当局の措置には、そうした配慮は少しも見られなかった。これと関連して引揚援護局は、望まない妊娠をした女性の場合には、本人の意思により自発的に治療を受けられることとしたと主張している。だが帰還者の証言によれば、政府は一九四五年九月、帰還港に間近な九州大学医学部の産婦人科医師を召集し、満州・北朝鮮などのソ連占領地域から帰国した女性を対象に、問診をし強制的に堕胎手術を実施したという。また、政府は妊娠した女性の治療、すなわち強制堕胎を実施せよと一九四六年三月から博多引揚援護局に指示し、帰還港に近い「二日市《ふつかいち》保養所」を設置した。そこで行なわれた、この「陰険な」プロジェクトには、京城・釜山日本人世話会の下部組織にあたる移動医療局の関係者が、九州大学の医師たちとともに大挙動員された。この移動医療局関係者とは京城帝国大学医学部の教授たちだった(6)。

このように、海外帰国女性を迎え入れる「祖国」日本の最初の挨拶は、なんと強制堕胎のための採血検査だった。歓迎の代わりに帰国者を待ち受けていたのは、すべての女性をひっくるめて純潔主義と、封建的な貞操観念に基づく色眼鏡で見つめる、内地人の微妙な視線とひそひそ話だった。引揚げ者は気がふさがれる思いをしたが、それでも世論に訴えはしなかった。

事実、朝鮮にいた日本人は公務と専門職に従事した者が多く、ほとんどが繁華な市街地と指定面で暮らしていたため、都市生活者が多くを占め、内地人に比べると全般的に学歴が高かった。たとえば、高等女学校を終えた高学歴の者だけを比べると、内地人の三倍以上に達していた(7)。それなのに、朝鮮在住当時から、彼女たちは生まれつき活発な女性と偏見の目で見られ、帰国してからは体まで捨てた女性と見なされ、二重の傷を負って生きねばならなかった。

朝鮮から帰った男性の立場も大きく異なることはなかった。以前は内地に新婦を求めていたが、いまでは内地人新婦の夫としては欠格事項が多いと見なされた。果たして自分がどの程度の条件と、背景を備えた配偶者を選択できるのかに直結する通婚権は、ある社会の階層・階級別構成と彼らとの関係を赤裸々に示す尺度である。その点からも敗戦後の海外引揚げ者は、内地人が多岐的な理由で避けたい結婚相手だった。引揚げ者が海外から帰った事実を、口を閉ざして語ろうとしないのも、こうした有形無形の差別を避けたいためだった。

二　社会的烙印、引揚げ者

敗戦後二年あまりが経過した一九四七年の冬、東京の上野と品川など主要駅付近に設置された引揚げ者臨時収容所は、心ならずも大部分が半永久施設になってしまった。収容された引揚げ者が働き場を手にし、早く外に出て行ってくれたら、次の人を受け入れることができるのに、収容所にひとたび入ってしまうと、そのまま引き続き留まってしまうからである。

満州の奉天から東京に帰ってきた桜井篤子は夫と、収容所でしばらく過ごした後、なんとか外に出ようとしたが世間は甘くはなかった。部屋を一間借りようとしても、高騰する物価のため数万円の権利金を支払わねばならない。無一文で帰国した彼ら夫婦には、到底やりこなす方法がなかった。夫は初めてこの収容所に入ったとき、底辺から再起する積もりで、新たな覚悟を固めたが、どんなに思いめぐらせても、この収容所を抜け出る方法はなかった。貸家でも借りて新たな住まいを準備したいと考えていた夫婦は、結局、収容所で子どもを出産した(8)。このように男性は祖国に帰っては来たものの、何もすることもできない無力感に悩まされ、女性は色眼鏡で自分を見つめる内地の人々の視線にさらされた。

事実、前述の滝川夏代の場合は、親戚の家で暮らすことはできたが、何ら縁故もなく引揚げ者収容所に収容された人々よりは、それでも状況は良いほうだった。一九四七年、函館市亀田の「みなと寮」という収容所は、他の施設に比べれば事情は良好だったのに、施設は仮の建物で床に敷いたゴザがすべてだった。特段の措置もないまま、二百九十九世帯千四百名がゴザ一つで極寒期を過ごさねばならない状況だった。加えて帰還児童が収容所の垣根の外に出て行ったりすると、近所の子どもたちが「外地から転がり込んできた乞食」と嘲った。そのたびに以前暮らしていた所に帰りたいと、泣きながら帰ってくる子どもらを見つめ、父母たちの胸はいっぱいになった。引揚者収容所はそうした地域社会で、いまや疎外された「島」になっていた(9)。

引揚げ者収容所は基本的に臨時の施設なので、そこで続けて生活することはできなかった。そのため同じ立場の引揚げ者たちは、安い仮住宅を建て一種の定着村を造ろうとしたが、これもまた容易ではなかった(10)。松本市の場合、松本医学専門学校の建物の一部と、付近の軍被服廠に引揚げ者を収容していた。当時、被服廠に用意された収容所を取材した地域の新聞記者は、次のように彼らの生活状態を伝えている。

命を賭けて帰国した引揚者たち。身を託する縁故者もなく、市内の空き家を探し求めることすらできない彼らが、最終的にここにやってきた。大きな部屋一つが三十坪、四方八方をベニヤ板で仕切られた殺風景な被服廠の内部を見渡してみた。一棟に三十六世帯ずつ収容すると予定していたが、工事が遅れ古いベニヤ板と布きれで掩って暮らしている。すでに海外でも収容所生活に慣れた引揚者（帰還者）なので、どうやら耐えている様子だったが、手ぶらで帰ってきた彼らは、またしてもこの収容所で、暮らしの不便を味わっているのだ。（略）すっかりベニヤ板で囲まれ、布団もない引揚者たち。また、どんなに空腹でも配給の食糧のほかには頼るべきものはない。所持金もすでにことごとく底をつき、働こうとしても子どもが多いので職場を見つけることも難しい。命を賭けて祖国に帰ってきたのに、彼らの前途には一筋の光明すら見いだすことはできない。嘆きばかり出てくる引揚者たちの生活である。「古いものでも構わない。寝るときにぜひ体に触れる部分だけでもいいから、床に敷く畳があれば良いのだが。そして雑草が生い茂っても構わないから、少しばかりの土地でも開放してくれれば、野菜でも育てて食べることもできるのだが、売れないなら少し貸してくれないだろうか」と、生命の最後の一線で寝ることと食べることを切実に求めている彼らだった。(11)

海外引揚げ者は犯罪者と汚名まで着せられた。一九四五年十二月現在、日本政府は陸軍の場合、本土で除隊した者は約九十万名、海外から帰国して除隊した者は約二百万名、海軍は全部で五十万名程度と推定している。海軍の場合の就業現況を見ると、五十万名のうち二万名が農業をし、約二〇％程度が運輸・交通業に就業しているだけで、残りは除隊と同時に失業者になった。陸軍の場合も状況は異なりはしない。特別な技術もなく戦地に動員された大多数の一般兵と出身者たちは、いつも就業の栄に浴することはなく挫折を味わった。結局、闇市場を転々とし、ヤミ取引ブローカーや窃盗をした

サツマイモを買うために福岡のヤミ市場に集まった人々
　日本帝国が崩壊して日本列島と旧植民地には、どこにもヤミ市場が雨後の筍のように誕生した。ヤミ市場は旧日本帝国内の各地で、分業と再生産、そして流通・消費秩序が麻痺したために生まれた必要悪だった。人々はヤミ市場が無ければ、当面の食物も入手できなかった。しかし、同時にこうした状況を利用して私財を売りに出したり、特定物資を独占して法外な価格を要求し、個人の私利私欲を追及する悪徳ブローカー集団が登場し、流通秩序を混乱させた。釜山新昌洞一帯の国際市場も、解放後に日本人が処分した物資と倉庫に備蓄されていた物資が持ち出されて形成されたヤミ市場から出発し、屈指の常設市場として成長した。（福岡市総務局総務部市史編纂室編『ふるさと 100 年――写真集　福岡市市制 100 周年記念』福岡市、1989 年）

りした。

一九四六年七月一日現在、山形県の犯罪統計を見ると、生活苦と就職難で犯した窃盗罪が約六五％を占めているが、犯罪者の大部分は除隊されたばかりの軍人や海外引揚げ者だった。とりわけ帰還児童すらも犯罪者の隊列に合流し、犯罪が急増すると、青少年保護監護施設の山形県立養徳園では、定員を超過してまで児童を収容した。ある少年は父親がかつて朝鮮で陸軍の某部隊の部隊長を務めていたが、故郷に帰った後にはずっと帰還者収容所に指定された遊郭の建物で暮らした。そこには十五世帯が共同生活をしていたが、約三坪ばかりの部屋に十名ほどが暮らしていた。そうすると不便さは尋常ではなく、毎日のように盗難事件が発生し争いが絶えなかった。その少年は盗難事件が起こるたびに犯人と疑われ、最終的に保護監護施設に送られた。劣悪な定着環境と貧困が帰還児童を犯罪者に追いやったのである。(12)

海外からの帰還者は、さらに恐ろしい伝染病を移すウイルスのように認識された。一九四六年の春から夏まで中国大陸、朝鮮半島、日本列島では、日本帝国の崩壊で海外引揚げ者による各種風土病と天然病が蔓延したが、このため地域を問わず外地からの引揚げ者は、内地人から病菌の塊みたいな扱いをされた。海外帰還者が急増すると、新たに帰還港に追加指定された新潟市は、朝鮮・満州で流行っている天然病、すなわち、発疹チフス・天然痘・コレラ・ペスト・流行性出血熱などの症状を詳しく広報し、帰還者に対して「温情」を施すと同時に、「注意」するように啓発活動をした。

同年八月、大阪では十七年ぶりに「コレラ大騒動」が起こった。海外帰還者をはじめ野宿者が溢れる大阪駅で発生したコレラは、たちまち市内全域に拡大した。一九二九年に七十二名の患者が発生して以来、コレラを完全に退治したと信じていた先進衛生都市大阪の自尊心は一挙に崩れ去った。内地人の視線は、あらゆる病菌の温床と呼ばれた引揚げ船で帰国した人々に注がれるようになった[13]。植民地で日本人は、現地人を怠惰で、無能で、無知で、不潔で、無謀な抵抗だけに明け暮れる集団と罵倒した。その日本人が、敗戦後祖国に帰ると、同胞からまったく同じ罵声を浴びせられたのだった。

被害を及ぼす集団という「社会的烙印」と、海外引揚げ者という「レッテル」は、帰国者の心のなかに、いっとき洗い流せないトラウマとして残った。いち早く三吉明は、一九五七年に海外引揚げ者の生活支援法制の「引揚給付金等支給法」が制定された頃、東京都港区と神奈川県二宮町一帯に居住する引揚げ者を対象に貧困状況の実態調査を行なった[14]。彼は港区に居住する千九百二十八世帯の帰還家族のうち朝鮮から帰った二百四十四世帯（A）と、二宮町の四十世帯の引揚家族のうち旧満州から帰国した二十一世帯（B）を対象に、移住の動機、帰還当時の内地の救護状況、外地での生活実態、外地財産に対する補償希望の有無、現在の生活実態などを調査した。敗戦後十余年が経過した後に調査されたこの論文は、彼らの貧困状況、本土人に対する被害意識などが、依然として現在進行形の課題であることを示している。

とりわけ注目すべきは、「本土帰還以来、どんな点が最も大変でしたか？」との質問に「あなたたちは外地で良い暮らしをしてきたのだから、少しぐらい苦しい思いをしても当然だ[15]」という、内地人の手厳しい視線を挙げる者が圧倒的に多かった。植民地現地での生活と現在の生活を比較してみると、どちらが暮らしやすかったかとの質問には、（A）グループは七五・八％、（B）グループは七七・五％が「現在はとても悪い」と回答していた。そのほかに「ほとんど変わりはない」の回答は二〇％程度

南朝鮮から帰ってきた日本人で混み合う門司港

日本の代表的な帰還港は博多港で、ソ連に抑留された後に帰国した日本軍捕虜などの指定帰還港は舞鶴港だった。そのほかに門司港や仙崎港からも帰還者が上陸した。上掲写真でも見られるように、南朝鮮から帰国した女性のなかにはパーマをした者もかなりいたが、こうした姿が内地人に「海外で贅沢な暮らしをした人たち」という認識を植えつける理由にもなった。反面、北朝鮮や満州などから帰国した女性の一部は、丸坊主になった者もいて人々に衝撃を与えた。(『一億人の昭和史４　空襲・敗戦・引揚』毎日新聞社、1975 年)

で、「現在がとても良い」の答えは両集団とも皆無だった。この資料を根拠に三吉氏は、引揚げ者がそのような認識をする原因を次のように整理した。すなわち、敗戦によって彼らを支援する余力がなくなった日本の客観的状況、軍人だけでなく一般民間人すらも侵略主義者と誤解し、たんに植民地で相対的に余裕ある生活をしたとの理由だけで、引揚げ者を嫉んだ内地人の感情から、こうした認識が生まれたというのである。

海外引揚げ者は敗戦後十余年が過ぎた時点でも、内地人に済まないという気持ちを持つことはなく、植民地で暮らしていたときは良かったと考えていた。その結果、引揚げ者が植民地で得たあらゆる特権と、豊かさに対する懐かしさ、そして冷遇・排斥・警戒・嫉視など、帰還者に対する内地人の感情と態度が複合化されて表出された現象だった。

三　総理室に配達された二十万通の手紙

一九六二年、二十万通を超える郵便物が総理室に配送された。それはほかでもなく敗戦後海外からの帰国者が送った補償請求書と、日本政府の無責任な海外引揚げ者支援政策を糾弾する手紙だった。一九六二年はサンフランシスコ講和条約発効十周年を迎える年で、民法上、在外財産補償請求権の時効が完成する年だった。同年四月、海外引揚げ者の全国組織である「引揚者団体全国連合会」は、在外財産補償請求権に対する時効の停止と、引揚げ者家族四十六万世帯を代表し、日本政府を相手に約一兆八八八億円の在外資産補償金を要求した(16)。まさにこれを力づけるため、引揚げ者たちが総理大臣あてに一種の抗議の手紙と補償請求書を発送したのである。

何が彼らをそのように憤らせたのか？　そして彼らはなぜ日本に帰国してほぼ二十年にもなった時点で、団体行動を起こしたのか？　この問題を知るためには、まず、敗戦後の日本の戦後補償に関連する制度を振り返ってみる必要がある。

敗戦直後、海外の日本人が内地に殺到する頃に報道された新聞記事を見ると、大きく三種類の特徴が発見される。第一は、引揚げ者関連記事には、戦場から帰ってきた除隊軍人及び空襲と原爆などの被害を受け、戦乱を避けて他の地域に避難した戦災民と疎開民がいつも同時に論じられた。(17)第二に、彼らに関する記事のほとんどが、住宅・食糧・失業など主に民生問題を扱う社会面に集中し、また、彼らを社会的支援が急がれる集団として報道した。(18)

第三に、彼らの集団はすべて敗戦による「戦争の犠牲者」、あるいは「戦争被害者」と範疇化されていた。(19)

このように、戦後日本では海外から帰還した除隊軍人、民間人帰還者、内地の戦災者と疎開者たちは、みな広義の戦争被害者だから、社会全体が進んで彼らが最小限の生活ができるように支援すべきである、との「当為論」が広く流布されていた。前述のように、実際に彼らは食糧・住宅・失業問題などで困難な状態にあり、ほとんどが貧困に喘いでおり、様々な民生問題を悪化させる主犯と見なされ、社会から徹底して敬遠されていた。彼らは劣悪な支援行政のため、制度的に援助を受けられない戦後日本の「二等国民」だった。けれども彼らはそれぞれに自分こそが戦争の最大の被害者と主張し、国と社会から支援を得ようとしていた。それではこの三つの集団、すなわち、海外から帰還した除隊軍人、民間の引揚げ者、内地の戦災者と疎開者が、それぞれに主張した彼らだけの特殊な「戦争被害」とは、果たして何だったのか？

まず、日本本土と海外で除隊された軍人たちは、個人的に学業と職場生活を中断させられ、国の命令で戦場に狩り出されたと主張する。他方、海外から帰国した民間の引揚げ者は、旧日本帝国を維持し後押しした張本人が、まさに植民地で暮らした自分たちだと主張し、敗戦によって所有財産はもちろん、長きにわたって誠意を尽くして築いた抜群の人的ネットワークまで、すべての生活基盤を失ったと主張した。

海外引揚げ者に比べて数的には遥かに多かった内地の戦災者と疎開者は、戦争の期間中、常に各種の動員に悩まされ、最終段階では連合軍の大空襲で財産と家族を失った。そして、彼らのうちもともと大都市の居住だった者は、占領当局の強制的な人口分散政策のため、戦争が終わってからも、完全な自分の家をそのまま置いて、引き続きよその地で暮らさねばならない不当さを訴えた[20]。

日本政府は連合軍に対する賠償のほかに、根気強く生活支援を求める三つの集団から絶えず要求を突きつけられた。事実、彼らの主張はどれも的外れのものではなかった。除隊軍人の場合、国が彼らを動員しただけに、少なくともきちんとした政府ならば、彼らの補償をしなければならない。また、国の最も大きな義務が国民の生命と財産を保護することだから、日本本土と植民地を問わず、全体が一元化された総動員体制を強いた戦争で損害を負った者がいるならば、当然それに対して補償する義務がある。したがって内外から「借金の催促」に悩まされた日本政府は、対外的には最大限、連合国に対する賠償額の軽減のために努力し、一方、国内的にはこれら三集団の要求を適切に受け入れると同時に、これを慰留しなければならない困難な状況にあった。

こうした状況のなかで、日本での「国内戦後補償」法制は、この三団体に対する処遇問題を中心に整備されていった。敗戦直後、日本政府は社会各地で露わになった集団間の亀裂を防ごうと、全国民が戦争で被害を負ったとの政治的修辞を駆使し、広義の「戦争被害者・犠牲者論」を流布させた。政府のこうした態度は不足がちな支援政策などを理由に、各集団の要求を巧妙に慰留するための苦肉の策だった。けれどもお粗末なこうした論理はすぐに激しい抵抗を受けた。すなわち、被害者を論じるならば、加害者が誰であるかを明らかにしなければならない。その被害は誰の誤りで起こったものなのか、被害程度がそれぞれ異なる人々に、国は究極的にどう対処するのかを明らかにしなければならなかった。しかし、〝広義の戦争被害者論〟は何よりも国家責任を回避するための論理で、脈略・内容・程度が厳然と異なる被害をまとめて画一化したため、もし補償が平等になされないならば、いつかは破綻する危険性を孕んでいた。こうした憂慮は、サンフランシスコ講和条約の締結と「恩給法」の復活を契機に現実のものとなった。

恩給法は元来一九二三年から施行された制度で、退職した公職者・軍人とその遺家族の生活保障のために、勤務年限や職給などに応じて一定額を支給する一種の公務員年金・軍人年金制度だった。ところが敗戦GHQ占領当局は、この制度がまさに軍国主義の基盤だったとして廃止させ、その代わりに「救済並びに福祉計画の件」なる法令を発表し、軍人とその家族、戦災者・疎開者、引揚げ者をすべて同一の扶助体系のもとに置いた。この法令は国の援助なしには自力で生活ができない人々を救済するという、しごく一般的で初歩的な福祉論に基づき、一九四六年九月以降「生活保護法」として整備された。占領当局はこの法令によって「無差別平等の原則」による公的扶助を実施した。

ところが日本政府は一九五一年、対日講和条約に関する論議が進展するなか、戦傷病者と戦没者の遺族に対する扶助法案の検討を開始し、翌五二年四月三十日、正式に「戦傷病者戦没者遺族等援護法」を公布した。続いて同年八月一日に「恩給法改正案」を公布した。サンフランシスコ講和条約の締結で、日本政府が主権を回復すると、まず実施した措置が戦前の扶助体制である恩給法の復活だったという点で、日本政府が表だけでは平和を唱え、過去に回帰しようとしているのではないか、との批判が内外から巻き起こった。それだけでなく、恩給法復活でもたらされた、これら三集団における「差別」問題をどのように調整するのかという現実的な問題が持ち上がった。

しかし、これはすでに議会で法案を準備した段階から予見されていたことだった。恩給法の復活は、一九五二年六月二十日、恩給法特例審議会が設置されて本格的に推進された。この審議会は同年十一月、旧軍人軍属と遺族の恩給に関する建議をした。そして恩給の本質は、国に雇用され特定の仕事を遂行することで喪失したものに対する損害賠償であり、もし、昔の救援体系を復旧させようとするなら、戦争の被害に対する単純な補償ではなく、公務員年金制度との均衡を考慮して法制度を復活させねばならないと主張した。すると社会保障制度審議会の末高信《すえたかまこと》委員は、恩給法だけを復活させるのは、一般国民と軍人、そして軍人相互にも不均衡をもたらすと反対した。(22)

つまり、批判論者たちは少なくとも戦争の被害・犠牲を均等に見るためには、民間人と軍人を同一の社会保障制度で処遇しなければならないと主張した。遺族援護法の対象との関連で、左派社会党のある議員は、法案審議の過程において支援対象は公務による死亡者と戦傷者を主とし、空襲・原爆被害者に対しても、それに準じる適切な被害補償が必要であると主張した。また、共産党のある議員は、補償対象を海外引揚げ者はもちろん、船員・徴用工・動員学徒、女子挺身隊などの一般被害者にも拡大すべきだと主張した。(23)

サンフランシスコ講和条約の締結後、日本の援護法制度はこのように再軍備を通じて戦前に復帰しようとする保守勢力と、支援対象の拡大を通じて戦争被害の均等を主張する進歩勢力とが対立するなかで整備されていった。結論的には、軍人・軍属に対する恩給支給、国と公的動員関係が明白な一部準軍属(軍務員、または軍事業務を遂行した民間人)に対する扶助金の支給で仕上がりとなった。結局、戦後日本の援助法制度と、また、戦後補償制度は日本の戦争挑発で被害を負った人々を対象にしたと言うよりも、「侵略戦争と戦争を遂行する過程で被害を負った公務員・軍人」を対象に制度化したものだった。これはまた国と公的な関係が明確に立証された者に局限されたため、海外引揚げ者を含む、その他の民間人被害者の場合は、なかなか恩恵を受けるのが困難だった。(24) 日本国内は民法上、在外財産補償請求権の時効が完成した一九六二年、総理室に補償請求書と批判の手紙が二十万通も配達されたのは、まさにこうした差別のために展開された現象だった。

四 「戦争被害者」という奇妙な論理

一九四六年十二月、海外からの引揚げ者二十五万名が、主要閣僚との面談を要求し、国会議事堂を取り囲み、座り込みを敢行した。これを主導したのは全国引揚げ者の代表、北条秀一だった。彼らは引揚げ労働者の優先就職、失業給付金の増額、選挙権の付与、越冬物資の無償配給、植民地に預置した郵便貯金の引き出し、帰還児童の修学斡旋など、十七項目を提示し、生存と勤労の機会を与えよと要求した。この座り込みは、引揚げ者が独自の政治勢力化する過程で頂点を築くきっかけになった。

骨の折れるやり方だったが、人間らしい扱いを受けられず、基本的な生活すらできない祖国は、引揚げ者にとって意味のないものだった。結局、彼らは政治勢力となることで、集団の利益を貫徹しようとした。こうした動きは一九四六年の半ば頃から始まったが、引揚げ者たちは同年七月に東京の都心で、海外引揚げ者全国大会を開催し、在外資産と預金を担保にした生計費及び事業資金の融資、衣類・住宅・職業斡旋、本土戦災民と平等な待遇などを要求した。また、京都では「引揚者政治同盟」が結成され、全国的な政治活動を標榜し、全国的には「引揚者団体全国連合会」を組織し、地域相互の連帯を図った。当時、彼らは就業斡旋のためにストライキをしていた国鉄と放送局を訪ね、労組幹部らと面談した席で、「現在、労働組合は反動政府打倒に専念して、前門の虎だけに神経を費やしているが、後門の狼にもなり得る我々引揚失業者のことを忘れないでほしい」と、すでに職を得ている者の心胆を寒からしめたりもした[25]。

一九四七年四月に実施された国会議員選挙は、海外引揚げ者が議会に進出する重要な機会となった。「引揚者団体全国連合会」は衆議院と参議院に各四名を立候補させ、その他の帰還者団体も前後して候補者を立てた。当時、日本の労働組合員は四四二万名、農民組合員は百三十万名だったことを考えれば、少なく見積もっても五百～六百万名に達する海外引揚げ者は、無視できない社会集団と見なされていた[26]。

わたしは全国六百五十万の引揚者の代表として、彼らの立場で住宅問題を取り上げます。（略）東京だけでも三十万名の引揚者と復員者がいると言うのに、そのうち二〇％だけは畳の上で寝ていますが、残りの八〇％に相当する二十四万名は、あばらや、学校の校舎、倉庫などのコンクリートの上で寝ている状況です。(27)

この発言はある国会議員が本会議の席上で、当時の住宅問題を総括した戦災復興院総裁に対し、六百五十万の引揚げ者への対策を主張した折の発言である。この国会議員こそ、前述の国会占拠座り込みを主導した北条秀一だった。

初代議会選挙において引揚げ者から当選した議員たちは、直ちに引揚者特別委員会の構成を求め、引揚げ者に対する各種支援立法の制定を促した。そのうちのひとりが、まさに朝鮮総督府の殖産局長と京城電気会社の社長を経て、敗戦直後に京城日本人世話会の会長を務めた穂積真六郎だった。彼は第二章で見たように「金桂祚《キムケチョ》事件」に連座したが、釈放されて日本に帰国した後は「引揚者団体全国連合会」の副委員長として海外引揚げ者のために旺盛な活動を展開した。特に一九四七年に参議院議員に当選してからは、主に在外財産調査会を率いて引揚げ者が旧植民地に残してきた財産の補償と、そこに凍結されている各種預金の引き出し問題などを取り上げてきた。また、旧朝鮮総督府の官僚と主要外郭団体長らを中心とした同和協会・中央日韓協会・友邦協会などを様々な形で支援し、森田芳夫に引揚げ者のインタビューをさせ、膨大な引揚関連資料をまとめさせた。これら満鉄関係者として満州引揚げ者をバックにした北条秀一、総督府官僚出身として朝鮮引揚げ者を組織した穂積真六郎らが、一九四七年に選挙によって国会に進出したことで、海外引揚げ者はささやかながら、自分たちの主張を世論に訴える窓口を確保することができた。

微弱ではあるが引揚げ者が政治勢力化することで、自分の利益を代弁する場を手にしたのであるが、日本政府がサンフランシスコ講和条約の発効と同時に行なった恩給法の復活措置は、まさに衝撃的だった。その措置は民間人を支援対象から除外したという点で、内地の戦災者と疎開者も看過できない事案であり、引揚げ者にとっては遙かに敏感に反応すべきものだった。特に引揚げ者のうち在外財産の九五％が集中した満州と朝鮮半島からの帰国者にとっては、生活支援金及び給付金が問題ではなく、自分の戦争被害を国から公認されない場合、在外財産の補償を受ける方法がなかったため、いっそう神経を尖らせたのだった[28]。

もし、彼らが植民地に置いてきた財産を、連合国への賠償に充当するのであれば、当然にそれに相応する賠償措置を引揚げ者になすべきであるが、日本政府はこれについては何ら説明をしなかった。さらに、満州と朝鮮半島地域は連合軍との講和条約の締結過程で、国交樹立が不透明な地域に分類されたため、そこから帰国してきた人々は、いっそう政府の措置を批判していた。すると日本政府は一種の宥和策として、取り敢えず一九五七年に「引揚者給付金制度」を導入した。けれども引揚げ者たちは「講和条約締結時に賠償を最小化しようと、旧植民地で接収された財産に関する請求権を、政府が所有者の同意もなしに放棄した」と、かえって激しく在外財産の補償要求運動を展開した。

日本政府と海外引揚げ者のあいだの、葛藤と立場の違いを克明に示す事件が、一九六〇〜六八年に起きた。いわゆる「損失補償——平和条約による在外財産喪失と国の補償責任」をめぐる紛争である。これは対日講和条約が締結され、旧植民地と占領地に置いてきた自分の財産を喪失した人々が、日本政府の国家責任を正面から問いただした最初の事件だった。日系のカナダ人が日本政府を相手に訴訟提起をしたため、俗称「カナダ裁判」と呼ばれたこの訴訟は、一九六三年の東京地裁（第一審）、一九六五年の東京高裁（控訴審）を経て、最終的に一九六八年十一月二十七日、最高裁大法廷で判断がくだった。最高裁は判決において、引揚げ者の在外財産の喪失は、一種の「戦争の犠牲」、あるいは「戦争の被害」であるとし、内地の国民もすべて、これを受忍させられた当時の状況から鑑みると、「憲法がまったく予想できなかった」ワイマール憲法第二十九条三項に基づく補償請求は不可能と判決した[29]。この判決は、その程度の被害は内地の者もみんな受忍しているので、賠償する必要はなく国の責任も認められないとするものだった。

この裁判が引揚げ者を直接的に刺激することによって「引揚者団体全国連合会」は、政府が一種の生活支援策として「引揚者給付金制度」を実施したにもかかわらず、引き続き訴訟を提起した。特に一九六二年四月には、上記給付金の償還期限とともに、民法上の損害賠償請求の時効が迫ると、講和条約締結十周年を迎えて全国的に補償運動を展開した。前述のように二十万通もの手紙が総理室に配達されたのは、まさにこうした事態のなかでの現象だった。これに政府は一九六四年、総理室傘下の「在外財産問題審議会第三次会議」によって、特別交付金を再支給すると決定した。そして、一九六七年に法律第百十四号「引揚者等に対する特別交付金支給に関する法律」を制定し、合計三百四十九万名に対し、一九二五億円を支給してこの問題に終止符を打った。

けれども政府は、この措置が決して国の補償義務に根拠したものではないとし、あくまでも国の責任問題に関しては回答を避けた。その理由は第一に、もし国の責任を認めたりすれば、在外財産に対する補償の根拠を提供することになり、莫大な資金を必要とするからだった。第二に、もし民間の引揚げ者に対して責任を明示したりすれば、引揚げ者よりも遙かに多い戦災者・疎開者など、内地の戦争被害者が恩給法実施の際と同じく、「差別」問題を提起すると予想され、深刻な政治的危機を招くと判断したからだった。日本政府のこうした態度は、法学界からも批判された。批判の核心は日本政府が直ちに「広義の戦争被害者」と呼んだ三つの集団に対する処遇が不均等で、支援金額も客観的基準に適合するものではない。基本的に政府が補償する意思のない状況において、強力に異議を提起する集団に対してのみ、臨時な手段で対応し法制度の枠をいっそう歪曲したというものだった。[30]

実際に、日本政府は彼らの指摘のように「戦争の被害の等分」という国民統合の大原則が崩れる場合に、甘受しなければならない政治的負担をし、各集団の不満をそのときどき宥める線で、戦後補償を最小限にしようとした。日本政府が補償に対する国家責任問題を明記せずに、努めて補償金額を低めようとしたのも、まさにその他の戦争被害集団から公平の問題が提起されることを防ごうとした政治的配慮によるものだった。[31]特に海外引揚げ者に特別交付金が支給された時期は、彼らが日本に帰ってから何と二十年も経過した時点だったので、対象者のうち五十歳以上の六五％、三十五〜四十九歳の三二％はすでに死亡していた。

日本政府が八〇年代末から韓国をはじめ旧植民地出身者が提起する訴訟に対して、いわゆる「国家無答責」（一九四五年以前、国の権力行使による個人の損害に対する国の責任を負う法的根拠はないとの論理）、さらに「個人請求権の否認」、「時効」など、狭い度量の理由を挙げて、年月が経過したからとして戦争

責任と戦後責任を回避してきた法理的態度は、すでに三十年前から自国民を相手に数多く活用してきたのである。(32)

ともあれ、海外引揚げ者は紆余曲折の末に、日本政府から戦争被害者として公認されることになった。しかし、これは実際に彼らが負った客観的被害に対する補償というものではなく、戦後日本政府の様々な「必要と志向」が高まった談論的性格が強かった。日本政府の立場からすれば、当時の財政状態ではどのみち公的資金を通じる救済は困難な状況なので、彼らの気持ちを宥め、社会一般の援助を引き出すための名分が必要だった。そしてそれぞれ異なる被害と補償を主張する各集団の要求を慰留すると同時に、彼らを新しい国民国家の国民として統合させるためにも、何か共通の糸口が必要だった。「戦争の被害者」という概念は、まさにこうした背景から登場し、全社会的に流布された。これが「戦争の被害者」という政治的修辞の本質だったのだ。

一方、引揚げ者は被害者集団として政府から公認されたが、政府の形式的な支援と内地人の相次ぐ冷遇と蔑視のなかで、自分が後にしてきた植民地と帰国した祖国から、二重の被害を蒙ったとの考えを持つようになった。

五　体験と記憶の裂け目

敗戦後、海外日本人の引揚体験は帰還者の数ほど限りなく存在する。個々人の体験はそれが誰の経験であっても、またどのような内容でも、それなりの絶対的意味を持つ。そして、その原体験に対する当事者の認識、また少なくとも私的領域に対しては、それ自体を尊重しなければならない。しかし、これがひとつの社会の集団的な認識や公的記憶の場に、濾過されずに持ち込まれると話は違ったものになってくる。特に植民地支配をめぐるかけ離れた記憶の「偏重」と「密度の差」をさらけ出し、戦後の日本社会と葛藤しているアジア諸国に投影された場合には、現実的に多くの問題を派生させる。

そうした点で、数年前に韓国社会と在米韓国人社会を騒がせた『竹林はるか遠く（So Far From The Bamboo Grove）』（日本語版、ハート出版、二〇一三）[33]発刊の意味を反芻してみる必要があると思われる。韓日双方の歴史認識をめぐる葛藤が、終戦後半世紀になる時点で、現在の国民国家の領域を超えて在外僑民社会にまで波及したことは、それほど戦後処理の重要性を示唆しているからである。

当時、韓国と在米韓国人社会は、一九四五年の敗戦後、ヨーコ・カワシマ・ワトキンズ（Yoko Kawashima Watkins）が、北朝鮮の羅南《ラナム》から日本に引揚げる過程で、多くの韓国人が性暴行をした現場を目撃したと書いた。その彼女個人を相手に「フィクションか、ノンフィクションか」「記述内容のうちに事実の誤りや歪曲はないか」「執筆意図は何か」などの問題を集中的に追求した。敢えて彼女を擁護する意図はないが、個人の敏感な体験に対して公開の場で言及し、戦後日本社会が当然に果たすべき責任を彼女独りに負わせようとしたので、とても理解に苦しむものだった。

そのためなのか、著者は二〇〇八年重版（初版は一九八六年）の序文に、敗戦で日本人に対する朝鮮人の「加害行為」記述との関連で、在米韓国人社会から二〇〇六年秋以降に、激しく提起された様々な問題点を明らかにした。すなわち、自分の本は個人の体験に基づく記憶によるもので、戦争の残酷さを知ることで、平和のメッセージを伝達しようとして執筆したものであると再確認した。併せてこの本は日本の植民地支配で、被害を蒙った朝鮮人の話を扱った他の本と併せて読むように勧め、[34] 日本の侵略戦争が多くの国と民族に及ぼした悪い影響に対して、均衡ある視角を持つことを希望するとも付け加えている。

当時の韓国社会は、著者を相手に歴史的事実に対して是々非々を確かめるとか、執筆意図と関連して道徳的批判を加えることに余念がなかった。残念ながら彼女の記憶全般を支配している、自己体験に対する理解方式に注目した研究や論評は探し出すことはできなかった。もともと個人の原体験を記憶の領域に定着させるまでには、事後の学習や他人からの追体験、自分が属した社会の支配的イデオロギーなど多様な外在的変数が作用する。ヨーコ・カワシマは、海外からの悲惨な帰還と内地に定着する過程で、苦しい体験をした究極的責任を日本の戦争挑発に求めている。にもかかわらず、彼女が駆使する批判の視線と論理は、皮肉にも旧植民地に対する戦争責任と戦後責任を回避し、国民統合のために掲げられた戦後日本の典型的な物語（narrative）[35]、すなわち「ヒューマニティ」と「平和イデオロギー」に基づくものだ。換言すれば、彼女もまた戦後日本政府が流布させている「戦争被害者論」の陥穽から抜け出られずにいる。

実際『竹林はるか遠く』がもたらした最も大きな問題は、著者の意図とは関係なく、朝鮮人と日本人のあいだの加害と被害の脈略を攪乱させた点、そして韓日両民族がそれぞれ抱いている被害意識の相違と内容上の差異を捨象した点にある。両国の加害と被害の記憶を超えるためには、根源的に指摘すべき問題がある。すなわち、アジア太平洋戦争以前の日本帝国主義の植民地支配による、旧植民地の人々の被害をいかなる構図で説明するのか。また、戦争によって韓日両民族が等しく被害を蒙ったとするなら、果たして加害の責任はどちら側にあるのか、整合的な説明が必要とされる。

サンフランシスコ講和条約に象徴される日本の戦後処理は、あくまでも帝国主義列強による「貸借対照表」にすぎなかった。連合国もやはり自国の海外植民地と占領地を領有しようとして、強いて日本の植民地支配に関する旧植民地の補償問題については言及しなかった。旧植民地から見れば、アジア太平洋戦争は長い植民地支配のある局面でしかなかったことからも、アメリカなど戦勝国は、植民地支配末期の戦争だけを問題視し、それすらも戦後処理の過程で、大部分の旧植民地被害国を排除した。その結果、日本は戦争の責任はもちろん、戦後責任、すなわち、植民地支配に対する賠償・補償問題まで度外視することができた(36)。

まさにこうした点、韓日間の整理が不手際になされた結果、類似した問題が露呈するたびに、どの民族が「より多くの被害を蒙ったのか」と、次元の異なる問題に置き換えられた。こうした問題は被害の程度や被害者数によって相殺される問題ではないのに、こうした葛藤が現実のものとなった後には、いつも数字遊びに終始してしまっている。ヨーコ・カワシマの主張のように、両民族がこぞって戦争による被害意識を持ったとするなら、それは本質的に何のためなのか、それを被害と認識させる要因は何かを考えて見る必要がある。このためには、まず、朝鮮から帰国した日本人が帰還の過程でいかなる体験をし、その体験が個人の手記や回顧録（文）において、どのように記述されているかを見定めねばならない。

韓国で『竹林はるか遠く』（韓国語版『ヨーコイヤギ』文学トンネ、二〇〇五）が翻訳刊行されると、少なからぬ騒ぎが起こった。日本ではそれに先んじて同書の元祖格にあたる手記や回顧録が何冊かの本になり発刊された。代表的なものが、藤原ていの『流れる星は生きている』（日比谷出版社、一九四九：韓国語版は首都出版社、一九四九）である。この本の内容を修正補充した改訂版が一九七六年に出版された。『流れる星は生きている』は、著者が北朝鮮で経験した抑留生活と南下脱出の過程を描いたもので、海外から帰国した日本人が残した帰還手記のなかでは、最も早い時期に公刊され、同種の手記の先駆けとなった。この手記は家族という糸口を中心に、自分の夫を「流れる星」に擬して、どうか生きていてほしいと切に望む「想夫歌」であり、極限状況においても三人の子どもを強く守った母情を描いた作品で、大衆の心をとらえるのに十分だった。戦争の悲惨さや政治的観点によって捕虜生活を記述した男性の記述とは異なり、女性らしい繊細な筆致で、北朝鮮における日本人の抑留生活と脱出過程を描き出した点で、資料的価値もあり高く評価されている。この作品に描かれた著者の体験内容と特徴は次のとおりである。

第一に、敗戦後の海外日本人社会が抱いた総体的亀裂を、多様なエピソードを交えて生き生きと記述している。彼女の家族は宣川《ソンチョン》農学校に収容されてから約一年間、集団収容生活を経験することになるが、特にソ連当局が三十八度線を封鎖し、男性たちを他の地域に押送した後に、女性たちだけが残ってくり広げた多様な葛藤の様相が緻密に描写されている。たとえば団体生活をするうちに盗難事件が頻発し、お互いを信じられなくなり、満州銀行券を朝鮮銀行券に交換した後、こっそりその現金と貴重品の隠匿方法に思いをめぐらす様子が詳しく記述される。避難民集団内部の葛藤は、一九四五年十月二十八日に地域保安隊が男性たちを他の土地に押送してから深まった。すなわち、最初から夫と別れた状態で避難してきた集団と、著者のように今しがた夫と別れた集団とのあいだの微妙な葛藤、

帰還手記の先駆け『流れる星は生きている』と、その系譜を引く『竹林はるか遠く』の表紙

左寄り 2 枚の写真は、藤原ていの著書『流れる星は生きている』の表紙で、左側は 1949 年の初版本（日比谷出版社）、真ん中は 2002 年版（中央公論新社）である。この本に流れるヒューマニズムは、戦後日本の「平和イデオロギー」と結びつき、「人びとを不幸にする戦争を再びしてはならない」という時代精神を広めるのに役立った。しかし、惜しまれることに著者は自分の体験のなかに閉じこもり、日本人が海外で支配者として生活し、朝鮮人・中国人など旧植民地の人々の胸に刻まれた悲しみと苦痛まで顧みる余裕は無かった。すなわち、植民地支配に対する反省が欠如した平和の呼びかけは、それから半世紀も過ぎて、日本系アメリカ人を通じて北米大陸にも伝わり、ついに在米韓国人から強い反発を受けた「『竹林はるか遠く』波動」をもたらした。

また、幼な子の世話が必要なグループと、そうではないグループとの神経戦で、避難民たちはお互いに深く傷ついてしまう。収容生活が長期化すると、集団内部で所持金が底をついた家庭から危機が始まる。共同で生活費を拠出して暮らす状況で、彼らは他の家庭に面倒をかけることになり、このため敬遠され孤立していく。このように危機に陥った避難民は自尊心を捨てて、豊かな朝鮮人居住地区を回って石鹸売りをしたり、人形を作って売ったり、場合によっては食事にもこと欠く苦しみを体験する。

藤原ていが属した避難民団は比較的遅く、一九四六年七月から南下を開始するが、所持金が十分な集団はそうではない避難民団を負担に思い、こっそり離れることもあった。同じ避難民団のなかでも、老弱者を連れた家庭と、そうではない家庭のあいだでは意見が対立し、統一した行動をとることが難しくなる。こうした満州避難民の南下脱出の過程は、非常事態で人間の原初的な要求がもろに現れる空間そのものであり、それは様々な形の亀裂をともなった。

第二に、朝鮮人と日本人に関する叙述の方式に注目する必要がある。朝鮮人は大抵警戒心と恐怖の対象として描かれている。そして彼女と子どもが危機に陥るたびに、決定的に役立つ朝鮮人のサポートは、子どもの命を救ってくれた医師と、脱出過程で手を差し伸べてくれた保安隊員を除けば、一過性のエピソードとして処理されている。反面、自分に性悪な行為をした日本人に対しては、反復的で持続的な関係のなかで、前後関係を明確に記述している。これはつまり彼女の体験が自分の家族と、避難民団の内部に徹底して限定されていることを意味するものだ。

第三に、アメリカ軍を救世主のような存在として描写することで、ソ連軍とは対照的なイメージをつくりだしている。著者は一九四六年八月十一日に、北朝鮮から徒歩で南下した末に体力が消耗し、開城《ケソン》の収容所を目前に失神してしまうが、彼女を救ってくれたのは、まさにアメリカ軍だった。アメリカ軍は南下する日本人にＤＤＴで消毒をし、予防注射をしてくれ、ピンセットで足の裏に突き刺さった小石を一つひとつ摘出してくれた。

さらに避難の途中に、同じ日本人一行すらも見捨てた餓死直前の彼女の子どもを救ってくれた。そして彼女の一行を安全に釜山まで運んでくれる。こうした体験は南下する過程で検問所ごとに金を奪い、非常薬まで略奪したソ連軍とは正反対のイメージを形成する。藤原ていが最後の峠を越えてアメリカ軍に発見されたとき、「もういいんだ、助かったんだ、生きてきたんだ」と叫ぶが、ここにはそうした日本人の感情が凝縮されている[37]。そして三十八度線以北と以南を、それぞれ「地獄」と「救援」を象徴する空間に置き換えることで、南下移動を「脱出」と描く〝物語〟を完結させた。

北朝鮮支配地域から帰った女性たちの体験は、時期は少しずつ異なるが、大抵ソ連軍との戦闘→避難→ソ連軍の進駐と暴行・略奪→滞在期間中の事件（家族との離散・死別・強制労役）→命懸けの脱出→南朝鮮の臨時収容所→帰還という一定の過程で構成されている[38]。それはその後に刊行された多くの回顧録のなかにも共通して見られる。このように時系列に典型化された体験認識の原型は、藤原ていのこの本から始まった。藤原の手記は、一九四九年に大映で映画化され、社会的にも大きな反響を呼び起こした[39]。

当時、この本と映画で得た印税は、夫の収入の十〜二十倍ほどになったというが、この手記が日本社会に及ぼした影響を充分にうかがわせる[40]。この本が爆発的な人気を獲得したのは、もともと作品が優れていたせいでもあるが、引揚げ者である自分の体験を体系的に構成・理解する能力がなく、様々な原因で書き表わせなかった同じ境遇の人々が、それほどネイティブに共感し、談論に積極的な文化消費層として存在したことを意味してもいる。

ところで問題はこの手記が著者の意図とはかかわりなく、読者に対して外地から帰国した日本人を、被害の脈絡だけで認識させたことだ。結果的にこの手記に現れてくる個々の事実が持つ、外延と歴史的含意が見逃されている点である。つまり、日本人が植民者として行なった加害の問題を看過している。カワシマ・ワトキンズも、やはりこうした海外引揚げの典型的な「物語」から自由ではなかった。

第七章　出会いと別れ、そして記憶の食い違い

一　「倭奴」出没騒動の顚末

一九四八年六月、南朝鮮に再び姿を見せることはないと思われていた旧朝鮮総督府の高官が、堂々と街を闊歩しているとの噂が新聞で大々的に報じられた。[1] 政府樹立を前にした南朝鮮をにわかに騒がせた日本人再来説の震源地は釜山だった。初期報道の骨子は、朝鮮通信社釜山支部のある記者が街を歩いていて、偶然にかつて朝鮮総督府の財務局長だった水田直昌《みずたなおまさ》に出会ったというもので、水田は記者が自分を知っている気配だったので、明らかに当惑感を示し、旧朝鮮総督府の学務局長塩原時三郎《しおばらときさぶろう》と前朝鮮銀行副総裁の君島一郎も、朝鮮に戻ってきたと語ったというのである。

このニュースは事実関係の真偽とは関係なしに、しばらく忘れられていたり、努めて閉ざしていた朝鮮人の封印された記憶をもろに露出させた。ある新聞はこのニュースを次のように報じている。

三十六年間、朝鮮民族の膏血を搾り取り、後には世界秩序を混乱させる戦争を引き起こし、これを口実に若者たちを戦場と軍需工場に引っ張っていき、創氏令を発して姓を変えさせ、頭髪を切らせ、農村から穀物だけでなく稲わらまでひとつ残さず剝ぎ取った日本人。朝鮮の人々はただ天を仰ぎ胸を叩き、沈黙の溜息をついた不共戴天の敵である日本人。わけても総督時代の高官級の連中が、解放以後は無事に自国に帰っただけでも「天幸」だったのに、建国期を迎えた今日、何のためか朝鮮の地に一人ひとり姿を現し、朝鮮民族の憤激を買うと同時に、漢江に不吉な流言飛語が飛び交っている。(2)

かつての朝鮮総督府の高官らが姿を現したという報道は、多くの朝鮮人に解放前に彼らが恣《ほしいまま》にした収奪と動員の記憶を蘇らせた。先の記事において彼らの帰国を、「天幸」と表現したことからも分かるように、大多数の朝鮮人は彼らの悪行をこと細かく指摘し、いかなる方法であれ罪に問おうとした。しかし、アメリカ軍政は三年前に何らの処罰もなしに、彼らを帰国させてしまった。これは極めて遺憾なことだった。漢江に流れている〝流言飛語〟とは、彼らのほかにも、過去、朝鮮を蹂躙した多くの日本人が、アメリカ軍政期に常に南朝鮮に出入りしていたとの噂のことであり、このために、あるいは昔の総督府官吏とアメリカ軍政とのあいだに、ある種の取引があるのではないかと疑問すら出ていた。人々は過去にこの地であらゆる悪行を犯した「首魁」たちが、こんどは軍政当局と結託し、建国を控えた南朝鮮で、また別の害悪を及ぼすのではないかと疑い、驚きながら事件の推移を見守った。

この事件が報道された後、南朝鮮メディアは事実確認のため、軍政関係者を相手に事件の真相解明を始めた。最初にメディアは、意外にも内助説が出た一九四八年六月八日当日に、民政長官職を辞任した安在鴻《アンジェホン》に「日本人が朝鮮に立ち寄った事実はあるのか」と尋ねた。これに対し安在鴻は「軍政当局から財務方面の意見を聞きたいと呼び出され、君島前朝鮮銀行副総裁が、一時、やってきた事実はある」と答えた。(3) 十五日ほど前から世間に流布していた日本人来朝説が、安在鴻の口を通じて確認されると、各紙は競って来朝した元官僚らの罪悪性を集中的に報道するようになった。

塩原時三郎については、総動員体制を導入し、民族抹殺政策を主導した南次郎前総督の女婿であり、朝鮮総督府の学務局長だった際に、事実上、内鮮一体を制度的に推進した「精神的侵略者」と報道した。彼は在任時に朝鮮語の教科書の廃止、志願兵訓練所の創案、神社参拝の強要、扶余《プヨ》神宮の建設の折りの賦役動員などを主導し、特に朝鮮人の姓を替えた創氏改名の主唱者だったと報じられた。

水田直昌と君島一郎については、侵略戦争遂行のため朝鮮人に貯蓄を強要し、公債の発行などを通じて朝鮮人の膏血を絞る「経済侵略の第一線の首謀者」だったと紹介した。併せて彼らの悪行は過去で終わってはいないと強調し、解放後にも貨幣を乱発して経済を混乱させた首謀者であると報道した。(4)

さらなる報道で世論が沸き立つと、メディアはことのついでに、もしや他の旧官僚は立ち寄っていないか、と世間に広がっている疑問にも触れるようになった。その過程である新聞は情報収集の結果、財務関係で日本人が再来したのは、一九四七年の春からであり、当時、旧東洋拓殖会社の幹部十余名が、軍政当局の警護を受けて、会社の後身である新韓公社に立ち寄った事実があると報じた。そして来朝説騒動があった数か月前には、殖産銀行総裁だった有賀《ありが》光豊《みつとよ》がアメリカ憲兵の警護のもとに朝鮮銀行を訪ね、財務関連業務を視察したとも伝えた。それだけでなく、新聞は有賀が朝鮮銀行の某課長に「お前はもう課長になったのか？」と揶揄すると、その課長は「お前、言葉を慎め！　いまは倭政時代ではないぞ！」と、鋭く言い返したとの逸話まで紹介し、報道の信憑性を裏づけようとした。

新聞は彼らの来朝理由についても分析した。それによれば、水田、有賀、君島らは、帰属財産と関連して新韓公社の業務を調査にきたもので、塩原と瀬戸道一《せとみちかず》旧京畿道知事らは、行政一般に関する視察のためだったという。さらに、彼らの来朝がいかなる伏線と背景でなされたかは、当局が直接解明すべきであると促した。(5) 新聞はまた来朝説が機密情報と関連したものだとする、警察関係者への取材内容も掲載した。

例を挙げると、首都警察庁長の張宅相《チャンテクサン》は、これがみな「政府を持たない悲しみ」であり、朝鮮人の名前まで抹殺してしまった塩原のような人物は、韓国政府が、後日、身元引き渡しを要請し、韓国の法律で処罰しなければならない。この事件は疑問があるので内査をしたいと語った。一方、警務部の趙煥暎《チョファンヨン》官房長と趙炳啓《チョピョンゲ》捜査局長は「警察は知らないこと」と述べ、今後の捜査によって結果発表をすると即答を避けた。アメリカ軍政の広報部のガーナー (Robert L. Garner) 顧問は、日本人の来朝は軍政当局とは関係のないことであり、第二十四軍団が彼らを招いたかどうかは照会中と答えた。(6)

こうした来朝説が、「説」ではなく「既定事実」として世間に広まると、メディアは彼らがなぜやって来たのかに関心を寄せ始めた。当時、ある新聞は、軍政当局が朝鮮金塊の略奪と貨幣の乱発の責任者として、彼らを召喚した可能性を指摘している。この記事によれば、一九〇九年から解放されるまでに、朝鮮半島で生産された金は登録されたものだけでも四百六トンに達しており、その大部分は朝鮮銀行などの公共機関を経て日本に搬出されたとしている。そして、韓国政府が正式に樹立されれば、これらを漏れなく捜し出し取り戻さねばならないと主張した。(7)

各メディアが来朝した日本人の罪悪性を大々的に報道し、アメリカ軍政と日本人のあいだに、ある種のヤミ取引があるのではないか、当局はこれを看過してはならないと論調を張り解明を求めると、ウィリアム・F・ディーン（William R. Dean）軍政長官がとうとう表面に姿をあらわした。だが、六月九日に彼が明らかにした内容は、遠からず調査結果を発表するというもので、「朝鮮国民に害を与える日本人から、意見聴取したことはなく、今後もあり得ない」という原則のくり返しにすぎなかった。(8)

同じ日、南朝鮮において単独政府樹立に反対した金九《キムグ》と金奎植《キムギュシク》が、来朝説と関連して、政治家としては先んじて見解を発表した。金奎植が率いる民族自主連盟は六月九日に、彼らの来朝が過去の罪状を告白するためのものなのか、もし、わが民族の利益に背く再登場ならば、民族最大の侮辱だと論評した。また、金九はその翌日に、彼らの来朝を容認する慣行が改められなければ、絶対容認できない。全国民の力量を結集して倭奴を追い出すと警告した。(9)

アメリカ軍政と対立関係にある政界人士まで加勢し、事件の真相解明をしようとする動きが現れると、ディーン少将は六月十日、来朝説はデマにすぎないと否定した。日本のGHQが集めた情報によれば、釜山のある記者が会ったという水田直昌は、その頃、東京にいたというのである。そして来朝説騒動は「虚報とその伝播過程で起こった混乱と興奮の一例」であり、軍政当局は「決して朝鮮に害を与える日本人を呼び寄せる意思はない」と重ねて明らかにした。(10)

これに対し、最初に水田直昌を目撃したと報じた朝鮮通信社の釜山支部は、当局の発表を正面から反駁し、「取材の際には写真まで撮ってある」と主張した。(11)また、アメリカ軍政の説明に強い不満を抱いた新聞記者会は、軍政長官とディーン少将ではなく、ジョーン・R・ホッジ陸軍司令官が出て、直接、次の問題に対する意見を述べてほしいと要求した。

1．済州島四・三事件を鎮圧する過程において、それが占領軍所管の機構といえども、集団的武力を行使することは、民族全体が反対することである。仄聞するところでは、植民地時代に済州島の要塞建築工事に参加した日本人で構成される武装隊二百余名が、討伐隊として参加したという。これはまさに黙視できない重大事実なので、司令官の責任において、その真相を明示発表すること。

2．植民地時代末期に、政治的または経済的に朝鮮の統治機構に重要な責任ある地位にいた水田直昌（旧総督府財務局長）、塩原時三郎（旧総督府学務局長）、岡久雄（旧京畿道警察部長）、瀬戸道一（旧京畿道知事）、有賀光豊（旧殖産銀行総裁）、君島一郎（旧朝鮮銀行副総裁）、旧小林鉱業社長らの来朝の目的及び動機、占領軍との関係を明らかにすること。[12]

新聞記者会は、旧総督府高官らの来朝説のほかにも、上記のように「済州島四・三事件」当時、二百余名の日本人が討伐隊として参加したという、新たな疑惑についても解明を求めた。

事態が深刻と判断した軍政当局は、朝鮮人官僚を前に立たせて収拾を図った。軍政当局は六月十五日、イ・チョルウォン（이철원）広報部長と趙炳玉《チョビョンオク》警務部長の共同談話形式で、調査結果を発表した。この発表の核心は、南労党党員である『民主中報』記者チョ・ピョンヂョン（조병중）ほか三名が、「反米思想」を高揚させるため、嘱託記者のハム・ヨンボ（함영보）をそそのかし、水田直昌らが釜山に現れたと虚偽報道を流させたというもので、朝鮮通信社釜山支部が、これに対して事実確認もせずに六月五日付で発信したので、「誤報」が広がったとの内容だった。[13]

そして翌日には特別声明が発表された。巷間、アメリカが日本を「軍国主義国家」としての再建に尽力しており、アメリカ軍政当局は旧日本官吏を活用しているとか、済州島四・三事件の鎮圧に日本人を利用したとの説が流れているが、これらはすべて共産主義勢力の新たな「宣伝技術に基づいたデマ」と否定したのである。[14] その後、趙炳玉は水田を初めて見たという記者が逃走しているため、彼に誤報を掲載させるように促した者を検挙し、取調中であると語った。[15]

ホッジら軍政関係者の声明で、朝鮮人社会の「誤解」が解けたかどうかは疑わしかったが、ともあれ一九四八年六月、南朝鮮社会を熱くした「来朝説騒動」は、左翼陣営の「工作」ということで一段落した。ところがホッジの言葉どおり、これが単なる誤報だったとすれば、なぜそのように南朝鮮の世論は、しつこくこの問題に執着したのか？

この事件の背景には、様々な要因が複合的に作用していた。一九四八年、南朝鮮の政治構成から見れば、これは済州島四・三事件をはじめ、アメリカ空軍機の独島《ドクト》漁民爆撃事件などで、積み重なったアメリカ軍政に対する反感、[16] そして南朝鮮の単独政府樹立と、日本の再武装に象徴されるアメリカの東アジア冷戦秩序の再編に対する憂慮から露わになった事件だった。[17] けれども事件を少しだけ遡ってみるなら、これは植民地支配時期の収奪と動員に対する朝鮮人の記憶を蘇らせた事件でもあった。再言すれば、植民地支配が朝鮮人の頭のなかに、それほど深く刻まれていたため、この事件が短期間に挙国的な争点として浮上するにいたったのである。

また、さらに考えてみなければならない問題は、こうした記憶がなぜ消滅することなく、反米感情と結合するかという点である。それはまさに解放後、日本人の集団送還と財産処理の過程で、南朝鮮社会の要求を無視した軍政当局の政策全般に対する不信・不満と深い関係がある。日本人に対する記憶は彼らが解放後、この地に残った傷跡によって次々に蘇ってきた。日本人は帰国したが、その痕跡は日常のなかに様々な形で後遺症として残った。これに伴う苦痛が現在も進行しているため、人々は生きることに苦しむと、過去の体験と記憶をもういちど心の中で反芻するのである。

二　親日派の系譜を継ぐ不当な輩

一九四五年十一月、ひとりの朝鮮人が日本人の密航を助け、金品の提供を受けた容疑で逮捕された(18)。事件というのは、容疑者が九月末、建築会社堀組と結託して日本人社員らの財産の内地搬出を斡旋し、その報酬として現金一〇万円と、龍山《ヨンサン》区厚岩洞《クフアムドン》の日本人家屋の権利を承継したというのである。米軍政当局に勤務したこの人物は、自分の職位を利用して公文書を偽造した。そしてソウル駅旅客部職員を買収し、臨時切符を手にした後に、日本人四十余名を釜山まで運び密航を助けた。彼はこの事件のほかにも同じ方法で、十月には朝鮮石油会社の日本人職員五十名とその他の石炭会社職員、遊郭業者、土木請負業者など約九十名の密航を手伝ったが、結局、そうした悪事は露見したのだった。

彼が偽造した公文書は、帰国予定証明書、世話会登録證、税金納付証明書などと推定される。なぜならば、一九四五年十月を前後して密航が頻繁になるにつれ、軍政当局は各地域世話会に、すべての日本人の身の上の登録をさせたからである。さらに私的移動を規制し、帰還対象者の場合には滞納した税金まで納付させた(19)。当時、朝鮮人のなかには日本人に変装し、帰国日本人に混じって日本渡航を希望する者がおり、彼らも偽装公文書を手に入れようと血眼になっていた(20)。したがって軍政当局の日本人送還情報への接近が可能で、帰還行政補助機構である世話会関係の公文書を偽造できる者は、それこそ目前に一攫千金のチャンスがあった。

ところでこの事件の容疑者はどんな人物だったのか？　彼は解放前に延禧《ヨンヒ》専門《チョンムン》学校で、英文法と英文学を教えた白南石《ペクナムソク》という人物で、一九四五年十二月十日、「日本人密航貨物密輸出援助罪」で軍政裁判に問われ、一〇万ウォンの罰金刑（執行猶予二年）の宣告を受けた。[21] 白南石は韓国教会史において占術家出身の盲人伝道師として知られる白士兼《ペクサキョム》（一八六〇〜一九四〇）の長男として開城で生まれた。ミッション系の韓英書院《ハンヨンソウォン》（松都高普の前身）と延禧専門を経て、一九一九年に渡米しメモリー大学で心理学文学士の学位を得た。さらにコロンビア大学で再び教育学を学んだ。帰国後には開城ホストン女高をへて、一九二三年から延禧専門で教鞭をとった。

彼は韓英書院の学生の頃から、この学校の設立者で、初代校長を務めた尹致昊《ユンジホ》の寵愛を受けた。その尹致昊とアレン（A. J. Allen）に繋がる人脈のおかげで、アメリカに留学することができた。帰国すると、水標橋拝礼堂と宗橋教会など、主に南監理教会系列で宣教活動を行ない、興業倶楽部に関与し、尹致昊と格別なよしみを通じた。こうした関係のためなのか、一九二三年、彼の再婚の際には、尹致昊が主礼を受け持ち、日曜日の礼拝が終わると尹致昊が自宅に招き手厚い接待をしたこともあった。[22]

白南石はアメリカに留学したため、英語で礼拝を捧げるくらい抜群の言語駆使能力の持ち主で、語文構造法に関する限り、国内最高の権威者と認められていた。[23] また、朝鮮とアメリカで長く聖歌隊の活動をしたおかげで、音楽にも造詣が深かった。「秋よ、秋風、そよそよ吹けば……」で始まる童謡「秋」を作詞したのは白南石である。この曲は彼が延禧専門で音楽部長を兼任していた際に、新たに赴任した後輩教授ヒョン・ジェミョン（현제명）が子どもの賛美歌を作曲し、彼に作詞を依頼して完成した

ものだった。

彼は米軍政において、多方面で必要とする資質を持った人物だったので、そこで働くことになった。日本人たちは、まさにこうした人物をブローカーとして安全な密航を試みようとした。アメリカ軍政の送還体制は整備されるにつれ、日本人が正式に帰還手続きを踏むとなれば、煩わしいばかりか財産搬出も決定的に困難になる。また、持って行く財産がない者の場合でも、すでに帰ると心に決めれば、内地に他の植民地・占領地にいた日本人が一挙に帰国する状況だったので、なるべく早く帰らなければ、職場や生存競争において有利な立場を確保することはできない。つまり日本人は、法の網をくぐり、安全で早い帰還のために、彼に巨額の「急行料」を支払い密航と公文書偽造を依頼したのだった。

日本人は免職された後にも、過去の自分の職位や親交を媒介に、朝鮮人の人脈を利用する場合が多かった。このために朝鮮人は親日残滓《ざんし》の清算のためにも、日本人追放は不可避と認識した。一例として、一九四六年四月一九日、京城地方法院議政府出張所の職員であるチョン・キドン（전기동）とイ・テヨン（이태영）という者が、公文書偽造の容疑で逮捕された。彼らは前出張所長の白瀬貞光なる男と結託し、日本人の土地と建物を購入した人々に、八・一五以前に買い入れたと不正登記を依頼し、手数料を取りまとめた[24]。白瀬は一九三三年から京城地方法院の各地方出張所をあまねく回りながら、司法書記を務めた人物で、先の二人にとっては昔の上官だった。

日本人の密航と財産の密搬出過程には、前に見たように大抵ある方式で入り込んだ朝鮮人ブローカーが介在していた。日本人が不法に財産を処分することができたのは、何と言っても、彼らの財産を買い入れ、分け前をきちんと手に入れたい朝鮮人の広範囲な需要があった。

米軍政庁は法令第二号によって、日本人の財産の売買を間接的に容認した結果、各種の不法売買行為が横行した。これに南朝鮮の各政治勢力や社会団体は口を揃えて、日本人財産の売買を禁じ、米軍政が厳格に管理することを要求した。しかし、一九四五年十月三十一日、ホッジ司令官は、依然として「民主主義の立場」から、日本人財産の売買を許可しないわけにはいかないと明らかにした後、軍政にこうした要求をする以前に、朝鮮人がぐるになり、その財産を買わなければ、日本人が最終的には、財産をそのまま置いて行くのではないかと反問した。軍政当局は送還日本人の所持金を一〇〇〇円に制限し、物品搬出も禁止しているが、まさに朝鮮人は日本人が置いて行った財産を買い入れようと「財布は空で服はみすぼらしくないか」「朝鮮の親日派が日本人に付いて回り、それらを買ったからではないか」と、責任を朝鮮人に転嫁した。[25] ホッジの指摘は、この間の軍政当局の示したお粗末な財産管理行政と、取締りの実態を見せながら、厚かましさがきりのない無責任な発言だった。しかし、彼の言うように、日本人の密航を助け、財産を買い入れしようとする朝鮮人が実際に多かった点からも、骨身に染みる指摘だった。

日本人財産の不法売買に伴う弊害は社会全般に及んでおり、一例を挙げると、ソウル・京畿地域の場合にには利用可能な医療施設が少なくなり、患者の不便は極に達したのだった。[26] 旧日本人病院の建物を占有した投機師が、もっと多くの追い銭を要求し建物を売らないとか、病院ではなしにもっと多くの金を稼げる用途に使用しようと、病院開設や業務の再開を妨害したからだった。彼らがこのように図太く振る舞うことのできた理由は、すでにソウルに個人治療所を所有している医者ですらも、施設の良い日本人病院を買収しようとしたからだった。ソウルで日本人病院の建物が売りに出たと噂でも流れると、地方から医師らが相次いで上京するほどだった。その結果、海外からの帰国者と越南者が流入してソウル・京畿地域は満員になり、衛生上の警戒警報が発令され、衛生・医療サービスは最悪の状態になった。

日本人財産の処理はたんに一個人の蓄財問題で終わるものではなく、それが社会的に広がる影響が大きいため、政府が徹底的に介入し統制しなければならなかった。

最近、ソウル市内の果物屋で売っているミカン（日本産）は、どのような経路で運ばれたものなのか。（略）昔から朝鮮では生産されなかった果物で、（略）世間では南朝鮮沿岸のブローカーが米を密航船に運んで行き、その代わりに運んでくるのだという。（略）我々はこの恥辱的な罪の塊で、民族の自尊心をあざけるミカンを、どうして口に運んでいるのか。(27)

朝鮮は豊年だというのに、なぜか飢えている人が多い。この現象は一般に大きな不安を与えている。それとは反対に朝鮮で生産されないミカンが街中に氾濫し、商店には泰山のように積まれ、朝鮮の貴重な食糧をむしばむブローカーの悪行を自慢するかのように黄色い輝きを放っている。(28)

これらの記事は、屈指の建設会社の西松組京城支店の財産管理人だったチョン・セヨン（전세영）らが、日本人の旧支店長と結託し、会社の金を横領し、その金で米を買い入れ、日本に送った後、その代価としてミカンを運んだことを糾弾している。当時、米を密輸出する行為は「社会的殺人行為」と見なされていた。雑穀の海外輸入がなされた状況で、米軍政の未熟な米穀価自由化政策のために、市中にあった米さえも、投機師の買い占めで行方をくらまし、金があっても米を入手できない品薄現象が発

生したからだった。次の記事は満州から帰国してきた同胞の日記の一部分で、その頃の米不足によって経験した日常生活の苦しさを物語っている。

今年二月に初の誕生日を迎えた幼児は、乳が与えられないため、母親の乳はそれほど満足に出るとは思えないのに「オンマ、オンマ」と飛び付いていく。（略）米五升は四五〇ウォンを支払えばいつでも買えたのに、今月になると〇〇交流制限・搬入禁止、謀利輩跋扈、配給絶無などで、米の値段は一躍七〇〇ウォン台に上昇した。こうなると、たとえ金のある者でも、金ではなしに金塊を持ち出しても、米の一粒も買い入れようとする。見物すらできない「焉敢生心」（敢えてそれを考えることすらできない）戦災民の身の上では、夢の中でも米を買えればと思うのだが、（略）そこに肉付きが良くてぴんぴんした奴がゆっくり近寄ってきた。数日前からは昆虫が吸いとった餅のように、不格好でしわくちゃで痩せこけた両家族が、こちらからあちらと押し出された。ついに幼児は腹を壊した。食べるたびにすぐ下痢をする。（略）幼児が元気なら気持ちよく乳を吸ってくれるのだが、この父親は不毛の地で食べるものもなく、無様に暮らして謀利もできずに、売り食いする物もないので、心配の代わりに内密のことでもするしかない。とうとう日雇の仕事をするしかなくなった。あれこれ訪ね歩いたあげく、やっと運が向いたのか、初めてというのに柩を担ぐ仕事があり、七〇ウォンをもらった。（略）幼児は朝方よりも苦しそうで、泣き声が哀れだ。私はこの金で薬を買うつもりだった。妻は「あなたも気の毒に、薬って何の薬！」と、不満げにいう。結局、妻の意見に従い、米を一升買った。実際に米を買って私はお粥をすすったが、妻は食事をしなさいと、また言い争った。(29)

日本人個人の不動産の外にも、国・共有財産及び会社と事業体など、数多い公共財産が不正に処理された。たとえば当時工場など、生産施設の管理はほとんど放任状態だったが、これらを利用した不正行為が露呈した。軍政庁監察部が一九四五年十一月から京仁地域を対象に、三か月間四十余名の暗行班（不正行為を密かに探る）を派遣し、百十余の大規模工場の不正行為を調査した結果、そのうち七二％の会社で、現物の任意処分や帳簿操作の誤りが発見された[30]。これを金額に換算するとほぼ一億四〇〇〇万ウォンになる。すべては朝鮮人ブローカーと日本人の元重役によって処理されていた。もちろん、当事者のほとんどは早々と日本へ逃亡していた。

こうした状況は、日増しに知能化する日本人財産の搬出行為と、これに呼応した朝鮮人ブローカーの暗躍によるものだったが、基本的に米軍政の管財政策と行政があまりにも粗雑だった点を指摘しなければならない。次の事例はこうした状況を示すものだ。ソウルに所在する日本人家屋の管理を担当した京畿道敵産管理課は、日本人の旧家屋に対する賃貸借契約制度を実施しようと、朝興銀行員らで調査団を編成し実態把握をした[31]。当時、調査員は家賃を家屋の市価の五％に定めれば、ソウル市内家屋から一年間に徴集される家賃は、約一億ウォンと推定した[32]。ところが一九四六年二月、朝興銀行の特殊業務課の代行実績を見ると、京城府の対象物件は、中区一万三千戸、龍山区八千戸、鍾路区六千戸、西大門区七千戸、城東区三千戸など、全部で三万八千戸、十万世帯と暫定的に集計されたが、実際に投入された調査員は朝興銀行員三十八名だけだった。彼らは調査証明書を身に付け、毎日二十件ずつ調査したというが、特段の措置をしない以上、今後何年を必要とするのかは不明だった。

対象物件の契約締結だけを進行させたとしても、このように行政能力が甚だしく低下していたため、それ以前になされた不正売買や登記を、遡って追跡し検証するなどは想像すらできないほどだった。

また、いままさに行なわれている財産管理人の不正行為や、財産管理人を詐称し、ことを企む詐欺行為に対しても防禦する道はなかった。[33] すると軍政当局は、日本人の不動産を各道別に分担管理させることとし、朝興銀行以外にもいくつかの銀行に対して期間の拡大を指定した。[34] けれども、その後も日本人財産に対する管理は正しくなされはしなかった。依然として未契約状態の物件が大部分で、契約が締結されて管理人が任命された場合でも、その管理人が勝手に軍の施設とし処分するケースが多かった。こうした状況なのに、管理当局は「管理人のうちに、什器や付属物を売り飛ばす者が多かったのは嘆かわしいことだ。契約をしたとしても、その家屋は自分の物ではなく、国が所有している物」と言うだけで、それに応じた補完行政措置はなされなかった。[35]

解放後、所有財産の処理問題は朝鮮社会としては、極めて重要な事案だったが、不整備な法網と極めて不足がちな行政能力、そして米軍政の消極的姿勢のために、もはや放置できないほど深刻な状況に陥った。実際にこの問題は最初から南朝鮮の主要政党と社会団体が憂慮していたことで、軍政当局が賃貸借契約制度を導入した後にも、メディアは「家のない者は家を手に入れられず、本当に運営しようとする者に産業機関が提供されなかった」とし、何よりも謀利輩の蠢動を封鎖する対策を強く要望した。[36] しかし、この要求は国内外の政治的課題が山積していたために、優先順位から押しやられ、拙速に処理され、一九四七年七月十六日、米軍政は小規模の「帰属財産払下げ方針」を電撃的に発表してしまった。[37] それでは大韓民国政府の樹立直後「帰属財産処理法」が成案過程にあった一九四九年八月の時点では、日本人の財産はいかなる状況に置かれていたのか？

数日前、李範奭《イボムソク》国務総理は、敵産家屋の二重売買者を厳重に取締まるように、内務部長官と法務部長官に指示したのであるが、（略）それでは処罰の対象となる二重売買はどの程度の公認の秘密として盛んになっているのか。（略）この敵産家屋は解放になると日本人が親しい朝鮮人に、寄贈あるいは安価に販売したものだ。その後、敵産の二重売買を禁じる法律が規定されたが、実際にはあの手この手と経るうちに特殊階級が独り占めし、恩恵を受けた戦災民は極少数に留まった。そして、この敵産は金銭で売買され、甚だしくは敵産請願のなかには偽造書類まで発見された事実は、すでにみんなが知っている。（略）しかしこれは昨年までのことで、今年になってからは家屋価格が暴騰し、二倍から五倍になって取引されている。ここで興味あるのはその不正売買にともなう、いわゆる名義変更問題である。さして手間を要しないのに、関所を突破する経費として一〇万ウォンほどの「公定価格」が付くというのだ。それでは敵産がなぜ、このように法の網を潜ってまで売買されるのか。調査書類によれば、解放後、海外と北朝鮮から追われてきた戦災民・罹災民と、地方からの都市集中は激しい住宅難を招来し、さらに生活難による売却と政治的不安による朝鮮家屋の買い占め心理は、社会相を反映しているもので、こうした二重売買の手腕で生計を維持している特殊階級が厳存している。(38)

大韓民国政府が樹立した後にも、こうした日本人不動産の不正売買は、名義操作などの方法によって引き続き行なわれ、いわゆる裏金は一〇万ウォンという「公定価格」が常識化するほど、投機行為が一般化した。こうした投機は韓国の住宅市場を連鎖的に混乱させた。日本人の住宅を中心に始まった投機ブームはいつしか朝鮮人の住宅にまで広がり、住宅価格は日増しに急騰した。その影響はさらに都市貧民と海外帰還者など、最下層にまで波及し、防空壕一間も二〇〇〇～三〇〇〇ウォンの家賃を支払ってやっと借りられるほどだった[39]。また、軍政初期の自由な売買許可でいっそう悪化した食糧難は、一九四八年、幽霊人口調査に関係当局が熱を上げている間にも、米穀を媒介とする密輸が続き、改善される気配は見られなかった[40]。

日本人が本土に帰国する局面で、朝鮮人ブローカーを媒介に処分した各種公・私有財産は、極少数の者に集中することで社会的弊害が拡散された[41]。

このために一九四六年二月十六日、左翼陣営の統一戦線組織である民族主義民主戦線は、結成大会において不正投機と二重契約などで、日本人の帰属財産を個人の致富に利用した者、また彼らの不正に目を閉ざした代価で私腹を肥やした汚職官僚らを逮捕し、「不正の輩・奸商輩」と呼び、解放後の五大反逆者に組み入れたのだった。右翼陣営の結集体である過度立法委員、また彼らを「民族反逆者・扶日協力者、戦争犯罪者及び奸商輩に関する特別条例」によって、親日派・扶日協力者とともに公民権を剥奪すべき「三大社会悪」と規定しようとした[42]。

たとえ彼らを断罪する処罰法は制定されていないにせよ、これらの法案が推進されねばならないほど、日本人財産に対する投機現象は社会的に違和感を醸成した。社会的富の移動を歪曲させ、いままさに拍車が加わる新国家建設に悪影響を与える。併せて一般庶民にとっては国内外の政治的争点や、旧植民地機構所有の土地・官庁・官営機関など大規模財産の行方も、重要な問題ではあったが、日常においては、まさに自分の周辺の日本人の家屋・店舗・小工場を占有し、地域維持に努めた人々の成功事例がいっそう大きく刻印された。

したがって特定の政治的信念と無関係の大多数の人々は、彼らの行動を反社会的民族反逆行為と非難する社会先覚者の主張に同調しながらも、個人的には自分もその隊列に属したい嫉みと羨望の念が複合した感情を持っていた。再言すれば、謀利輩を批判はするものの、機会さえあれば自分もそうした謀利輩に連なりたいという気持ちを持っていた。解放初期から国内の意識ある指導層が、日本人財産の売買禁止を強く要求したのも、日本人財産の処理問題が社会的富の分配問題と直結しており、社会的体質自体を歪曲すると判断したためである。

三　もうひとつの報復の悪循環

一九四五年十月末、南朝鮮のある新聞に「残留日本人に標識をつけ、朝鮮人と区別せよ！」と、かなり刺激的な記事が掲載された。なぜこうした意見が出たのだろうか？

以前に軍政庁が発表した三八度線以南の日本人は、約百五十万名が正確な数字だとすれば、彼らをすべて送還するまでには、今後半年は要すると思われる。我々の気持ちの上では、なるべく早くみんなを送り返してやりたいが、現在の輸送事情ではそれをやり遂げるのに、今後五〜六か月は彼らとともに暮らすしかない。そうであっても、我々は彼らに復讐的な行動をしたり、野蛮な態度で対したりする必要はまったくなく、またそうする理由もない。それはアーノルド長官の発言を聞くまでもなく、我々の態度は日本に滞在している我が同胞に直ちに影響を及ぼし、我々が睨みつけたことが、二つのゲンコツで殴り合う結果になることは、我々自身が誰よりもよく知っている。

しかし、問題は朝鮮に残っている日本人自身の我々に対する態度にあるのだ。最近検挙された東大門保安署、西北署事件をはじめ、龍山署、鍾路署事件などは、どれも日本人が朝鮮の建国を妨害し、朝鮮人に危害を加えようとする計画のもとに行動した事件だった。それればかりではなく、二九日に発行された日本語新聞は、慇懃にではあるが、連合軍を激しく誹謗する記事を公然と掲載している。彼らのこうした破壊的行動に対して、我々は決して暴力で対することなく、朝鮮人と日本人をはっきり区別さえすれば、彼らの行動をあらかじめ警戒できる。だから日本人の腕に腕章を巻くとか、胸に標識をつけ、彼らの行動を監視する必要があるというのが一般の世論である。(43)

この記事は、解放後、朝鮮人が日本人に抱いていた印象と、送還問題に関する認識を包み隠さずに示している。つまり、解放直後、朝鮮人は日本など海外に滞在している同胞の安全を考慮し、可及的速やかに朝鮮にいる日本人をそっくり送還しようとしていた。しかし、彼ら日本人は殺傷や暴力などに耽り、社会的害悪を与えているので、標識をつけて監視しようというのだ。

第二次世界大戦の終了後、世界各地で起こった人口移動は、いつも集団報復の危険をともなっていた。特に二つの地域に異なる民族が混じり合い、両民族が互いに向き合った形態で行き来する場合には、相手地域にいる異民族はそれこそ集団人質にほかならなかった。こうした状況を克明に示す事件が、まさに浮島丸事件である。

解放後、最初の帰国船である浮島丸は、青森県で朝鮮人軍属と徴用者たちを乗せ、釜山に向かっていたが、途上、舞鶴湾で不審の事故が発生し船は沈没した。ところがこの沈没原因をめぐり、これまで韓国の被害者側は日本海軍による意図的事件として「爆沈説」を主張してきた。これに対し日本政府は、第二次世界大戦の際に、連合軍が主要航路に設置した機雷に接触した単なる事故だったと「機雷説」に固執している。(44) ここで注目すべきは、この事件をめぐる風評がいかなる波長を呼んだかという点である。

浮島丸事件は青森県の菅原組なる建設請負業者だったチャン・チョンシク（장중식）が、一九四五年八月二十四日、この事故で家族を失った後に、九月十六日に釜山に到着した直後に、国内メディアに情報を提供して明るみになった。この事実を初めて報道した国内新聞の記事の見出しを見ると、事故の直前に日本人たちが船から降りたとのニュアンスを漂わせており、ある種の陰謀をうかがわせるに充分である。(45)

この事件は三南地方を中心に、続々と生存者が現れ、全国的に噂は広まった。これにアメリカ軍政当局は一九四五年十月四日、治安維持の観点から、事件を「触雷」接触による偶発的事故と発表した。けれども、この事件は解放後一か月で、ようやく高まった朝鮮人の反日感情に再び火を点けてしまった。慶北地域から帰った日本人は一様に、「浮島丸事件が伝えられた頃が、もっとも治安が悪かった」と回顧している。

当時、大邱《テグ》・浦項《ポハン》・甘浦《カムポ》一帯には、「凶悪な日本人の恨みを晴らせ」との声が各地に上がった。こうした状況は内陸の清州《チョンジュ》でも同じだった。清州に浮島丸事件のニュースが伝わったのは一九四五年九月末頃で、清州でも朝鮮人側の手によって犠牲者の慰霊祭が挙行された。その日、「慰霊祭を終えてから日本人虐殺に移る」というデマが伝えられた。世話会も慰霊祭に香奠を供えたという。(46)

反面、こうした南朝鮮の状況は、内地に帰国した人々を通じて日本列島にも伝えられた。日本では一九四五年十月になって浮島丸事件に関する最初の報道がなされている。(47) ところが事件発生後四十数日も経過してからの報道は、事件の内容と経緯よりも、この事件のことが南朝鮮では過大に流布されており、様々な副作用を生んでいる点を強調したものだった。たとえばある主要日刊紙は、朝鮮から最近帰国した元大邱地域司令官の小松二郎の弁を引用し、朝鮮では新聞やポスターを動員し、この事件を「意図的虐殺事件」と見なし、日本人を追い詰めていると報道した。

これは滞留地と帰還地に両民族が同時に居留している場合、どちらか一方の地域で起こった同族の被害事件が、その事実いかんとは関係なく、直ちに別の地域の異民族に対する報復になることを示すものだった。実際に、一九四五年十二月に、日本から釜山に帰ってきたある朝鮮人帰還者は、平壌《ピョンヤン》から帰ってきた総督府の官僚出身者が、ソ連軍・中共軍・朝鮮人民軍に憎まれ口を叩き、「朝鮮人はみんな死んでしまえ！」と当たり散らした騒ぎに、家族は予定よりも帰還を早めたと回顧している。(48)

このように一種の相互人質と報復関係は、朝鮮半島と日本列島だけに限られた問題ではなかった。朝鮮半島の華僑と中国大陸の朝鮮人の関係も同じだった。一例として、一九四六年十月の国民党収復地区から朝鮮人が共産主義者に追われ、財産を没収されたまま追放されて帰ってきた。するとソウルと仁川《インチョン》では解放後日本人の財産を買い入れた華僑が集中的に脅迫された。そして彼らのうちの一部が、中国に行き「朝鮮人が華僑を弾圧している」と世論に訴えたとのニュースが、国内にまたしても伝えられると、「中華商務会」の総務は、この噂が事実ではないことを重ねて明らかにし、事態の収拾に奔走する羽目になった。こうした一連の事件で冷却した韓中関係は、しばらくすると華僑たちがソウル市庁を訪れ、海外から帰還する朝鮮人のために献金することでやっと鎮静化した。(49)

これらはみな植民地時代に、各民族が伝統的な国境を越えてともに暮らすようになってから発生した問題で、この時期の人口移動が両地域の膨れあがった緊張関係のなかで発生したものである。特に植民地支配末期に、海外に動員された朝鮮人は帰還すると、南朝鮮にいた日本人に外地で受けた不当な処遇に対する補償を要求し、日本人滞在者を困惑させた。言うなれば、植民地支配に伴う「帝国の借財」を清算するように要求したのだ。植民地時代から敗戦と解放を経て複雑に絡まった日本人と朝鮮人の「加害と被害」、「被害に対する報復」の悪循環の輪は、両地域間の人口移動を通じて広がっていった。解放直後、建国準備委員会の呂運亨と安在鴻が、日本人に対する個人的報復や暴行を自制せよと訴えたのも、まさにこうした状況を念頭に置いたからである(50)。

被害と報復がくり返される悪循環の様相は、解放後の韓日両地域のメディアで報道された異民族のイメージにも、そのまま反映され、あたかも精巧な組み立て作品を連想させる。まず、日本では朝鮮人をどのように見ていたのだろうか。

・八月一六日、臨時政府が成立したというが、これは投獄されていた思想犯の朝鮮人が中心となり、組織されたものだ。彼らは日本人が朝鮮の財産を奪い、三十余年間、朝鮮人の血に飢えて恣に行動したという風に語るが、一般の朝鮮人が彼らに同調するのも、ムリはないと思った。朝鮮人たちは日本人の姓名と財産を保護すると宣言したが、それは偽りで、これまで事務所にやってきた朝鮮人たちは日本人を一カ所に集めると燃料と食糧の配給もしなかった。夜になるとソ連兵士もやってきて女性を何度も弄んだ。寒さと饑餓が深まる九月二八日、抑留所を逃亡しようと出て、朝鮮人とソ連兵士の目を避け、妻は渓谷に身を隠して夜になるのを待とうと苦労した末に、十月七日、ようやく京城に到着した(51)。

・二十九日午後六時頃、朝鮮人窃盗団が農業会の倉庫を襲った。ガラス窓を破り、三名の朝鮮人が侵入し、米二叺を奪い逃走しようとしたが、近くの行員が発見し、直ぐさま近くの村民の協力を得て（略）この窃盗団は十七歳二名と十八歳一名で、竹原清一、仁川成三、玉山菅夫という日本名を持っていた。彼らは二十九日午後二時頃、名古屋で靴・衣類などの物品を持ち去り、新発田付近で米と交換しようとしたが失敗し、この農業会倉庫を襲ったと陳述した。新発田警察署では余罪があると見て、厳しく捜査している。(52)

この二つの記事のうち、第一の内容は敗戦後、北朝鮮から脱出した日本人が朝鮮人とソ連軍から受けた様々な苦難を描写したもので、第二の内容は盗難事件にかかわる新潟の朝鮮人に関するものである。これらの記事は戦後の日本社会の典型的な朝鮮人に対するイメージを反映している。すなわち、朝鮮半島の朝鮮人は報復や無視によって日本人を厳しく追放した集団で、日本の朝鮮人は物品などを盗んでヤミ市場を転々とし、社会秩序を混乱させる集団と典型化されている。

それならば、在日朝鮮人に対する日本社会の認識を、韓国ではどのように評価していたのか？一九四八年四月、国内のある日刊紙の在日同胞関連の社説を中心にうかがってみよう。(53)

過ぎた三十六年間、日本人の行なった虐待は考えるだけでも身震いがする。物心両面で搾取と暴圧に励んだ彼らが、敗戦で追われたその日も、我々は静かに見送ったのではなかったか？　これは日本の地に暮らしている数十万の同胞のことを気遣ったからではなかったか？　ところで彼らは安全に帰国した感謝の気持ちを何によって返したのか？

・日本代議士の暴言　一九四六年四月、国会議員選挙の際に、亀田という代議士は小賢しくも朝鮮と満州は当然に日本が委任統治しなければならないと暴言を吐き、彼らの野望と痴夢の一端を示し、我々を驚かせると同時に世界の物議をかもした。

・衆議院議員の悪あがき　同年八月十七日、衆議院の会議の際、推態三郎という者が語るに、日本にいる朝鮮の奴らはみんな盗っ人だ。だから彼らをこぞって朝鮮に追放すべきだと暴言を吐き、議員のすべてから一大喝采を受けたという。

・悪質な静永世策の悪行　京城地方検事局経済課長といえば、知らない者はいないほどだった。帰国後、大阪で相変わらず検事の職に就き、同胞虐待がとても激しく、マッカーサー司令部から朝鮮時代の本人の行跡を調査したいとまで言われた。

・泥棒扱い　一九四七年一月頃、日本では窃盗事件が頻発し、対策に苦慮した挙げ句、防犯週間を設けたが、そのポスターに泥棒を描いて頭に太極旗を付け、泥棒はみんな朝鮮人だから、捕まえて殺せと騒ぎ立てた。

この新聞は日本社会が防犯週間を広報するポスターに、「泥棒」と「太極旗」を一緒に図案に描くなど、朝鮮人に対する悪のイメージを流布させることによって追放の名分を増幅させた。これは敗戦後、朝鮮滞在日本人を安全に帰国させようと配慮した朝鮮人の恩恵を復讐で返すものだと批判した。このように、敗戦を経験した日本人の腹いせの対象になったのは、植民地出身者である六十万在日同胞だった。長く続いた韓日両民族の悪縁は、このように時代と場所を換えながら、しつこく続いていた。

四　日本人の最後の姿

アメリカ軍の仁川入港にあたり、ホッジ司令官の指令により、京城府と仁川府一帯には一九四五年九月八日から通行禁止令が下された。ところが九月八日、アメリカ軍歓迎大会に参席した朝鮮人が日本警察の発砲で即死した。アメリカ軍がソウルに入った九日にも、日本警察の銃撃により西北地区で延禧専門学生二名と朝鮮人警官一名、十日には龍山三角地で東洋医専学生一名が死亡した(54)。

殺傷事件はソウルだけではなく、全国各地で発生し、警察のほかに現役軍部隊員や除隊軍人が介入し、事件の波長が拡大するのが常だった。忠北《チュンブク》の堤州《チェジュ》では、アメリカ軍が進駐する前の一九四五年八月二十七日に、召集解除になった憲兵が拳銃で朝鮮人を射殺し、そのために日本人全部が劇場に押し込まれる事件が発生した。また、慶南統営《キョンナムトンヨン》では同年十月、特設警備隊員が警察署に押し寄せてきた朝鮮人保安隊員に発砲し、死者が出たために捕らえられ、署員も監禁され、一般日本人も集結を命ぜられた(55)。

これらの事件は、アメリカ軍の進駐に前後してソウル地域の治安維持権の掌握をめぐる韓日両民族の熾烈な主導権争いの結果だった。朝鮮人と日本人の対立は、一九四五年九月十六日に、日本人警察官の免職措置が発表されることで、減少する気配を示したが、対立の種は消えず、その後にも相当期間にわたり再燃した。ソウルの場合、南大門や龍山区一帯などの日本人の集中居住地域には、例外的に日本人警官の勤務を認めただけでなく、五千〜六千名に総員された朝鮮人警官の採用にも、一定の

時間が必要だったからである。その結果、群衆集会が盛んだった八月十七日、泥酔状態で朝鮮人を短刀で切りつけ、重傷を負わせた日本人憲兵七名を鍾路警察署で検挙するまで、なんと一か月も費やした。(56) こうした状況は、同年十一月十二日、京畿道警察部長の趙炳玉が、道警察部・奉天署・龍山署の三か所に残してあった日本人警察官を罷免するときまで続いた。(57) そのために龍山警察署の日本人警察官が、罷免する朝鮮人をアメリカ軍のスパイだったとして家族に暴行を加え、さらに彼らを殺害しようとしたが、その直前に検挙された。(58) 忠南の牙山《アサン》では、五木《オモク》初等学校の校長が付近の軍の隊員を動員し、解放前から日本人排撃運動をくり広げた、教師パク・チカップ（박치갑）を報復と予防のために殺害する事件も発生した。(59)

敗戦直後には、日本人がその衝撃に耐えられず、内的に消化できないままに、個人的な鬱憤・敵愾心・虚脱感などを、無辜の朝鮮人に投射することで発生した殺傷事件が多かった。こうした事件は、主に帝国の膨張と維持に直接関与した、つまり民間人に比べて軍国主義的感性が多く残っていた現役兵と除隊軍人、そして日頃、朝鮮人との接触頻度が高く、解放後、治安権限の掌握をめぐり、南朝鮮の政治勢力と葛藤をきたした警察関係者によって頻発された。

朝鮮人殺害事件がしばしば起きると、日本警察官らの武装解除と優先送還を要求する声が高まった。さらには既に本土に帰った者さえも、探しだし懲らしめねばならないとの主張まで台頭した。左翼陣営は、アメリカ軍政が行政と治安組織に既存の日本人官僚をそのまま置いて、旧軍人・警察の武装解除と強制送還を遅延させることで、結果的に朝鮮人殺傷事件を傍観したとして、その責任を婉曲に追及した。そしてアメリカ軍政のそうした態度は、根本的に朝鮮人の政治力量に対する不信によるもので、行政便宜主義に陥ったあまり、朝鮮人の民族感情を理解できない結果だと批判した。[60]朝鮮を後にする日本人に対する最後の印象は、殺傷事件とともに多様な形態の物資廃棄と破壊行為によって益々悪化したものになった。

> 八・一五以後、敗戦倭敵の断末魔のような最後の悪行が、我々の建国を妨害するために整えた謀略を駆使し、経済混乱と治安妨害に暗躍してきたが、特に悪質な手段で無辜な人命まで殺傷し、わが国民の倭敵に対する悪感情は頂点に達しており、軍政当局に対して、速やかにこうした悪種の倭敵の徹底的膺懲を要望する声が煮えたぎっている。（略）そのなかでも悪質な行為としては、ダイナマイトやガソリンタンクのような爆発物を、鉱山・工場・学校、さらには住宅にまで仕掛け財産を破壊し、無辜な人民と天真爛漫な幼な子を殺戮し、三六年間の罪悪史よりもさらに大きな悪行を犯した。
> すなわち、八・一五以後、群山・鎮海など、南朝鮮各地では多数の物資を燃やし、膨大な食糧を海中に投じ、他方、小学校の校庭にはダイナマイトを装置し、子どもたちの殺戮を図り、（略）ソウル岡崎町（現在の葛月洞）住宅の台所にガソリンタンクを隠して置いて爆発させた。また、最近では仁川油脂会社の倉庫のドアに地雷を装置し、倉庫の調査をしていた朝鮮建国産業協会の副会長チェ・ドゥソン（최두선）氏のほか技手ら十七名を爆殺し、一般民衆を戦慄させた。（略）一般は軍政庁がマッカーサー将軍の布告違反罪として日本にまでも手を広げ、彼らを徹底的に捜索し、厳罰に処すように要望する声が高い。[61]

こうした記事を見ると、日本人の不特定多数を狙った殺傷行為、物資廃棄、経済混乱などを建国妨害行為と規定している。

当時、物資廃棄と生産施設の破壊は、大きく二つの局面でなされた。第一は、軍の退却や武装解除段階に集中的に行なわれた。済州島の事例を見ると、朝鮮半島に進駐する直前に沖縄のアメリカ第二十四軍団司令官ホッジは、連絡将校を通じて第十七方面軍司令官上月に、米軍が到着する前に、武器を集めて置き、弾薬類はすべて破壊するか、海に捨てるように指示した。ところが日本軍は武器を廃棄する過程で、食糧と日用品まで燃やしたり海に投げ捨て、他人に使用できないようにした。これは北朝鮮をはじめ朝鮮半島から退却した日本軍の典型的な処理法だった(62)。

第二は、企業家たちの資本撤収過程において現れた。解放後、日本人の資本家たちの最大の関心事は自分の資金・在庫品・原料をいかにこっそり隠すかだった。例をあげれば、釜山の朝鮮紡績の専務は幅の広い綿布を、三和ゴムの社長はコムシン（ゴム靴）を売って儲けた金を数十叺《かます》、密航船に積んで日本に帰って行った。資本家だけでなく一般人も財産を売り払うことは同じだった。釜山では彼らの売り払った品物が基盤になり、国際市場の源流である「ヤミ市場」が形成されるほどだった。ところでこうした物資の販売は、ただちに施設の破壊を意味した。たとえば金泉アルミニューム工業所という事業場では、原料があったにもかかわらず、生産機械を破壊して釜を作って売った。現金確保のための物資販売が施設の破壊と製品の忘却につながったのだ。その結果、帰属企業はあれこれ資金難と原料難に直面せざるを得なくなり、工場の稼働に多くの困難がともなった(63)。

特に後者の場合は、大概、アメリカ軍政が任命した朝鮮人財産管理人や、密航ブローカーと手を組んで、緻密な計画のもとに破壊がなされた。このため、朝鮮人社会は軍政当局に日ごとに知能化・組織化する日本人犯罪に対する対策を用意せよと要求した。主要産業施設をうかがうと、帰属企業の場合、動産類は大部分早めに処分され、不動産の場合も、文書偽造・放売・専売・寄付など各種形態で接収される以前に、すでに消滅している場合が多かった。生産施設も一つひとつ分解し、それぞれ別に処分したケースがそれに当たる。光州の実例を見ると、接収すべき生産施設のうち、五七％だけが接収網に入っただけだった。木浦では地域建国準備委員会の活動に力を得て、帰属企業の漏れは光州よりも低かったが、経営難によって一九四九年度まで約三九％が事実上消滅したという。(64)

こうした状況は、当時のメディアに横領・搬出などと報道された事件をめぐる韓日間の根深い歴史認識の差と密接な関連がある。朝鮮総督府の総務課長だった山名酒喜男《やまなみきお》は「（朝鮮の日本人は）日本より資本を輸入して自己の工場及び設備を完成し、日本人の技術力に依り苦心努力を重ねて、工場・事業場を運営し来れり。（略）日本には〝落目の者をいじめるのは男の恥〟の言葉がある」としながら、日本人の旧事業所を接収しようとする朝鮮人労働者の行為を非難した。(65)彼の論理からするなら、日本人が工場施設を分解し処分したり、原料などを日本に持ち帰ったりすることは、企業家の「資本撤収」または「物品回収」なのであり、軍政当局が最初に私有財産の尊重を標榜した以上、自分たちの行為は不法にはならないとの意味になる。これが後に、日本に帰国した人々の在外財産請求権に関する論議とか、日本政府の逆請求権主張の根拠となる論理なのである。それでは朝鮮社会一般の論理はどうだったのか？

日本人財産に関連する決議文

日本人の公・私有財産は、その過度的手続きのいかんはむろん、究竟、これを国に回収させて新成の光復国家建設の経済的基礎になることを、絶対不動の鉄則とする。

「理由」日本人の公・私有財産は、過去四十一年間の朝鮮に対する彼らの封建的資本主義的侵略搾取の結果だからである。一九三一年の満州事変以来、とりわけ一九三七年からの中日戦争、一九四一年からの太平洋戦争を通じて日本帝国主義の暴圧と強制のもとで、朝鮮及び朝鮮人民に略奪的な懲罰を加えたそれは資本と物資の代償定額にも及ばないほどであり、これは朝鮮建国において必要不可欠な経済的基本として国家が当然に、これを回収・所有する権利があるのである。(66)

この決議文は、比較的穏健な路線を標榜した安在鴻の朝鮮国民党が、軍政当局の日本人私有財産の売買許可措置に対して発表した論評のうちの一部である。朝鮮国民党は日本人の公・私有財産を国が一括的に所有し、管理せねばならないとした。その財産は長い期間、朝鮮人を搾取した結果だから、これまでに略奪された対価として、当然回収されねばならないと認識したためである。にもかかわらず、これらの財産の売買を許可するとしたなら、必ず糸口をつけ、その規模を最小限にしなければならないと判断した。すなわち、これらの財産を購買するときには、「①造営物の場合、市民的生活上の要求に立脚したもの、②産業施設は失業・失職を防止し、生活必需品の応急生産に忠実なもの、③(軍政当局は)政府樹立まで、関連財産を善意に立脚し、保管管理すること」という三つの前提条件を煮詰めるように勧告した。併せて粗雑な法網をあざ笑い、暗躍する謀利輩や外国人の買収を遮断するように要求することで、売買許可措置で発生している一連の副作用に対して憂慮の意を表した。

日本人の財産を見つめる社会指導層の基本視角は、これが今後、建国の経済的基礎としてとても重要な意味を持ち、また社会全体が共有しなければならない財産というものだった。たとえ政治的スペクトルによって「国有」、「国家管理」など使用する概念に微妙な差異を内包はするものの、解放直後の南朝鮮の主要政党は、少なくともこの財産を特定階層が独占してはならない点で、共通の認識を持っていた。さらには韓民党ですら、一九四五年十月時点で、日本人財産の買収が明らかに民心を混乱させ、物価だけを騰貴させる、「だから敵産を買うな」と主張した。周知のように韓民党は、一九四七年七月、帰属財産払い下げ論議が開始されると、大部分の政党と社会団体がこれに反対する状況だったのに、朝鮮商工会議所とともに、財産の破損・流失の防止を主張し、これを歓迎した(67)。

現実的次元から見れば、産業施設の解体・販売・搬出などは、工業生産の低下とこれによる労働者の大量失業、そして賃金の下落へと続く悪循環をもたらしている。これに加えて海外帰還者の大量流入により失業率が急上昇したため、労働者の生活はいっそう悪化するばかりだった。労働者は工場管理委員会を組織し、会社や工場を集団管理・運営することで、事態がこれ以上悪化しないように努力した。解放後、朝鮮人労働者が自主管理運動に進み出たことも、究極的には生産施設の操業再開によって職場を確保するためだった(68)。日本人の産業施設の解体・破壊は、直ちに労働者たちの生活基盤を破壊するものだった。その一方では、日本人の財産処分と密航を助け、分け前を仕切る朝鮮人がいたのであり、各地域の人民委員会は米軍政の引き留めにもかかわらず、主要な港をまわり密航する日本人の取り締まりをした。

日本人の公共財産の破壊・横領・搬出などの行為は、国・公有財産の場合にも例外ではなかった。そのうち「李王職事件」は一九一〇年以後の伝統王朝が格下げになり、その最後を飾った事例だった(69)。この事件は、李王職次官児島高信《こじまたかのぶ》の命令によって会計課長斎藤次郎が、一九四五年八月十七日に財産目録二十冊を焼却した後、八月二十一日、保留財政六七〇万余ウォンのうち五五〇万ウォンを、東京の李王邸事務官の山下平一《やましたへいいち》に送金し、逃亡しようとして逮捕された事件だった。(70) 当時、斎藤課長が横領を企図したのは、朝鮮王室所有の山林を伐採した対価だった。軍政当局から全国五十か所余りの陵・原野・墓地と山林及び一千石収穫規模の田畑が管財処に移管されていたため、当然ながら当局に申告しなければならない財産だった。(71)

この事件の主犯斎藤課長は、一九〇八年に朝鮮にやってきて最初から大韓帝国の宮内部で三十余年も会計を担当し、王室財産をくまなく知り尽くしていた。また、彼に送金を指令し逃亡した児島高信は、朝鮮総督府の会計・財務職を経て、一九四〇年に李王職次官に抜擢された官僚で、李王職制の改編と運用に深く関与した人物だった。(72) 当時、斎藤課長によって廃棄された書類は、李王職財産の規模と所在などを記録した財産目録五巻、事務引継目録四巻、特別親用金受払簿などである。(73) この事件によって一九五〇年「旧王宮財産処分法」に基づく関連財産が国有化されるまで、財産の性格論争をはじめこの問題をめぐって多くの裁判が行なわれた。(74) たとえ横領した資金は回収されたとはいえ、金銭以上に重要な王室の記録が傷ついたのである。

そればかりではなかった。天皇の降伏放送の後、気象の整備とともに長期間にわたる朝鮮半島の気象データーという、無形の知的財産や情報が破壊された。(75) 京城測候所は気象統計表と暗号電報など、主要書類を保管した鋼鉄の金庫を丸ごと廃棄した。さらに所長は朝鮮人が機関を引き継ぐ前に、各種計測機器を自宅に隠し、物品台帳から記載を消して測候所を引き渡すつもりだった。この事実を最初に明らかにした人物は、政府樹立後に初代国立中央観象台長を命じられた天文気象学の権威イ・ウォンチョル（이원철）だった。(76) 彼は一九四五年九月二十二日、軍政当局者を帯同し、京城測候所を調査

した後に、事態の深刻性を知り、仁川測候所をはじめ朝鮮半島に散在する二十五か所の気象台のうち、南朝鮮地域の十四か所から急いで資料を接収し、さらなる被害を防いだ。もし少しでも遅れていたならば、一九〇〇年三月から日本の文部省の指示で、収集を開始した朝鮮の気象データーは、かなりの部分消えてしまっただろう。(77)

解放後の送還局面で現れた日本人の不法行為は、産業施設の破壊と物資の廃棄のほかに、朝鮮人ネットワークを活用した公・私有財産の横領と密搬出があった。こうした不法行為は、日本人への各種規制が強化されるにつれ、いっそう意図的かつ知能的に実行され、組織的な様相を帯びるに至った。これは南朝鮮に物資不足をもたらし、投機をそそのかすなど、社会的病理現象を拡散させた点で、非難の的となった。長期間にわたる社会各部門に後遺症を残したことからも、大きな荷物にほかならなかった。

日本人が処分した財産は、幸いにも管財人の地位を得た極少数の者の手にわたり、生産施設の破壊及び物資の投げ売りと廃棄はインフレを促進し、物資不足を招来し、密輸業者たちを猖獗させた。その結果、大多数の庶民は超人的な耐乏生活を余儀なくされた。しかし、謀利輩・奸商輩などと呼ばれた新興集団は、財力を基盤に社会各界に手を広げ、あらゆる不正を仕出かすことで、解放当時、大多数が志向した健康な社会・国家の実現に対する障害物となった。

こうした弊害は、とどのつまり残っていた日本人に対する「追放論」「膺懲論」に向かって行った。いまや朝鮮人にとって日本人送還問題は、抑圧と搾取の元凶に相応しく、この地から追放すべきであるとか、あるいは解放されたから、当然に引き下がらねばならないとの観念的次元を超えて、彼らによって即座に自分の職場・食・住が脅かされている現実の問題として迫ってきた。朝鮮人にとって日本人の最後の姿は、彼らが最初にこの地に足を踏み入れたときと同じく、殺傷と破壊で綴り合わされていた。

五　悔恨と懐旧の地、朝鮮

吉岡万里子《よしおかまりこ》は一九二五年に京城の赤十字病院で生まれた。この病院は官舎地域の近くにあったため、父親が総督府に勤務している者は、大抵ここで生まれていた。彼女の祖父は日露戦争が勃発し、物価と税金が上がり、生活が困難になると、一九〇八年頃に朝鮮にわたり、現在の乙支路三街《ウルチロサムガ》に定着した。日本で皇族が通った学校は学習院であるが、彼女の父親は当時「朝鮮の学習院」と呼ばれた日の出尋常小学校、鍾路高等小学校、善隣商業高等学校を卒業し、一九二二年、二十五歳で普通文官試験に合格し、植民地支配官僚群の末席で働くことになった。

吉岡万里子は生まれると、巡和洞《スナドン》の朝鮮総督府官舎と鉄道官舎地区で幼少期を送った。だから一九三〇年、自然に朝鮮鉄道の付設幼稚園に入学し、その後は南大門公立尋常小学校と京城第一公立高等女学校を経て一九四四年に皇民化政策を先導した緑旗連盟の津田節子が(78)運営する清和女塾を卒業した。そして、父親の縁で、敗戦直前の一九四五年五月から総督府庶務課に入り、庶務係で職員の給料計算と徴兵召集の延期業務を担当していたが、二十歳で敗戦を迎えた。

彼女は後年、娘の沢井理恵とともに自分が生まれたソウルを再訪した。娘の理恵はそのときの母親の様子を次のように記述している。

「母は時間の許すかぎり、私を先導して、南大門市場や、南大門周辺、昔官舎街があった西小門洞や、当時〝本ブラ〟をした忠武路、小公洞（旧長谷川町）を歩きまわる。（略）当時の主だった通りや路地裏やちょっとした小道が、母の身体の中に染みついているのか、私が足早になるほど、母は前をとっとこ歩いていく。でも鍾路や、清渓川路、仁寺洞界隈になると、急に旅行者のような顔になり、きょろきょろしながら、私のあとをついてくる」[79]

母親の万里子は幼い頃に、自分がしきりに歩いた道を訪ねてみたかった。そこはまさにその頃の「モダンボーイ」と「モダンガール」が集まっていた日本人町の中心街だった。しかし、娘理恵の描写どおり、母親は清渓川《チョンゲチョン》を越えて朝鮮人が住んでいた区域に入ると、そんなに懐かしいソウルなのに、ひどく素っ気ない振る舞いをするのだった。それもそのはず、彼女が朝鮮で暮らしていた二十年間、彼女の動線は自宅と学校のある太平路《テピョンロ》と西大門一帯、そして日本人町の中心だった明洞《ミョンドン》から忠武路《チュンムロ》一帯がすべてだった。

こうした彼女の空間体験は、ただちに歴史認識にも影響を与える。彼女は娘とともにパゴダ公園を訪ねるが、ここで一九四四年に、北海道・サハリン方面に徴用された劉氏というボランティアガイドからパゴダ公園の沿革と、そこで展開された三・一運動について初めて聞かされた。沢井は「劉さんの話を熱心に聞いていた私の母は、緊張と寒さとそして衝撃的な話の内容に、顔がだんだんこわばってきた」と、その様子を書いている。

万里子は朝鮮で暮らしはしたが、朝鮮の文化や歴史に接したことはなかった。官舎地区で日本人の

日本式建物と日本語の看板が目立つ **1920** 年代のソウル忠武路

現在のソウル市の地下鉄4号線、会賢—明洞—忠武路駅を中心とする地域には、植民地朝鮮の代表的な日本人街があった。もともと朝鮮時代以来、この一帯は水はけが悪く、雨期ともなれば地面が湿気を帯び、歩行にも骨が折れるほどで「チンコゲ（泥坂）」と呼ばれていた。日清戦争と日露戦争の後に、南山の麓に集まった日本人は、ここを朝鮮最高の繁華街につくりあげた。京城の日本人たちは、ここが日本最高の東京銀座に比べても、絶対に見劣りしないと自慢していた。当時、この街を歩くことを「本ブラ」と称したが、これは当時の「モボ・モガ」たちが、この界隈を闊歩し近代の香りを満喫したことに由来する。

あいだで暮らしていたからだ。一九三九年、朝鮮人と日本人が混じって暮らした地域である清雲洞の借家に引っ越してからも、事情は変わらなかった。

「ホウさんの家は、なんでも、咸鏡北道の両班の家で、そこの息子さんは、のちに、日本の予備士官学校の生徒として内地に行ったそうよ。（略）うちにまだ電話がなかった頃、ホウさんの家によく電話を借りに行っていたことがあってね。（略）うちの一軒隣に、日本女子大を卒業したという朝鮮の奥さんがいてね。正式な奥さんではなく、両班のお妾さんらしいっていう話を、うちのお母さんが近所の人から聞いてきたっけ。（略）うちの真向かいの大きな家も、両班のおうちでね。そのお宅には、ピアノがあって、声楽を勉強していた息子さんがいたのよ。（略）うちから盲唖学校に向かって坂を下りて行った先に外階段が両側についている大きなお宅があって、そこも両班の家だった。その家のお嬢さんにときどき会うと『うちにピアノを弾きにいらっしゃい』って、よく言われたわ。きれいなお姉さんだった。引き揚げのとき、そこの家の人が姫鏡台をわざわざ買い取ってくれた(80)」

彼女が言及した清雲洞の朝鮮人とは、彼女と生活水準が同じだったり、もっと豊かだった両班あるいはその周辺の人々だった。彼女にとって朝鮮人という存在は「日本的・近代的要素」を備えていたときだけ、はじめて意味があり、自分と通じる資格や記憶するだけの価値を獲得していた。清雲洞の朝鮮の隣人が、それでも彼女の記憶の片隅を占めていたのは、彼女が隣人たちを異なる属性を持つ存在と認識したからではなく、あるいはそうした側面にはまったく関心がなかったために、可能になったとも言える。それならば、そうした資格を備えていなかった大部分の朝鮮人は、彼女においてどのように記憶されたのだろうか？

娘は母親に、路面電車の運転手は日本人だったかどうか確かめてみた。すると母親は即座に、運転手はみんな朝鮮の人だったと言うのである。なぜ、朝鮮の人だとわかったのか、しつこく聞くと「だって、にんにく臭かったんだもの……」と答えが返ってきた。[81] 京城で生まれ、そこで育った彼女だったが、家では食べ物にコチュカル（唐辛子の粉）やニンニクを使ったことはなく、朝鮮の食べ物をまったく口にしなかったので、匂いには敏感だったのだ。彼女にとって朝鮮人が集まる場所は、どこでも頭が痛くなり、ニンニクのきつい匂いに満ちた不潔で不快な空間だった。朝鮮人に向けられた万里子の視線は、民族的・階級的差別が混じり合い、これに「近代」というフィルターがかけられていた。貧しい朝鮮人は、近代的教養を身につけていなければ、彼女にとって関心の対象にはなり得なかった。

彼女は機会あるたびに、娘に京城の空はとても高く青かったなど、京城人（日本人）たちは、日本内地の人のように島国根性だったり、封建的ではなかったと、自分の生まれた朝鮮を懐かしがった。しかし、同じ時空間のなかで、朝鮮人とは異なる体験を重ねた彼女が、半世紀を超えても懐かしがった「ソウル」は、どこまでも「日本人の京城《けいじょう》」にすぎなかった。すなわち、景福宮《キョンボックン》の慶会楼《キョンフェル》と昌慶《チャンキョン》宮《グン》の池は、彼女にとってはスケート場であり、朝鮮神宮が鎮座した南山麓は相撲の土俵だった。また府民館では歌舞伎の公演があり、日中戦争で負傷した軍人を慰労する生徒たちの合唱発表会が開かれたこともあった。小公洞《ソコンドン》一帯は一家親戚が集まり中華料理を食べた雅叙園と、フランス料理のフルコースを味わったバンドホテルのレストランがあって、考えるだけでも楽しい所だった。忠武路一帯は毎年十月に華麗な祭典が開かれる場所、三中井と三越百貨店は、シュークリーム、アップルパイ、ライスカレーを食べたところだった。このように彼女にとって京城という場所は、日本と近代というフィルターを通じて、極めて私的な脈略において把握されているだけだった。

こうした認識は吉岡万里子だけに限られたものではない。いわゆる朝鮮生まれの日本人を象徴する「朝鮮子《ちょうせんっこ》」は、ほとんど彼女と同じ考えを持っていた。万里子と同じ頃、京城から帰国した石田寿恵子（帰還当時二十一歳）は、次のように告白している。

　母と私たちはみな京城生まれである。内地を知らずに育ったため、ここで終戦を迎えて引き揚げるという話を聞いても、私はそこがどんな所なのか、最初は喜びを感じなかった。(82)

石田寿恵子の父親（一八六九年生まれ）は、一八九七年に朝鮮にわたり、京城生まれの母親と結婚し、約半世紀を朝鮮で暮らした。父親は日本人が敗戦で帰国しなければならない状況を理解することはできたが、母親と娘はみんなが内地に帰るという「引き揚げ」が、何を意味するかも理解できなかった。吉岡万里子の二年前に生まれた井上寿美子も、やはり「本土は母国といっても、現実的に未知の国です。もともと帰る所に帰ったという思いよりは、もとからいる所から追われてどうしようもなく到着した避難の場所みたい」と回顧した。そして彼女が本当に苦しみとして記憶するのは、日本本土で「異邦人」扱いされ、空手で再出発しなければならなかった過程だったと思い返している。(83) 結局、朝鮮で生まれた二世たちにとって朝鮮とは、自分が享受した豊かな記憶の宝庫であり、集団送還と本土人の差別という連鎖的な生の落差を体験しながら、抱かれた本土に対する不満を投射できる、経験的根拠を提供した空間だった。しかし、惜しまれることに、そこには自分がどうして朝鮮で生まれることになったのか、そしてなぜ一九四五年八月以後、そこを離れねばならないのかに対して、自分の体験を歴史的脈略から相対化させようとする認識は希薄だった。

反面、一九四五～四六年、ソ連占領軍及び朝鮮人民委員会と日本人のあいだで架橋の役割を果たし、北朝鮮日本人の南下脱出を導いた磯谷季次《いそがやすえじ》は、普通の日本人とは明らかに異なる歴史認識を見せた。それは彼の特異な朝鮮体験からくるものだった。

一九〇七年に静岡で生まれた磯谷季次は、一九二八年に咸鏡南道羅南のある歩兵連隊に補充兵として入隊し、朝鮮と初めて縁を結んだ。彼は一九三〇年に除隊された後、朝鮮の労働運動家と出会い、咸興の工場地域を舞台に革命的労働組合の組織活動に身を投じた。彼が除隊した頃、北朝鮮一帯では盛んに電力開発工事と工業化が進行しており、それに応じて工場も多くが稼動していた。除隊後、彼は職場を求めて朝鮮窒素肥料株式会社の興南工場（第三硫酸工場）に就職するが、そこは「殺人工場」と呼ばれるほど、興南地区でも劣悪な労働環境で悪名が鳴り響いていた。[84] 彼はこの工場で崩壊した労働組合を再建させようとしたが、第二次太平洋労働組合事件（略称「太労事件」）に連累し、長く監獄暮らしをした。[85]

一九四五年十月初旬、彼は解放後に咸鏡道検察部長となった監房の同僚で、長い友人の朱仁奎《チュインギュ》から咸興に来るように伝言を受取った。そこで彼は初めて日本人臨時避難民収容所にいる「敗残国民」の凄惨な姿を見て、日本人問題に積極的に関わるようになった。

「私はその建物に一歩踏み込んだ瞬間、にわかに魂が凍えるような感じにとらわれた。（略）付近を見る

とまだ菰包みされない死体が二、三体転がっていた」(8)

彼はこうした事態の根本的原因が、日本政府の無謀な侵略戦争と過酷な植民地支配に起因すると考えた。すなわち、ここで死に直面した日本人は戦争の犠牲者であり、同時に彼らが置かれた状況は、戦争と植民地支配の本質を見過ごすことはできないので、そこに直接間接に関わってきた報いだと認識した。

一方、彼は北朝鮮の政治勢力は社会主義国家建設という当面の課題を遂行していて、日本人問題を解決する余力がないと見た。また、一部の好ましくない暴行と強奪があったが、それは党中央の方針ではなく、政治的訓練の未熟さから起きた「過度期的現象」と理解した。そうして朝鮮人民委員会の主要ポストに就いた過去の朝鮮人同僚に支援を要請し、一方でソ連占領軍と交渉を重ね、一九四六年春からの日本人の組織的な南下移動に対して暗黙の承認を得た。

彼は帰国後にも、十八年七か月も暮らした朝鮮（北朝鮮）の内情と、昔の同僚たちの状況に深い関心を示した。彼が八十四歳の高齢にもかかわらず、朝鮮半島の動向に関する書物を執筆したのは、決して振り切ることのできない朝鮮に対する愛情が大きかったからだろう(87)。彼は朝鮮で「朝鮮の六十万日本人のうち唯一の非国民」と厳しく批判され、「国体変革」を企てたとの罪で十年の受刑生活を強いられたが、結果的にそのおかげで敗戦と解放の局面で、北朝鮮当局はもとよりソ連占領軍と、残留日本人のあいだの架橋の役割を果たすことができたと回顧している。

言うなれば、終戦を起点として彼の生涯の前半部は、日本の植民地支配に苦しめられている朝鮮人労働者の解放のためにあったのであり、反面、短い期間だったが解放後の一年余の時間は、日本帝国がほしいままにした植民地支配と戦争の因果を完全に裏返して使われ、いまだに苦痛を経験している日本人同胞のために尽くした年月だった。そうした点で彼は日本帝国の〝罪〟と〝罰〟を第一線で見守った稀有の日本人だったと言える。帝国の歴史を全身で体験した彼は、過去を振り返って見ながら、次のような問題点を指摘している。

北朝鮮における歴史的悲劇の渦中で大多数の日本人は、自分たちの蒙った苦難を軍国主義日本の無謀な戦争行為の結果と見なしたはずである。しかし、その前に日本の朝鮮民族に対する半世紀にわたる迫害の歴史があったことを、日本人はどれだけ反省することが出来たか、ただひたすら自分たちが遭遇した苦難に打ちのめされ、ある者は朝鮮民族があたかも加害者のように思いこんで憎しみをいだいて朝鮮を去ったのではなかったか……。(88)

彼は日本が帝国の版図を維持拡大しようと、また別の戦争を準備し挑発する過程で、朝鮮人が日常的に耐え忍ばねばなかった、様々な被害に目を閉ざしてしまったこと、そして、これを看過した戦後の日本社会の平和イデオロギーが持つ歴史認識の誤謬と虚像を鋭く指摘する。北朝鮮から帰った人々の体験と記憶は、大抵ソ連軍の暴行と略奪、朝鮮人と自分たちの社会的地位が逆転したことから感じた自壊感、また、自分たちのために何一つやってくれなかった旧植民機構と、本国政府に対する恨みなどがほとんどだった。しかし、磯谷季次は敗戦後の日本人が、なぜそのような状況に置かれるようになったかを絶え間なく反芻し、北朝鮮の日本人問題を解明しようと努めている。

彼は帰国した後にも、引き続き北朝鮮社会に愛情を示した。特に、日本人の南下脱出を援助してくれた咸鏡南道検察部長の朱仁奎が、後に国立映画撮影所長になった事実とか、高麗劇団の俳優沈影《シムヨン》とか、韓雪野《ハンソルヤ》をはじめ李泰俊《イテジュン》・金南天《キムナムチョン》・林和《イムファ》・洪淳哲《ホンスンチョル》など、文化芸術家たちの近況にも深い関心を抱いた。そして、政界内部の権力闘争だけでなく、在日朝鮮人の「北送（帰国運動）」と「北送日本人妻」、一九九〇年代の食糧危機にいたるまで主要事案に関心を示し、北朝鮮社会がどうか健康な国家に生まれ変わってほしいと願った。彼が十六歳の時に、偶然にも上野公園の近くで、日本人自警団によって無残にも殺害された朝鮮人の屍身（関東大震災の朝鮮人虐殺）を目撃した時から始まった朝鮮人との因縁は、朝鮮での厳しい生活と帰還過程を経て、このように生涯にわたって続けられたのである。

終わりに――加害と被害の記憶を超えて

一九七五年三月六日、駐韓日本大使館のある職員が、ソウル金湖洞《クモドン》のタルトンネを訪ねた。この日は日本に強制動員され、一九四五年八月六日に広島で原爆被害を負った李鍾洙《イチョンス》氏の告別式があった。李氏は解放後に故郷の井邑《チョンウプ》に帰ったが、被爆の後遺症治療のために家産を使い果たし、生計のために上京、金湖洞の板子村で暮らした。しかし、生涯を病気の治療と生活苦であえぎ、結局、病状が悪化し、上京して六年目に息を引き取ったのだった。当時、家族たちの伝えるところによれば、彼の最後の言葉は「日本政府から補償の約束を受けとるまでは、わたしの遺体を日本大使館の前に置いておけ」だったという。これに対し日本大使館からは、異例にも参事官が告別式に参席し、韓国語で「李さんの死はわれわれ日本人にとって大きな衝撃にほかなりません。李さんのご逝去と大勢の原爆被害者の思いを本国政府に伝達し、最善を尽くします」と弔意を表した。(1)

この日、告別式に参席したのはほかでもなく、朝鮮半島に居住した日本人の帰還過程を集大成した『朝鮮終戦の記録――米ソ両軍の心中と日本人の引揚』(一九六四年)の著者、森田芳夫だった。彼は一九一〇年に広島に生まれ、朝鮮にわたり群山《クンサン》で育ち、後に京城帝大法文学部で朝鮮史学を専攻した。彼が後半生を日本人帰還問題に没頭し、膨大な著作を完成させた基礎には、彼の特異な履歴とそれを裏づける緻密な人的ネットワークがあった。

彼は一九四六年三月に帰国するまで、京城日本人世話会の仕事をしていたが、帰国してからは、朝鮮引揚同胞援護会の九州支部と朝鮮人永登浦世話会に勤務した。そして一九四七年には朝鮮総督府の縮小版である同和協会、一九四九年には厚生省の下部機関の引揚援護庁官房総務課、一九五〇年には外務省北東アジア課で帰還日本人の調査を担当した。晩年には主に韓国で活動したが、駐韓日本大使館の参事官として公職生活を終えた後には、誠信女子師範大学校の日文科で教鞭（一九七五〜八五）をとった。

彼が後半生を尽くして、日本人の本土帰還過程に関する記録を整理編纂することになった直接的な契機は、朝鮮総督府の殖産政策の主役であり、解放直後は京城日本人世話会の会長だった穂積真六郎の秘書に抜擢されたからである。穂積は帰国した後、同和協会副会長と在外財産調査会委員などを歴任し、一九四七年から約三年間、朝鮮から帰国した日本人の口述記録の編集をしている。この実務責任者の一人が、まさに森田芳夫だった。本書で引用した「森田資料」は、ほとんどこの時期に彼が収集したものである。

森田芳夫は日本人帰還援護組織の実務者であり、帰還と関連する高級情報と核心資料に触れることのできる引揚援護庁・法務省・外務省をあまねく経験した官僚だった。そしてこれらを通史として編纂できる歴史家でもあった。こうした履歴と経験の持ち主だったので、彼の著作には釜山や博多港で韓日双方の帰還者のあいだでなされた銀行券の私的交換行為、ヤミ市場の交換レートの変化、帰還者が密かに持ち込んだ貴重品の品々などの細々した情報から、GHQ、日本政府、占領軍、朝鮮総督府、日本人世話会など、各界各層にわたる多様な政策資料、メモ、手記、統計などが網羅されている。これらは特別な履歴を持つ森田芳夫がいなければ、収集どころか接近すらも不可能な資料だった。

彼は外務省を退職して韓国に向かってからは、誠信女子師範大学に職場を得て収集した記録を整理し、一九七九〜八〇年に『朝鮮終戦の記録』の資料編三巻を完結させた。

彼の著作は韓国現代史研究において、見逃すことのできない記録として高い資料的価値が認められている。しかし、同時にこうした彼の履歴から必然的にその限界も明らかである。彼が勤務した団体はことごとく、一九五〇〜六〇年代の韓日基本条約交渉の過程で影響力を発揮しようと、朝鮮から帰還した旧朝鮮総督府の官僚らが中心になって組織したものだった。彼らが収集した記録は大部分、朝鮮にいた日本人の「事績」を誇示しようとするもので、結果的には植民地支配を合理化するための資料である。また、自分の「被害」の事実を資料によって立証し、日本政府から引揚者に対する支援をより多く得ようとする目的もあった。

森田芳夫は朝鮮で育った引揚者だったが、ことさら露骨な植民地認識を示すことはなかった。彼は韓国人原爆被害者の告別式への参席にも見られるように、時たま朝鮮や朝鮮人に対する理解や同情を披瀝するなど、境界人（marginal man）らしい複合的な朝鮮観の持ち主だった。しかし、本質的に身につけた限界から逃れることはできなかった。その結果、彼の研究と資料は徹底して朝鮮人の視角を排除し、日本人の帰還を「被害」の脈略からだけ一面的に把握したものになった。まさに彼の著作は「朝鮮に暮らした日本人」が、終戦後に体験したあらゆる惨状の記録の集大成ではあるが、なぜそのような惨状が生まれたかについて、歴史的省察が十分になされているとは言えない。

確かに、朝鮮から帰国した日本人が、日本政府を相手に自分の蒙った戦争被害を主張する際には、これらの資料はそれなりの意味があるだろう。彼らをはじめとする海外引揚者は、敗戦後、日本の中央政府からいかなる外交的保護も受けられず、居住地の選択権もなく財産さえも失ってしまった。それればかりか、帰国後の定着過程でも、充分な支援を得られなかった。彼らの在外財産は対外賠償の次元で、国が処分したにもかかわらず、それに伴う補償がきちんとなされなかったからである。

しかし、日本が仕掛けた戦争に敗れたことで、海外在留日本人が蒙った被害を、韓国人の被害と同一のレベルで論じることはできない。被害の内容と脈絡が異なるからである。韓国人の被害はすでに久しく日本の朝鮮侵略から始まっており、長い植民地支配において構造化され、日本帝国の拡張のために挑発した結果、戦争によって一層重複されているからだ。

戦後の日本社会が海外から帰国した日本人を、広義の「戦争被害者」と見なしたのは、彼らの窮状と被害を連合国に訴え、戦後賠償を最小化し、恩給法復活など差別的援護行政によって始まった社会集団間の分裂を封じ込めるためだった。しかし、彼らが主張した論理は、アジア太平洋戦争以前に、彼らがほしいままにした植民地支配による旧植民地民衆の被害を、どのような構図で説明するのか。かりに戦争によって韓日両民族が等しく被害を蒙ったとするなら、加害の責任は果たして誰に問わねばならないのか、これに対してはいかなる回答もなされていない。

究極的に韓日両国が加害と被害の記憶を超えていくためには、まず、これに対する回答を両国民が納得し共有しなければならない。物足りなさは残るものの本書で扱った様々なエピソードが、朝鮮から帰った日本人が、長い韓日関係史のなかで、どのような集団として位置づけられるのか、そして、彼らが朝鮮半島を離れる過程で残した痕跡が、今後の韓日両国にいかなる影響を及ぼすかを、ひろく探索するきっかけになれば幸いである(2)。

【原注】

第一章　予期せざる災難、敗戦

（1）田辺多聞「敗戦直後の釜山の地方交通局」森田芳夫・長田かな子編『朝鮮終戦の記録（資料篇）』第二巻、一九七九年、二八四～二八五頁（以下、この資料は〝森田資料〟と略す）。参考までに釜山地方交通局資料は、鮮交会『朝鮮交通回顧録――別冊、終戦記録篇』一九七六年に再収録。

（2）藤原千鶴子『引揚げ体験記』平和記念事業特別基金、『平和の礎』七、一九九七年、三二二頁。

（3）天城勲「全羅北道」（森田資料①、四一五～四一六頁）。

（4）「日本鉱業株式会社鎮南浦製錬所」（森田資料③、四九六頁）。

（5）岡信俠助「江原道」（森田資料①、四四〇～四四三頁）。

（6）関東軍批判論については、稲葉千晴「関東軍総司令部の終焉と居留民・抑留者問題」『軍事史学』一二四、一九九五年十二月／斎藤六郎「関東軍文書始末記――さらば、瀬島龍三参謀」『月刊アサヒ』一九九四年二月参照。

（7）磯谷季次『わが青春の朝鮮』影書房、一九八四年、二三六～二四一頁。

（8）穂積真六郎は、東京帝大法学部長及び枢密院議長を歴任した穂積陳重と、実業界の大物だった渋沢栄一の長女歌子のあいだの三男として生まれた。彼は近代日本屈指の名門で育ち、一九一三年東京帝大法学部政治学科を卒業し、一九一四年高等文官試験合格、朝鮮総督府財務部で官僚生活を開始した。一九三二年から約十年殖産局長をした後に、一九四一年に公職から退き、朝鮮商工会議所の会頭と京城電気株式会社の社長に就任した。穂積の家系と朝鮮生活については、穂積真六郎『我が生涯を朝鮮に』（財）友邦協会、一九七四年／宮田節子「穂積真六郎先生の録音記録」宮田節子解説・監修、チョン・ジェチョン（정재정）翻訳「植民統治の虚像と実像」ヘアン（혜안）、二〇〇二年を参照。

（9）穂積真六郎「京城日本人世話会長として」一九四六年十一月（森田資料③、三二〇～三二二頁）。

（10）山名酒喜男「終戦後に於ける朝鮮事情概要」中央日韓協会・友邦協会『朝鮮総督府終政の記録（一）』一九五六年（森田資料①、一一～一三頁）。

（11）当時、総督府中央に保管された事件数だけを見ると、一九一七年にすでに全国的に面の数が二五〇〇を超えており、一九三五年を前後して十四の部と四十一個の指定面を中心に、日本人の集中地域が形成された点を考

慮すると、数値が大きいと見ることは難しい。ヨム・イノ（염인호）「日帝下地方統治に関する研究――〝朝鮮面政〟の形成と運営を中心に」延世大学神学科碩士学位論文、一九八三年十二月／孫禎睦『日帝強占期、都市社会相研究』一志社、一九九六年、二八四～二六五頁。

（12）「朝鮮神社の地には国立公園、報国・京城神社の跡地は學園に、歪曲偶像の伏魔殿残滓を一掃」『自由新聞』一九四五年十二月十日。

（13）石井治助口述、一九四七年十一月二十六日（森田資料①、三八六頁）／岡信侠助、前掲文（森田資料①、四三七～四三八頁）／天城勲、前掲文（森田資料①、四一一頁）。

（14）朝鮮において日本人と朝鮮人の日常的な出会いの方式に関しては、田畑かや「植民地朝鮮で暮らした日本女性の生と植民主義経験に関する研究」梨花女子大学女性学科碩士学位論文、一九九六年六月の口述資料／チェ・ヘジュ（최혜주）「雑誌『朝鮮』（一九〇八～一一）に現れた日本知識人の朝鮮認識」韓国近現代史学会『韓国近現代史研究』四五号、二〇〇八年六月、八七頁／クォン・スギン（권숙인）「植民地朝鮮の日本人――被植民朝鮮人との出会いと植民意識の形成」韓国社会史学会『社会と歴史』八〇、二〇〇八年、一一九～一二〇頁。

（15）笠井久義『元山の想い出』一九八一年、一七頁。

（16）松永育男『北朝鮮からの「引揚者」といわれる体験――今日的課題「植民者」とは』夢文庫、一九九八年十二月、二一二頁。

（17）中村貴美「音をなくし第二の人生へ」創価学会青年部反戦出版委員会『死の淵からの出帆――中国・朝鮮引揚者の記録』（福岡編）、第三文明社、一九七九年、一九三～二〇二頁。

（18）岡信侠助、前掲文（森田資料①、四三一～四三三頁）。

（19）井上寿美子「遙かな追憶」平和記念事業特別基金『平和の礎』五、一九九五年、三六八頁。

（20）水田直昌口述、一九五三～五四年、友邦協会・朝鮮史料編纂会『財政・金融政策から見た朝鮮統治とその終局』一九六二年の草稿（森田資料①、一二六頁）。

（21）「流言に自制心を失ふな、岡京畿道警察部長談」『京城日報』一九四五年八月十九日／「慌てるな焦るな、内鮮共に政府を信頼（情報課長談）」『京城日報』一九四五年八月二十一日。

（22）「現金携帯は危険、星野鮮銀総裁、一般に警告」『京城日報』一九四五年八月十九日／「早くも受入超過、各金融機関の窓口状態」『京城日報』一九四五年八月二十五日。

(23) USAFIK『G-2 Periodic Report』(以下、『G―2報告書』と略称) 一九四五年十月六日／一九四五年十二月十九日。
(24)『G―2報告書』一九四五年十二月二十七日。
(25)『G―2報告書』一九四五年十二月二十七日。
(26)「象牙の塔から街頭へ、学界総力、朝鮮学術院を創設」『毎日新報』一九四五年九月十四日／「貨幣、金融、物価の緊急対策、朝鮮学術委員会で報告書発表」『毎日新報』一九四五年十月九日。
(27)『京城日本人世話会会報』第六二号、一九四五年十一月十六日。
(28) 井上寿美子、前掲文、三六八頁。
(29) 日々谷茂一「鎮南浦から博多まで」引揚体験集編集委員会『死の三十八度線』国書刊行会、一九八一年、三三三～三三四頁。
(30)「乱売する物品、当局売買斡旋研究中」『京城日報』一九四五年八月二十四日／「家財類買い入れ、町会毎に係員が出張評価」『京城日報』一九四五年八月二十八日。
(31) 若槻泰雄『(新版) 戦後引揚の記録』時事通信社、一九九五年、一二三頁。
(32) 石井治助口述、一九四七年十一月二十六日(森田資料①、三八七頁)。
(33)「私利と私欲に引かれて日本人財産を買うな、有志の発起で不買同盟を結成」『毎日新報』一九四五年十月十八日／「信託管理制反対・日本人財産不買」『自由新聞』一九四五年十一月二日／「日本人財産はすべて没収、朝鮮人民党で決議、軍政庁に要請」『中央新聞』一九四五年十一月六日。
(34) 森田秀男『朝鮮渡港と引揚の記録』秀巧社印刷株式会社(非売品)、一九八〇年、九五頁。
(35) 小谷益次郎『仁川引揚誌』一九五二年五月、六七～六八頁。
(36) 松永育男、前掲書、二八～三二頁。
(37) 鈴木嘉平・井広元「沙里院――終戦から引揚まで」一九四九年十月(森田資料③、四〇頁)。
(38) 伊藤喜代「亀城日本人世話会の結成およびその後の経過」一九四八年四月(森田資料③、三〇八頁)。
(39) 咸興日本人委員会・北鮮戦災者委員会『北鮮戦災現地報告書』一九四六年十二月(森田資料③、三〇八頁)。
(40) 山口県長門市『歴史の証言――海外引揚五十周年記念手記集』一九九五年、一一七頁。
(41) 田中正四『痩骨先生紙屑帖』金剛社、一九六一年八月のうち日記抜粋部分(森田資料②、一四七～一六四頁)。
(42) 田中正四、前掲日記、一九四五年八月二十一日。

(43) 田中正四、前掲日記、一九四五年八月二十四日。
(44) 田中正四、前掲日記、一九四五年九月十七日、一九四五年九月二十八日。
(45) 田中正四、前掲日記、一九四五年十月十一日、一九四五年十一月二十八日。
(46) 「いまも金さん服喪なのか！　誅殺せよ、われわれの周辺の日本色を」『中央新聞』一九四五年十二月十日。
(47) 「読者に捧ぐ、朝鮮への言葉――京城日報社同人有志」『京城日報』一九四五年十一月一日／「謹告：京城日報社朝鮮人従業員一同」『京城日報』一九四五年十一月二日。
(48) パク・スネ（박순애）「朝鮮総督府のラジオ政策」韓中人文学会『韓中人文学研究』一五、二〇〇五年。
(49) 村常男「ソ軍入壌の七日間」一九四九年一月（森田資料③、五〇～五三頁）。
(50) 『毎日新報』一九二〇年四月一日。
(51) 田中正四、前掲日記、一九四五年十二月七日／一九四五年十二月九日。
(52) 田中正四、前掲日記、一九四五年十二月七日。
(53) 引揚げ港・博多を考える集い『戦後五十年引揚げを憶う――証言・二日市保養所』プリント英販社、一九九五年、一二三頁。

第二章　四面楚歌の朝鮮総督府

(1) 厚生省社会援護局、援護五十年史編纂委員会『援護五十年史』一九九七年、二八頁。
(2) 内務省監理局「戦後終結ニ伴フ朝鮮台湾及樺太在住内地人ニ関スル前後措置要領（案）」日本外務省一六次公開文書、マイクロフィルム Reel No.k' 0003、「太平洋戦争終結による在外邦人保護引揚関係雑件：国内受入体制の整備関係　輸送関係」に収録。
(3) 若槻泰雄『（新版）戦後引揚の記録』時事通信社、一九九五年、二五八頁。
(4) 東郷外相発在瑞典岡本公使宛電報「日「ソ」間利益保護事務に関する件」一九四六年八月十四日／在瑞典岡本公使発重光外相宛電報「在「ソ」邦人安否調査並に日「ソ」間利益保護事務に関する件」一九四五年九月八日／重光外相発在瑞典岡本公使宛電報「日「ソ」間利益保護事務に関する件」一九四五年九月十日（森田資料①、三五五～三六五頁）。
(5) 連合国総司令部発帝国政府宛覚書、AGO91-4号、一九四五年九月十七日（森田資料①、三七一頁）。

（6）長澤裕子「日本の〝朝鮮主権保有論〟とアメリカの対韓政策――韓半島分断に及ぼした影響を中心に（一九四二～五一）」高麗大学政治外交学科博士学位論文、二〇〇七年七月、一一五～一二八頁／チョン・ビョンジュン（정병준）「敗戦後朝鮮総督府の戦後工作と金桂祚事件」『梨花史学』第三六集、二〇〇八年八月。
（7）山名酒喜男「終戦後に於ける朝鮮事情概要」（森田資料①、一八頁及び二三頁）。
（8）「互譲を堅持、摩擦を戒む、安在鴻氏、半島民衆に呼びかく」『京城日報』一九四五年八月十九日／「互愛の精神で結合、わが光明の日を迎えよう、三千万に建国委員会第一声、安在鴻氏放送」『毎日新報』一九四五年八月十七日。
（9）穂積真六郎『京城日本人世話会長として』一九四六年十一月（森田資料②、三一二～三一四頁）。
（10）坪井幸生『ある朝鮮総督府警察官僚の回想』草思社、二〇〇三年。
（11）坪井幸生は、数年前に自身の朝鮮体験を整理した個人回顧録を発刊した。坪井前掲書。
（12）「現金携帯は危険、星野鮮銀総裁、一般に警告」『京城日報』一九四五年八月二十二日。
（13）朝鮮銀行史編纂委員会『朝鮮銀行史』一九六〇年（森田資料①、二〇一～二〇二頁）。
（14）チョン・ビョンウク（정병욱）「解放直後日本人残留者――植民地支配の連続と断絶」『歴史批評』六四、二〇〇三年秋季号。
（15）チョン・ビョンジュン（정병준）「敗戦後朝鮮総督府の戦後工作と金桂祚事件」『梨花史学』第三六集、二〇〇八年八月。
（16）穂積真六郎、前掲文（森田資料②、三二五～三二九頁）／塩田正洪「終戦後の鉱工局関係の事情」『同和』一九六〇年五～六月、一四九～一五〇頁（森田資料①、一四三～一四四頁）。
（17）「水田直昌と塩田正洪、取調停止中に日本に逃亡」『自由新聞』一九四五年十二月二十六日。
（18）前掲（17）の記事。
（19）「森浦と小林釈放に不満、小林は畢竟逃走で支障多大」『自由新聞』一九四五年十二月二十九日。
（20）「三八以南の収監日本人、期限延期は無意味、巨魁見逃し、下っ端だけ捕まえる」『自由新聞』一九四六年六月二十四日。
（21）小谷益次郎『仁川世話会誌』一九四八年三月（森田資料②、二一五～二一六頁）。
（22）原田大六「終戦に伴う引揚事務処理」（森田資料①、一四六～一四七頁）。

(23)チェ・ヨンホ(최영호)「韓半島居住日本人の帰還過程で現れた植民地支配に関する認識」『東北亜歴史論叢』二一、二〇〇八年九月、二八二~二八三頁。
(24)キム・キョンナム(김경남)「在朝鮮日本人の帰還と戦後の韓国認識」『東北亜歴史論叢』二一、二〇〇八年九月、二八二~二八三頁及び三一二~三一三頁。
(25)穂積真六郎「京城日本人世話会長として」一九四六年十一月(森田資料②、三一五~三一六頁)。
(26)八木信雄「全羅南道」『同和』一六一~一六二頁、一九六一年五~六月(森田資料①、三九九~四〇〇頁)。
(27)「帰鮮応徴士等の援護に釜山へ職員派遣、下飯坂理事長も上京打合せ」『京城日報』一九四五年九月九日。
(28)「朝鮮人集団移入労務者の緊急措置に関する件」(一九四五年九月一日)、福留範昭・亘明志「戦後補償問題における運動と記憶1——壱岐芦辺町朝鮮人海難事故をめぐって」『長崎ウエスレヤン大学地域総合研究所紀要』三巻一号、二〇〇五年、三三~三四頁。

第三章　残留と帰還の岐路に立たされた日本人

(1)『京城日本人世話会会報』(以下、『会報』と略称)第一一号(一九四五年九月十三日)。
(2)浦橋勝信「朝鮮植民地下の京城・皇城YMCAに関する研究」九州大学修士論文、教育システム専攻、二〇〇八年。
(3)『会報』第三号(一九四五年九月四日)、第一五号(一九四五年九月十七日)。
(4)三浦信孝・糟谷啓介編『言語帝国主義とは何か』トルベゲ、二〇〇五年、三七三~三七八頁、グラムシの言語へゲモニー論参照。
(5)森田秀男『朝鮮渡港と引揚の記録』秀巧社印刷(株)、非売品、一九八〇年。
(6)イ・キュス(이규수)「開港場仁川(一八八三~一九一〇)——在朝日本人と都市の植民地化」『仁川学研究』六、二〇〇七年/ヨム・ボクキュ(염복규)「日帝下仁川の行楽地としての位相の形成と変化——乙尾島と松島遊園地を中心に」『仁川学研究』一四、二〇一一年。
(7)小谷益次郎『仁川引揚誌』一九五二年。
(8)小谷益次郎、前掲書、二四~二五頁。
(9)小谷益次郎、前掲書、五六~五七頁。
(10)小谷益次郎、前掲書、九七~九九頁。

(11)「海面二十万三千坪の埋め立て、とてつもない計画、釜山財界の四巨頭が出願」『京城日報』一九三三年七月八日／「三十余万ウォンの密輸発見、杉村逸楼・香椎源太郎・秋場孝平ら、敗戦日本人の哀れな心情」『民主衆報』一九四五年十二月八日。

(12) パク・チョルギュ（박철규）「釜山地域、日本人社会団体の組織と活動——一九一〇年代を中心に」『歴史と境界』五六、二〇〇五年、一七四〜一七五頁／キム・ドンチョル（김동철）「植民地都市釜山の大資本家香椎源太郎の経済活動」『歴史文化学会学術大会発表資料集』二〇〇四年十一月、一一一〜一一七頁／キム・キョンナム（김경남）「韓末・日帝初期朝鮮本店企業資本家ネットワークの形成」『地域と歴史』一二、釜慶歴史研究所、二〇〇三年六月、一七三〜一七八頁。

(13)『東亜日報』一九二〇年九月十一日／『中外日報』一九三〇年五月四日。

(14)『釜山博物館』第三巻一一号、一九三四年。

(15) チェ・インテク（최인택）「日帝時期釜山地域の日本人社会の生活史」『歴史と境界』五二号、二〇〇四年、一一四頁。

(16) 信原聖「慶尚南道」一九四八年四月七日、インタビュー資料、『同和』一六五号、一九六一年九月（森田資料①、四二四頁）。

(17)『G—2報告書』一九四五年十一月三日。

(18) 厚生省社会援護局援護五十年史編集委員会『援護五十年史』一九九七年、七三〇頁の表—2。

(19)『G—2報告書』一九四六年三月七日。

(20)『G—2報告書』一九四六年十二月四日。

(21)『United States Army Military Government Activities in Korea : Summation No.II』一九四六年八月、一一頁。

(22) 日本の船舶不足状況と輸送難については、「引揚邦人の安全を図れ」『毎日新聞（大阪版）』一九四五年九月十一日／「艦艇乗組員再招集」同新聞、一九四五年九月二十二日／「二四時間制実現へ船造、修理に対策万全」同新聞、一九四五年十月三日／「下関:帰鮮者洪水に悩む」『読売報知』一九四五年九月十四日／加藤陽子「敗者の帰還——中国からの復員・引揚問題の展開」『国際政治』一〇九号、一九九五年五月。

(23)「すべて持って行くなら今後半年、遅れている日本人の送還」『自由新聞』一九四五年十月三十一日。

(24) 若槻泰雄『（新版）戦後引揚の記録』時事通信社、一九九五年、二六四頁／山根昌子『〝朝鮮人・琉球人〟帰国関係資料集（一九四六～四八）長野県』新幹社、一九九二年、二八〇～二八三頁。

(25)「特別列車運転、日本人の輸送ピーク」『毎日新報』一九四五年十月二十五日。

(26)「日本進駐一年の足跡」『毎日新聞（東京版）』一九四六年八月三十一日。

(27)「軍政庁、軍政布告遵守厳命」『毎日新報』一九四五年十月二十七日。

(28)「いまだに倭色服装なのか！　誅殺せよ、われわれの周辺の日本色を」『中央新聞』一九四五年十二月十日。

(29)「軍政庁で指示した撤退期限は三月十四日まで」『朝鮮日報』一九四六年四月二十八日。

(30)「種族別人口表」『朝鮮年鑑』京城日報社、一九三五年、八三頁／同資料、一九四四年、五九頁／同資料、一九四五年、二八〇頁／孫禎睦『日帝強占期、都市社会相研究』一志社、一九九六年、表—2、「日帝下ソウルの住宅事情」。

(31)ソ・デスク（서대숙）ほか『韓国現代史の再照明』トルベゲ、一九八二年、三一一頁、表—1。

(32)『東亜日報』一九四六年十二月十日。

(33)「日本人と売国漢が結託、巨額の金品詐取、岡前警察部長ら取調べ」『毎日新報』一九四五年十月五日／「岡前警察部長ら七名送国」同新聞、一九四五年十月十六日／「追放日本人幹部らの非行、調査で続々露見、一部は逃走」『自由新聞』一九四五年十一月十九日。

(34)「上昇一路の物価指数。大衆生活に脅威深刻」『中央新聞』一九四五年十二月十八日。

(35)「経済欄：紡績工業に赤信号、電力不足で生産半減」『ソウル新聞』一九四八年九月二十五日。

(36)「一〇〇〇万ウォンを日本に密送、麻浦署で西松組の悪質幹部を検挙」『東亜日報』一九四六年二月十九日／「米一〇〇〇石と現金一〇〇〇万ウォンを、日本人家族と密送、悪質西松組幹部事件の全貌暴露」同新聞、一九四六年二月二十二日／「一〇〇〇万ウォンを横領、日本人、妾を置いて好事」『自由新聞』一九四六年二月二十一日／「倭柑はどうしてでたのか、米密輸出する悪党らの言い分」『解放日報』一九四六年二月十五日。

(37)「納入不払いで労働者打撃、長津で西松組のやり口を非難」『東亜日報』一九三七年七月十五日／「長津に行った人夫、続々脱走し帰郷、厳しい労働に残った者はいない」『朝鮮中央日報』一九三四年十月二日／「工事は完了しても労賃は支払われず、二十余名の労働者、事務室に殺到、咸興西松組の怪虚事」同新聞、一九三五年七月四日／朝鮮人強制連行調査団『朝鮮人強制連行・強制労働の記録』現代出版社、一九七四年、四二～五三頁。

(38)「倭柑（日本ミカン）を食べるな！　売国奴の腹を肥やすな」『中央新聞』一九四六年一月六日。

(39) William J. Gane, "Repatriation from 25 September 1945 to 31 December"(森田資料②、三〜一一頁)。
(40) 八木信夫「全羅南道」一九四八年四月、『同和』一六一〜一六二号、一九六一年三〜六月に再収録(森田資料①、四〇〇頁)。
(41)「帰休軍人は十六日に出頭、除隊者は十五日まで届け出よ」『京城日報』一九四五年十月十二日。
(42) 山名酒喜男「終戦後における朝鮮事情概要」一九四五年十二月脱稿、一九五六年刊行、中央日韓協会・友邦協会『朝鮮総督府終政の記録(一)』(森田資料①、四五頁)。
(43)「朝鮮人警察官訓練、日本人は今日ですべて免職」『毎日新報』一九四五年九月十六日。
(44)「日本人小学校開放、朝鮮人子弟を受け入れ、学務局長各知事に通牒」『毎日新報』一九四五年九月二十日。
(45)『会報』第八号、一九四五年九月十日。
(46)『アメリカ軍政官報』No. 1、原州文化社、一九九三年、九八頁及び一〇二頁の "Disarming of Civilians" の項。
(47)「救護品を積んだ船が入港、米軍が戦災同胞に届ける贈り物」『毎日新報』一九四五年十月三日/『アメリカ軍政官報』前掲書、九三頁及び一一四頁、"Registration of Japanese Nationals".
(48)「日本人に総撤退の命令、建国に必要不可欠な者は除外」『ソウル新聞』一九四六年一月二十三日。

第四章 抑留・押送・脱出の極限体験

(1) 八嶋茂「終戦と江界在住日本人」一九四九年九月(森田資料③、一七九〜一八一頁)。
(2) 都甲芳正「敗戦の旅——郭山日本人の終戦後の記録」一九四九年八月(森田資料③、二七六〜二七七頁)。
(3) 岡信侠助「江原道」一九四七年十一月(森田資料①、四三一頁)。
(4) 前掲(都甲芳正)(森田資料③、四四〇〜四四一頁)。
(5) 前掲(都甲芳正)(森田資料③、四四五〜四四六頁)。
(6) 丸山兵一「釜山日本人世話会の活動」一九四六年(森田資料②、三九四頁)。
(7)「日本語で独立万歳、混乱続く北鮮の惨状」『山形新聞』一九四五年十月十三日。
(8)「日本人狩りに賞金」『朝日新聞(東京)』一九四五年十一月十日。
(9)『G—2報告書』一九四六年一月七日。
(10) チョン・ソンイム(정성임)『ソ連の対北韓政策に関する研究(一九四五年八月〜一九四八年)』梨花女子大

学政治外交学科、博士学位論文、一九九九年、三八頁。

(11) カン・ウォンシク（강원식）「解放直後ソ連の韓半島政策構想」翰林大学アジア文化研究所『アジア文化』八、一九九二年十二月、一五八〜一六三頁

(12) 大沼保昭『サハリン棄民』中公新書、一九九二年（韓国語、イ・チョンウォン（이종원）訳『サハリンに捨てられた人々』清渓研究所、一九九三年、一五八〜一六三頁）。

(13) チョン・ソンイム（정성임）、前掲論文、三二〜三八頁。

(14) キム・クァンウン（김광운）「北韓権力構造の形成と幹部充員（一九四五年八月〜四七年三月）」漢陽大学史学科、博士学位論文、二〇〇〇年、三四頁／チョン・ソンイム（정성임）、前掲論文、三五〜三七頁。

(15) チョン・ソンイム（정성임）、前掲論文、二五頁。

(16) 若槻泰雄、前掲書、一二五頁。

(17) 木村留吉「軍の横暴」（森田資料①、三四一〜三四七頁）。

(18) 古川兼秀「平安南道」（森田資料①、三〇八頁）、北朝鮮戦災者委員会本部「北朝鮮戦災現地報告書」（森田資料③、三一一頁）。

(19) 金勝登「北鮮潜入記」一九四六年九月（森田資料②、五九〇〜五九三頁）。

(20) 「満州近況」『毎日新聞（北海道）』一九四五年十二月七日。

(21) 海州日本人会「終戦後の黄海道」一九四六年五月（森田資料③、一九頁）。

(22) 牛田静雄「南市の引揚」一九四八年三月（森田資料③、二四四〜二四八頁）。

(23) 咸興日本人委員会。北鮮戦災者委員会「北鮮戦災現地報告書」一九四六年十二月（森田資料③、三一一〜三一二頁）。

(24) 谷村幸彦「北鮮脱出記」『秘録大東亜戦史――朝鮮編』富士書苑、一九五三年、一六六〜一六七頁。

(25) 「高等警察の元凶斎賀を射殺、昨夕原南亭で」『中央日報』一九四五年十一月三日／「軍官学校事件と安在鴻氏被捕」『韓民』一九三六年七月三十日／ユ・ビョンウン（유병은）「日帝末短波盗聴事件の全貌」『新東亜』一九八八年?月／国史編纂委員会『韓国独立運動史資料集 四五巻、中国地域独立運動裁判記録（三）』二〇〇一年。

(26) 「思想警察元凶の最後、斎賀七郎を大路で刺殺」『自由新聞』一九四五年十一月四日。

（27）若槻泰雄『戦後引揚の記録』時事通信社、一九九一年（新版一九九五年）三七〇頁。
（28）平野高年「親子苦難の引揚記」平和記念事業特別基金『平和の礎』五、大成出版社、一九九六年、三七九～三九三頁。
（29）高橋英夫「抑留」概況報告書一九四七年四月（森田資料③、一四二頁）。
（30）高橋英夫、前掲報告書（森田資料③、一五三頁）。
（31）「三十八度線突破記」『山形新聞』一九四六年四月十九日。
（32）厚生省社会援護局援護五十年史編集委員会『援護五十年史』一九九七年、七三〇頁。
（33）鎮南浦会編『よみがえる鎮南浦——鎮南浦終戦の記録』鎮南浦会東京本部事務局、一九八四年、五三～五五頁。
（34）日々谷茂一「鎮南浦から博多まで」引揚体験集編集委員会『死の三十八度線』国書刊行会、一九八一年、三三二頁。
（35）鎮南浦会編、前掲書、五五～五六頁
（36）森本あや「富平で餓死した我が子」引揚体験集編集委員会『死の三十八度線』国書刊行会、一九八一年、二三八～二四〇頁。
（37）栗山勉「北朝鮮・定州からの長い道のり」竹島茂編『満州・朝鮮で敗戦を迎えたわたしたちの戦後』STEP、一九九五年、六八～七一頁。
（38）「社説：大詔を拝して」『京城日報』一九四五年八月十五日。
（39）チェ・ヘジュ（최혜주）「雑誌『朝鮮』（一九〇八～一一）に現れた日本知識人の朝鮮認識」韓国近現代史学会『韓国近現代史研究』四五、二〇〇八年六月、八七頁／ユン・ソヨン（윤소영）「日本語雑誌『朝鮮及満州』に現れた一九一〇年代の京城」歴史文化学会『地方史と地方文化』九巻一号、二〇〇六年、一六四頁／クォン・スクイン（권숙인）「植民地朝鮮の日本人——被植民朝鮮人との出会いと植民意識の形成」韓国社会史学会『社会と歴史』八〇、二〇〇八年、一一九～一二〇頁。

第五章　ひっくり返った世の中を恨んで

（1）都甲芳正「敗戦の旅——郭山日本人の終戦後の記録」一九四九年八月（森田資料③、二七四頁）。
（2）「問題となる浴場差別、日本の風呂屋で朝鮮人、またもや差別、朝鮮人全体の自覚する問題」『東亜日報』一九二二年十月二十二日／「全州で大便戦、全州裡里浴場で朝鮮人を侮辱したと」『東亜日報』一九二五年六月

十一日。

(3)「仁川塩湯開場」『東亜日報』一九二五年四月十四日。

(4)「ハエ捕り宣伝で二万匹も」『東亜日報』一九二二年三月五日／「ハエ捕り七三〇〇余ウォン」『東亜日報』一九二四年十一月六日／「ハエを探しに」『東亜日報』一九三三年八月二十日。

(5)「ハエ退治開始」『東亜日報』一九二四年五月二十九日。

(6)孫禎睦、前掲書、一八八～一八九頁。

(7)チェ・ヘジュ(최혜주)「雑誌『朝鮮』(一九〇八～一〇)に現れた日本知識人の朝鮮認識」韓国近現代史学会『韓国近現代史研究』四五、二〇〇八年六月／クォン・スクイン(권숙인)「植民地朝鮮の日本人――被植民朝鮮人との出会いと植民意識の形成」韓国社会史学会『社会と歴史』八〇、二〇〇八年、一一九～一二〇頁。

(8)岩岡きみこ「再び繰り返すまい」、平和記念事業特別基金『平和の礎』七、一九九七年、三〇二～三一六頁。

(9)北朝鮮臨時人民委員会の日本人財産管理に関する決定事項は、「敵産建物管理に関する決定」(第二四号、一九四六年六月十八日)／国史編纂委員会『北韓関係資料集』第二五巻法制編、一九九六年参照。

(10)海州日本人会「終戦後の黄海道」一九四六年五月(森田資料③、一一～一三頁、一九～二〇頁)。

(11)新義州日本人世話会「新義州日本人世話会記録」一九四七年二月(森田資料③、一五七～一五九頁)。

(12)小林貞紀「平壌に於ける満州避難民団(三)」(森田資料③、七〇～七六頁)。

(13)磯谷季次「北朝鮮にありて」一九四六年六月(森田資料③、三七六～三七八頁)。

(14)松本五郎「元山――終戦から引揚まで」一九四九年三月(森田資料③、四一七～四一八頁)。

(15)「家は無くても暮らす京城人」『東亜日報』一九三九年四月二十一日夕刊。

(16)「三年前より家賃が十倍に、平壌の借家難」『朝鮮中央日報』一九三六年六月二十五日。

(17)「厳冬期を前にした清津に住宅地獄依然深刻、最近の移住者は野宿する状態」『東亜日報』一九三九年十月二十八日。

(18)木村英亮「ソ連軍政下大連の日本人社会改革と引揚の記録」『横浜国立大学人文紀要』第一類(哲学・社会科学)第四二輯、一九九六年十月、二五～三三頁／柳沢遊『日本人の植民地体験――大連日本人商工業者の歴史』青木書店、一九九九年、三〇六～三〇八頁。

(19)「人共中央人民委員会朝鮮内日本人財産に対する規定発表」『毎日新報』一九四五年十月十日／「日本人建物

売買反対、残在民に優先貸与」『朝鮮人民報』一九四五年十二月二十一日。
(20) 李淵植「解放直後、海外同胞の帰還とアメリカ軍政の政策」ソウル市立大学碩士学位論文、一九九八年の第二章第二節「住宅問題」参照。
(21)『朝鮮日報』一九四六年十一月十九日、『東亜日報』一九四六年十二月四日、『ソウル新聞』一九四七年一月二十九日の住宅問題特別報道。
(22) 富田寛『平壌郊外秋乙日本人会の記録』(森田資料③、一一一〜一一二頁)。
(23)『三千里』第六巻九号、一九三四年九月。
(24) イ・ギョンフン(이경훈)「植民地近代の〝トレードマーク〟——雑種とブランド」『歴史批評』六二号、二〇〇三年、三六五〜三六七頁。
(25)「味の素デイ」『東亜日報』一九二九年十月一日。
(26) 宋今璇「夏と朝鮮人の食物」『別乾坤』三〇号、一九三〇年七月、一〇〇〜一〇一頁。
(27)「手軽な清涼飲料〝ラムネ〟の作り方」『東亜日報』一九三〇年六月。
(28)「咸南朝鮮窒素会社が、また二五万坪を買収」『東亜日報』一九三五年一月三十日、「咸南輸城平野に大工場新設」『朝鮮中央日報』一九三五年九月五日。
(29) 山口県長門市「歴史の証言——海外引揚五十周年記念手記集」一九九五年、一一七頁。
(30) 鈴木嘉平・井広元「沙里院——終戦から引揚まで」一九四九年十月(森田資料③、四〇頁)。
(31) 伊藤喜代「亀城日本人世話会の結成およびその後の経過」一九四八年四月(森田資料③、二五九頁)。
(32) 咸興日本人委員会・北鮮戦災者委員会「北鮮戦災現地報告書」一九四六年十二月(森田資料③、三〇八頁)。
(33) 松本五郎、前掲文(森田資料③、四〇六〜四〇八)。
(34) 小西秋雄「日本高周波城津工場の終戦と引揚」『親和』七三号に再収録、一九五九年十一月(森田資料③、五四五〜五四六頁)。
(35) 赤尾彰子「純潔を守って」『極秘大東亜戦史——朝鮮篇』富士書苑、一九五三年、二二二〜二二三頁。
(36) キム・ソンボ(김성보)「解放初期北韓での糧穀流通政策と農民」『東方学知』通巻七七〜七九号、一九九三年、八六六〜八六九頁。
(37)「北朝鮮臨時人民委員会の食糧対策に対する決定書」(北朝鮮臨時人民委員会決定第二号、一九四六年二月二十七日）及び「北朝鮮臨時人民委員会の食糧対策に対する決定書施行規則」（一九四六年三月六日）『北韓史資料─五、法制編』三二五〜三二七頁参照。

(38) 荒木道俊「終戦後の平壌地方運輸局」一九四六年八月、（財）鮮交会編『朝鮮交通回顧録』別冊に再収録（森田資料③、一〇〇〜一〇一頁）。

(39) 新義州日本人世話会「新義州日本人世話会記録」一九四七年二月（森田資料③、一六〇〜一六一頁）。

(40) 八嶋茂「終戦と江界在住日本人」一九四九年九月（森田資料③、一八三〜一八八頁）。

(41) 都甲芳正、前掲文（森田資料③、二七四〜二七五頁）。

(42) 田畑かや「植民地朝鮮で暮らした日本女性たちの生と主翼民主義経験に関する研究」一九九六年、梨花女子大学女性学科碩士学位論文、七五〜八〇頁／クォン・スギン（권숙인）「植民地朝鮮の日本人──被植民朝鮮人との出会いと植民意識の形成」『社会と歴史』八〇号、二〇〇八年、一二一〜一二四頁。

(43) 村常男「平壌哀詩」『秘録大東亜戦史──朝鮮篇』富士書苑、一九五三年、一九六〜二一五頁。

(44) 新義州日本人世話会、前掲記録（森田資料③、一六一〜一六二頁）、松本五郎、前掲文（森田資料③、四〇七頁）。

(45) 古市進「京城日本人世話会情報」『同和』一七二〜一八六号、一九六二〜六三年に再収録（森田資料②、四一三頁）／磯谷季次「北朝鮮にありて」一九四六年四月二十日、日記（森田資料③、三八四〜三八八頁）。

(46) ソ・ムンソク（서문석）「日帝下大規模綿紡績工場の高級技術者研究」韓国経営史学会『経営社会』三二、二〇〇三年、八〜一〇頁。

(47) 鄭在貞『日帝侵略と韓国鉄道（一九八二〜四五）』ソウル大学校出版部、一九九九年、五三八〜五五九頁／咸興日本人委員会・北鮮戦災者委員会『北鮮戦災現地報告書』一九四六年十二月（森田資料③、三二二頁）。

(48) 加藤五十造「終戦後平壌に残留して」『同和』一八九号に再収録（森田資料③、四七三頁）。

(49) 今井大宗「敗戦後の兼二浦──日本製鉄を中心に」一九四五年八月十七日〜四六年四月までの日記（森田資料③、四六三頁）／咸興日本人委員会・北鮮戦災者委員会、前掲文（森田資料③、三二二頁）。

(50) ソ・ドンマン（서동만）「北朝鮮社会主義体制設立史（一九四五〜六一）」ソンイン、二〇〇五年、二九六〜二九九頁。

(51) 今井瀬次郎「朝鮮に残留して」『同和』一八八号、一九六三年に再収録（森田資料③、四六八〜四七一頁）。

(52) 「技術者確保に関する決定書施行に関する件」（一九四六年八月七日）国史編纂委員会『北韓関係資料集』第二五巻法制編、一九九六年、一七六〜一七九頁。

（53）日本工業株式会社真南浦製錬所「終戦後の日工真南浦製錬所および真南浦一般状況」一九四六年十二月（森田資料③、五六八頁／常塚秀次「北朝鮮工業技術総連盟日本人部について」一九五七年三月（森田資料③、五六三～五六六頁）。
（54）八嶋茂「終戦と江界在住日本人」一九四九年九月（森田資料③、一八八～一八九頁）／小西秋雄「日本高周波城津工場の終戦と引揚」『親和』第七三号、一九五九年十一月（森田資料③、五四七頁）。
（55）小林貞紀「平壌における満州避難民団（三）」中央日韓協会『終戦後平壌における死亡者龍山墓地』一九五八年五月（森田資料③、八〇～八一頁）／廣岡洋子『時の風――母と娘の引揚体験記』明石書店、二〇〇三年、九〇～九一頁。
（56）赤尾彰子、前掲文、二一六～二二三頁。
（57）牛田静雄「南市の引揚」一九四八年三月（森田資料③、二五三頁）／松村義士男「東北脱出工作」一九四七年十一月（森田資料③、三六二～三六三頁）。
（58）村常男「平壌哀詩」、前掲文、二〇三及び二〇七頁。
（59）『G―2報告書』一九四五年三月三十日。
（60）『G―2報告書』一九四六年四月十八日。
（61）『G―2報告書』一九四六年五月一日。
（62）中本信子「北朝鮮から姉と弟の引揚げ体験」平和記念事業特別基金『平和の礎』六巻、大成出版社、一九九六年、三一四～三一九頁／「北朝鮮第二次司法責任者会議江原道事業報告書」（一九四六年四月二十二日）国史編纂委員会『北韓関係資料集』第九巻、一一頁。
（63）広田種雄「水豊引揚げの記」一九四八年三月（森田資料③、五二三～五二四頁）／増田卓治「終戦時の元山舞鶴引揚記念館『私の引き揚げ――引揚手記』オバワ印刷、一九九四年、二四七～二四九頁。
（64）牛田静雄「南市の引揚」前掲書（森田資料③、二五四頁）。

第六章　母国日本の背信

（1）「引揚娘が服毒」『毎日新聞（大阪版）』一九四七年一月二十日。
（2）「出雲の神様、大あくび、復員者に結婚難時代」『読売報知』一九四五年十二月二十三日。

(3)「お嫁さん探しはまづ鮮内で選べ」『毎日新聞（大阪版）』（朝鮮版）一九三六年七月九日。
(4)パク・クァンヒョン（박광현）「在朝鮮日本人の知識社会研究」一九、二〇〇六年十月、一三一～一三三頁。
(5)「混血へも一肌」『朝日新聞（大阪版）』一九四五年四月二十四日。
(6)引揚げ港、博多を考える集い『戦後五十年引揚げを憶う――証言・二日市保養所』プリント英版社、一九九五年／若槻泰雄『戦後引揚の記録』前掲書、一九九一年、二六二～二六三頁。
(7)若槻泰雄、前掲書、二七四頁。
(8)「冬に泣く引揚者」『毎日新聞（東京版）』一九四七年十一月十九日。
(9)「ゴザに寝る引揚者」『毎日新聞（東京版）』一九四七年十月十二日。
(10)「農業や漁業で自活、引揚民だけの村」『朝日新聞（東京版）』一九四六年十月八日。
(11)「収容所生活をみる」『信濃毎日新聞』一九四六年六月二十日。
(12)「引揚完了四十万人、失業予想三十万、陸海軍解体の総決算」『朝日新聞（大阪版）』一九四五年十二月三十一日／「復員者に職を、生活苦が罪をつくる」『山形新聞』一九四六年七月十日／「転落する引揚児童」『山形新聞』一九四六年四月二十六日。
(13)「温情と十分の注意」『新潟日報』一九四六年四月五日／「引揚船のコレラ」『朝日新聞（東京版）』一九四六年四月七日／「コレラ、大阪で十七年ぶりの騒変」『毎日新聞（大阪版）』一九四六年八月十四日。
(14)三吉明「貧困階層としての引揚者の援護に付いて」『明治学院論叢』一九五九年。
(15)三吉明、前掲論文、一六頁。
(16)小林英夫ほか『戦後アジアにおける日本人団体』ゆまに書房、二〇〇八年、一六一頁。
(17)「半分は生活苦にあえぐ」『山形新聞』一九四六年四月四日／「出雲の神様、大あくび」『読売報知』一九四五年一二月二十三日。
(18)「復興住宅」『読売新聞』一九四六年九月十七日／「引揚、戦災者優先、返還軍需衣服配分決まる」『毎日（大阪版）』一九四五年十月二十七日。
(19)「生まれ故郷は冷淡」『秋田魁新報』一九四五年十月十八日。
(20)「疎開者の都市復帰」『毎日新聞（大阪版）』一九四五年九月二十二日／「疎開家族呼び戻しも抑制」同紙、一九四六年一月二十六日。

（21）村上貴美子『占領期の福祉政策』勁草書房、一九八七年、五八～五九頁／イ・ヘウォン（이혜원）ほか「韓国と日本のアメリカ軍政期社会福祉政策比較研究——貧困政策を中心に」『韓国社会福祉学』三六号、一九九八年、三二一～三二六頁。

（22）日本衆議院厚生委員会公聴会速記録一号（一九五二年三月二十五日）。

（23）ナム・サング（남상구）「戦後日本の戦争犠牲者〝補償〟に関する考察——戦傷病者・戦没者遺族等援護法と恩給法を中心に」『日本歴史研究』二三、二〇〇五年、一三一～一三三頁。

（24）チョン・インソプ（정인섭）「日本の過去史責任、履行上の問題点」『国際法学会論叢』第四〇巻一号、一九九五年六月、三六〇頁。

（25）「引揚同胞の援護を急げ」『朝日新聞（東京版）』一九四六年七月二十三日／「引揚者で政党」『東京新聞』一九四六年十一月八日、「引揚戦災の失業者」『読売新聞』一九四六年十一月十九日。

（26）「内地の現状に不満色濃い革新待望」『朝日新聞（東京版）』一九四七年三月十九日。

（27）衆議院第一回国会速記録、本会議第二十三号（一九四七年八月十八日）のうち、北条秀一の発言。

（28）内閣総理大臣官房管理室「在外財産問題の処理記録——引揚者特別交付金の支給」資料編、一九七三年、一三頁。

（29）若槻泰雄、前掲書（新版一九九五年）二八九頁、原文は『行政百選』Ⅱ、No.二五三頁、「最高裁判所民事判例集」二二巻一二号、二〇八〇頁、『訟務月報』一四巻一二号、一三五九頁、『判例タイムス』二二九号、一〇〇頁参照。

（30）宍戸伴久「戦後処理の残された課題——日本と欧米における一般市民の戦争被害の補償」、社会労働調査室『レファレンス』（二〇〇八年十二月）一一九頁

（31）「戦争犠牲の均分化叫ぶ」『京都新聞』一九四六年九月九日。

（32）日帝強占下強制動員被害真相究明委員会『浮島丸事件訴訟資料集Ⅰ』六八～六九頁／ホン・ソンピル（홍성필）「日本における戦後賠償訴訟に対する国際人権的考察」『韓日間の歴史懸案の国際法的再照明』東北亜歴史財団、二〇〇九年、五六九～五七四頁。

（33）ヨーコ・カワシマ・ワトキンズ、*So Far From The Bamboo Grove, Harper Trophy* (USA, 1986)。この本をめぐる社会的波長については、黒田勝弘「気に入らない話は〝歪曲〟」『産経新聞』二〇〇七年一月三日、ソン・ホグン（송호근）「ヨーコ物語と民族主義」『中央日報』二〇〇七年一月十二日、ヨーコ・カワシマ・ワトキンズ「Dear Korean Readers of Daily News」（二〇〇七年二月三日）などの新聞記事を参照。

(34) Linda, Sue Park, *When My Name Was Keoko*, Yearling, 2003; Sook Nyul Choi, *Year of Impossible Goodbyes*, Yearling, 1993.

(35) 池明観編、キム・ヨンピル(김영필)訳『戦後賠償と韓日の相互理解』漢陽大学出版部、二〇〇三年、三一五~三一六頁/山口定「二つの現代史——歴史の新たな転換点に立って」『戦争責任・戦後責任』朝日新聞社、一九九四年、二三八~二四〇頁/キム・ジュンソプ(김준섭)「戦後日本の平和主義に関する考察」『国際政治論争』第四〇集四号、二〇〇〇年、一六三~一六八頁/キム・サンジュン(김상준)「記憶の政治学——靖国vs広島」『韓国政治学会報』三九集五号、二〇〇五年、二二八~二三一頁。

(36) 大韓民国外務部政務局『対日賠償要求調書』序文、一九四九年、一~三頁/キム・ミョンソプ(김명섭)「東アジア冷戦秩序の誕生——極東の否定と大東亜の温存」ペク・ヨンソ(백영서)ほか『東アジアの地域秩序——帝国を超えて共同体に』創批、二〇〇五年、二八〇頁。

(37) 藤原てい『流れる星は生きている』日比谷出版社、一九四九年、二五二頁。

(38) 創価学会青年部反戦出版委員会『死の淵からの出帆——中国・朝鮮引揚者の記録(福岡編)』第三文明社、一九七九年、一五二頁/柿沼政子「朝鮮からの引き揚げ」千葉県広報協会『戦後五〇年記念誌、平和への祈り——県民の戦争体験手記集』一九九五年、五三~五五頁。

(39) 成田龍一「引揚に関する序章」『思想』二〇〇三年十一月、一五六頁/ノ・ヨンヒ(노영희)「『流れる星は生きている』と女性の戦争体験」『日本学報』第七二集、二〇〇七年。

(40) 著者の夫は帰還後に小説家として活動した。彼は新田次郎というペンネームで多くの作品を発表し、直木賞と吉川英治文学賞などを受賞した。その作品を編纂した「新田次郎全集」も刊行された。捕虜生活と帰還過程を描いた作品としては、『望郷』『豆満江』『七人の逃亡兵』などが知られている。キム・チヨン(김지영)「日本的オリエンタリズムの小説的策略と意味」釜山外国語大学碩士学位論文、二〇〇三年、一九~二〇頁を参照。

第七章　出会いと別れ、そして記憶の食い違い

(1) 「水田、塩原ら総督府高官、南朝鮮の各地に続々出現」『ソウル新聞』一九四八年六月八日/「來朝理由には箝口、公社に関係なく彼らの動静、極めて注目」『朝鮮日報』一九四八年六月八日/「民主聚報筆禍事件第一回公判」『釜山新聞』一九四八年八月十九日。

(2)「戦犯者前総督府高官ら、解放されたこの地に再び出没、天道も無心なのか！　正義の勝利とは」『京郷新聞』一九四八年六月八日。
(3)「総督時代の日本人高官、続々出現、敵愾心に全民族憤慨」『朝鮮日報』一九四八年六月八日。
(4)「膏血搾取の一線首魁ら、国語撤廃、創氏改名、貨幣乱発など……想起させる塩原、水田の罪悪史！」『朝鮮日報』一九四八年六月八日。
(5)「東拓幹部と有賀ら日本人、相次いで來朝の黒幕は？」『朝鮮日報』一九四八年六月九日。
(6)「政府のない悲しみを痛感、民族の大きな恨みの日本人前高官の來朝に張総長談」など。『朝鮮日報』一九四八年六月九日。
(7)「民族の怒りここで再燃、金塊略奪の罪状追及に水田・塩原の來朝は軍政当局召還？」『京郷新聞』一九四八年六月九日。
(8)「日本人採用はしない。近いうちに真相を発表する予定」『京郷新聞』一九四八年六月十日／「日本人來朝、徹底調査中、近日中に全貌発表を、ディーン長官言明」『朝鮮日報』一九四八年六月十日／「日本人來国問題、近日、全貌発表、ディーン長官談」『ソウル新聞』一九四八年六月十日／「旧上典は誰がもてなしたのか、軍政当局も〝知らない〟と」『自由新聞』一九四八年六月十日。
(9)「朝鮮搾取の元凶、誰が招聘、民聯、民族的侮辱だと発表」『ソウル新聞』一九四八年六月十日／「是可忍ならば孰不可忍」同じ新聞、一九四八年六月十一日／「黙認することはできない、金九氏警告」『朝鮮日報』一九四八年六月十一日。
(10)「あり得ないことだ、ディーン長官、日本人來国否認」『ソウル新聞』一九四八年六月十一日／「來朝鮮は虚報、ディーン長官、断定的に発表」『朝鮮日報』一九四八年六月十一日／「日本人が来た事実はない。ディーン軍政長官発表」『京郷新聞』一九四八年六月十一日。
(11)「朝通本社談、来たのは確実！　会って写真まで撮影」『朝鮮日報』一九四八年六月十一日。
(12)「済州事件、日本人参加と倭政時の高官來朝、真相解明を」『朝鮮日報』一九四八年六月十五日。
(13)「日本人が来国は虚説、広報・警務両部長談」『ソウル新聞』一九四八年六月十八日／「日本人の來朝は虚説、警務・広報両部長共同発表」『東亜日報』一九四八年六月十六日。
(14)「日本人來朝は虚説、共産党の宣伝に欺されるな。ハージ中将特別声明」『朝鮮日報』一九四八年六月十八日。

(15)「日本人來朝の真相について、趙警務部長、第二回発表」『ソウル新聞』一九四八年六月十九日。
(16)「正体不明の航空機、鬱陵島の漁船を砲撃」『京郷新聞』一九四八年六月十二日／「ディーン軍政長官、記者会見で、独島事件賠償支払い」同新聞、一九四八年七月九日／「九機編隊で漁船を猛爆、無辜な死の責任追及を要望」『朝鮮日報』一九四八年六月十二日／「独島は空軍の訓練区域、漁船爆撃は未確認、アメリカ極東航空隊司令部で発表」同新聞、一九四八年六月十六日／「五〇〇万ウォン被害に六八万ウォン賠償、期待に相反、独島事件賠償」同新聞、一九四八年七月十六日／「生き地獄化した独島現地報告、何のための死だったのか、身震いさせる遺体」『ソウル新聞』一九四八年六月十六日。
(17)「日帝の再侵脅威を粉砕、統一独立を勝ち取る、十政党反日闘委クセンコ声明」『朝鮮日報』一九四八年六月十七日／「日本再武装防止、対協近日発足」同新聞、一九四八年六月二十三日／「日帝侵略防止に闘争、対協拡大準備会発足」同新聞、一九四八年六月二十五日／「日帝再起粉砕しよう。反日再闘委を結成」『ソウル新聞』一九四八年六月一日。
(18)「金品携帯渡航斡旋、日本人と結託した前某専門学校教授の非行」『中央新聞』一九四五年十一月十八日。
(19)「救恤品を積んだ船が入港、アメリカが戦災報道に贈った品物」『毎日新報』一九四五年十月三日／「税金支払わねば帰国不能、道財務部が日本人に警告」『自由新聞』一九四五年十一月十四日。
(20)「いまだに捨てられぬ悪い癖、倭紙になぜ行こうとするのか？　日本人変装した六名検束」『漢城日報』一九四六年四月三日。
(21)「密航援助に罰金」『東亜日報』一九四五年十二月十一日。
(22)「新郎新婦：延禧専門学校教授白南奭、尹貞玉淑嬢と結婚」『東亜日報』一九二三年十月二十九日／「Seoul home. Worshipped at 宗橋 Church as usual」『尹致昊日記』第九巻一六、一九二五年四月十二（日）、国史編纂委員会／漢陽学人「新進学者総評（一）」延禧専門学校教授層」『三千里』第一〇号、一九三九年十一月、四二～四四頁／「三千里機密室」『三千里』第六巻五号、一九三四年五月。
(23)「日曜講話：水標橋拝礼堂、英語拝礼、白南奭氏」『東亜日報』一九三一年二月八日／「英語本位の連戦教育、名誉教授趙ウィソル回顧談」『京郷新聞』一九七四年一月十日。
(24)「敗走の日本人と結託、不正登記で悪徳謀利敢行、法網にかかった不動産売買の奸計」『漢城日報』一九四六年四月二十二日。

(25)「宋鎮禹、ホッジを訪問面談」『自由新聞』一九四五年十一月五日。
(26)「日本人病院の私売を禁止」『自由新聞』一九四五年十月二十七日。
(27)「日本蜜柑をきっと食べねば！　売国奴の船の積荷を満たすな」『中央新聞』一九四六年一月六日。
(28)「日本蜜柑はどうして来たのか、米を密輸出する輩のせい」『中央新聞』一九四六年一月六日。
(29)「父の日記」『漢城日報』一九四六年十二月十五日。
(30)「私腹に入った国財一億三〇〇〇万ウォン、祖国再建を蝕む反逆者は誰か？」『東亜日報』一九四六年三月二十日。
(31)「日本人家屋、一斉賃貸に、官舎・社宅も優先権否認」『中央新聞』一九四六年一月十日。
(32)「市内の日本人家屋三万五〇〇〇戸、現時価五分の税金、一律に徴収」『自由新聞』一九四六年一月九日。
(33)「代行機関は朝興銀行だけ、日本人財産管理の仮称者逮捕命令」『朝鮮日報』一九四六年一月二十四日。
(34)「日本人の財産管理、朝興ほか各銀行分担」『朝鮮日報』一九四六年二月七日。
(35)「日本人家屋の謀利絶えず、三分の一はまだ未契約」『東亜日報』一九四六年九月二日。
(36)「社説：日本人財産処分問題を再論する」『東亜日報』一九四六年三月十日。
(37)「敵産小規模払い下げ方針、広報部で次々に発表」『東亜日報』一九四七年七月十六日／「市価基準、一時払い、適切と認めれば信用売買」『ソウル新聞』一九四七年七月十六日。
(38)「法をくぐり抜ける敵産、名義変更と闇取引は一〇万ウォン、A級・B級は特殊階級が独占」『京郷新聞』一九四九年八月二十七日。
(39)「住宅難解決に、市建設庁の成案完成」『東亜日報』一九四八年六月四日。
(40)「食糧と物資配給に不正なく道義心発揮を、幽霊人口は進んで一掃しよう」『京郷新聞』一九四八年三月六日。
(41)「問題の臨政、十八日起訴」『東亜日報』一九四七年四月十九日／「臨政事件、またも拡大、現金・白米・遊興費などの収賄軍政高官ら、取り調べ室に」同新聞／「臨政事件真相公開、六〇〇〇万ウォンの行方は？　前特務課長イ・マンジョン（이만종）氏発表」『朝鮮日報』一九四七年六月二十九日／「前警務部特務課長イ・マンジョン（이만종）、アン・ミンヂョン（안민정）長官に「貪官汚吏」の粛清に関する特別対策の樹立を建議」『京郷新聞』一九四七年七月十日。
(42)金南植『南労党研究（Ⅲ）資料編』トルベゲ、一九八八年、二八一頁／「扶日者ら修正案」『東亜日報』一九四七年四月二十四日／「民族反逆者ら処断法案修正草案五七次立議に上程」『朝鮮日報』一九四七年四月二十五日。

(43)「みな持って行くなら、今後は半年、遅くなる日本人の送還」『自由新聞』一九四五年十月三十一日。
(44)日帝強占下強制動員被害真相究明委員会『浮島丸事件訴訟資料集（Ⅰ）』二〇〇七年。
(45)「陰謀か？ 過失か？ 帰国同胞船爆発、日本人は事前に下船上陸」『釜山日報』一九四五年九月十八日／「浮島丸事件後聞、同胞七〇〇〇名犠牲説は誤報だ。軍政庁で真相発表」『毎日新報』一九四五年十月四日。
(46)青山信介ほか『同和』一六四号、一九六一年八月（森田資料①、四二八頁）／斎藤多計夫『同和』一五六号、一九六〇年十二月（森田資料②、二七六頁）。
(47)「浮島丸事件の真相発表」『朝日新聞』一九四五年十月八日、「留まってほしい日本人、朝鮮からの復員第二船、舞鶴入港」『毎日新聞』一九四五年十月十一日。
(48)李淵植「解放直後に帰還した、ある在日朝鮮人三世の境界体験」『韓日民族問題研究』七、二〇〇四年十二月、一九～二〇頁。
(49)「在中同胞強制帰国問題」『独立新報』一九四六年十月三十日／「さらなる協調だけが、韓中諸問題解決の要諦」「中華商会、チョン・チュブン（정주분）氏談」「差別待遇を受けている。帰還した中国人らが訴え」『朝鮮日報』一九四六年十一月六日／「日本人財産を買う華僑、朝鮮建国に有害、中国領事館に抗議」『毎日新報』一九四五年十月五日／「協調で結ぶ韓中親善」『漢城日報』一九四七年二月二十三日。
(50)「互譲を堅持、摩擦を戒む、安在鴻氏、半島民衆に呼びかけ」『京城日報』一九四五年八月十九日／「互愛の精神で結合、われら光明の日を迎えよう。三千万に建国準備委員会第一声、安在鴻氏放送」『毎日新報』一九四五年八月十七日。
(51)「晩秋の桑名駅に哀れ、死の脱出語る北鮮引揚民」『伊勢新聞』一九四五年十一月十四日。
(52)「鮮人窃盗団」『新潟日報』一九四六年二月一日。
(53)「社説：在日同胞虐待相」『ソウル新聞』一九四八年四月十五日。
(54)「通行禁止令、京城、仁川地区に布告」『毎日新報』一九四五年九月八日／「無道な日本警官隊、学徒隊員らを殺害、夜間通行証明書あるのに発砲」『毎日新報』一九四五年九月十二日。
(55)坪井幸生、前掲文（森田資料①、三九六頁）／信原聖「慶尚南道」一九四八年四月七日／インタビュー資料、『同和』一六五号、一九六一年九月（森田資料①、四二四頁）。
(56)「日本憲兵の暴行」『毎日新報』一九四五年九月二十四日。

(57)「朝鮮人警官募集」「朝鮮人警察官訓練、日本人は今日も全員免職」『毎日新報』一九四五年九月十六日／「不誠実で建国に障害、三〇〇余の日本人警官を全て解任、趙警察部長談」『自由新聞』一九四五年十一月十四日。
(58)「日本人警察官の悪あがき、抜刀して侵入し暴行」『毎日新報』一九四五年十月十九日。
(59)「青年闘士を虐殺、牙山でも日本憲兵が蛮行」『毎日新報』一九四五年十月十一日。
(60)「社説：活路を速やかに構築せよ、日本軍国主義者及び誅求輩を」『解放日報』一九四五年十月十二日。
(61)「発悪日本人、徹底処断、頻繁な謀略と殺戮行為に一般の憤激高まる」『中央新聞』一九四五年十二月十日。
(62)ホ・ホジュン（허호준）「太平洋戦争と済州島——米軍の済州島駐屯日本軍武装解除過程を中心に」韓国社会史学会『社会と歴史』七二号、二〇〇六年十二月、五四〜五八頁。
(63)チャ・チョルウク（차철욱）「解放直後の釜山・慶南地域事業体管理委員会の運営と性格」釜慶歴史研究所『地域と歴史』一号、一九九六年六月、一一二〜一一四頁。
(64)キム・デレ（김대래）、ベ・ソクマン（배석만）「帰属事業体の脱漏及び流失（一九四五〜四九）——光州と木浦地域の実例を中心に」韓国国民経済学会『経済学論集』一一巻二号、二〇〇二年、五一〜五三頁。
(65)朝鮮総督府、前総務課長　山名酒喜男、一九四五年十一月四日「朝鮮の産業界の現状に就いて」、民政長官ブレスコット大佐、法務局長ウッドオール宛て（森田資料①、六六〜六七頁）。
(66)「日本人公私有財産は新国家経済の基礎となるもの、国民党で決意文発表」『毎日新報』一九四五年十月十五日。
(67)「利敵行為に警告、日本人私財買うな」『毎日新報』一九四五年十月五日／「敵産払い下げ、とんでもない。各界各層の世論沸騰」『朝鮮日報』一九四七年七月十七日。
(68)キム・ムヨン（김무용）「解放直後、労働社工場管理委員会の組織と性格」歴史学研究所『歴史研究』三号、一九九四年七月、八五〜八八頁。
(69)イ・ユンサン（이윤상）「日帝下〝朝鮮王室〟の地位と李王職の機能」『韓国文化』四〇号、二〇〇七年十二月、三二五〜三二七頁／アメリカ軍政法令第二六号、一九四五年十一月八日公布。
(70)「五〇〇万ウォン損失した張本人、チェ・ドン（제동）前李王職会計課長を起訴」『自由新聞』一九四五年十二月二十三日／「李王職事件調査を終了、法務局経由で復元公判に回付」同新聞、一九四六年一月六日。
(71)「李王職財産は敵産管理処で保管」『ソウル新聞』一九四七年五月二十八日。
(72)『朝鮮総督府官報』一九四〇年三月十五日。

(73)「李王の金、六〇〇万ウォン横領した現金没収、犯人公判に」『東亜日報』一九四五年十二月十三日。
(74)「朝鮮王族の後裔、和信財閥と흔한財団に宮闕を売却」『漢城日報』一九四八年八月十九日、「義親（의친）王宮の所有権紛糾」『大韓日報』一九四八年九月十四日、「国会財政経済委員会、旧王室財産処理法案を大幅に修正し、産業委員会に回付」『自由新聞』一九四五年十一月二十日、「法律第一一九号、旧王宮財産処分法」『官報』一九五〇年四月。
(75)「気象台精神、接受と前職日本人の罪悪、貴重な機械隠匿破壊」『自由新聞』一九四五年十月八日。
(76)「延禧専門学校教師イ・ウォンチョル（이원철）氏、アメリカ留学」『東亜日報』一九二二年十月八日／「大延禧建設の一歩、이원철博士、数物科長に」同新聞、一九三八年三月二十日／「民間暦書に眩惑されるな、李国立中央観象台長が警告」『ソウル新聞』一九四九年十月二十三日／チョ・キョンチョル（조경철）「もうひとりの名物教授이원철博士」『科学者저경철：星と生きてきた人生』西海文集、二〇〇七年、一〇四～一〇六頁。
(77)京城府『京城府史』第二巻、一九三六年、六八八頁。
(78)アン・テユン（안태윤）「植民地に来た帝国の女性――在朝鮮日本女性津田節子を通じて見た植民主義とジェンダー」『韓国女性学』第二四巻四号、二〇〇八年、一七～一八頁。
(79)沢井理恵『母の「京城」私のソウル』草風館、一九九六年、八四～八五頁。
(80)沢井理恵、前掲書、一〇二～一〇三頁。
(81)沢井理恵、前掲書、七二～七三頁。
(82)長門市『歴史の証言――海外引揚五〇周年記念手記集』一九九五年、七七～七八頁。
(83)平和記念事業特別基金『平和の礎』第五巻、一九九五年、七七～七八頁。
(84)磯谷季次『わが青春の朝鮮』影書房、一九八四年、六四頁。
(85)「未決二年半ぶりに、第二次テロ公判開廷」『東亜日報』一九三四年九月四日／「第二次テロ事件の被告三十三名、重刑判決、最高で二名には十年の懲役、全員に求刑どおり言い渡し」同新聞、一九三四年十月三日／「太平洋労組事件、チャン・ヒゴン（장희건）ら審理、控訴して三年ぶりに開廷」同新聞、一九三六年七月二十一日。
(86)磯谷季次、前掲書、二七五～二七六頁。
(87)磯谷季次『良き日よ、来たれ――北朝鮮民主化への私の遺書』花伝社、一九九一年。
(88)磯谷季次、前掲書、一九九一年、六頁。

終わりに　加害と被害の記憶を超えて

（1）「森田参事官、原爆被害者の葬儀に日本政府を代表し、贖罪の焼香」『東亜日報』一九七五年三月六日／「無関心と賤待に悲しむ原爆被害者」『東亜日報』、一九七五年三月七日。

（2）参考まで、本書を執筆する過程で引用したエピソードは、筆者がこれまでに発表した次の論文を元にして抽出した。李淵植「解放後における韓半島居住日本人の帰還に関する研究――占領軍・朝鮮人・日本人、三者間の相互作用を中心に」二〇〇九年八月、ソウル市立大学校博士論文／「解放直後、ソウル地域の住宅不足問題研究――流入人口の増加と関連して」『ソウル学研究』一六号、二〇〇一年二月／「解放直後に帰還したある在日朝鮮人三世の境界体験」『韓日民族問題研究』七号、二〇〇四年一二月／「解放直後三八以北日本人の居留環境変化――〝戦争被害者論〟の批判的検討」『韓日民族問題研究』一四号、二〇〇八年六月／「解放後日本人送還問題をめぐる南韓社会と米軍政の葛藤――旧朝鮮総督府官僚の〝來朝説騒動〟を中心に」『韓日民族問題研究』一五号、二〇〇八年十二月／「解放後韓半島から帰った日本人女性の帰還体験」『韓日民族問題研究』一七号、二〇〇九年十二月／「解放後南韓居住日本人の送還問題をめぐる葛藤――朝鮮総督府と南韓社会の認識及び対応過程を中心に」『韓国民族運動史研究』六三号、二〇一〇年六月／「戦後海外帰還者に対する韓日両国の支援法の比較研究」東北亜歴史財団『近現代韓日関係の諸問題』二〇一〇年／「朝鮮における日本人引揚げのダイナミズム」『帝国崩壊とひとの移動』勉誠出版、二〇一一年。

訳者あとがき

本書（原本）は、韓国の歴史批評社から二〇一二年の十二月に刊行された。タイトルは、日本語版とは異なり『朝鮮を離れて』（本書：日本語版においては原本のことを『朝鮮を離れて』と表記している）で、「歴史ノンフィクション」と銘打ち、「一九四五年敗戦を迎えた日本人たちの最後」とサブタイトルが付いている。

原本は韓国出版文化産業振興院の優秀著作及び出版支援事業に選ばれているので、記述内容のレベルについては折り紙つきであり、発行二年半にして三刷を記録している点からも、この種のジャンルにおいては、売れ行き良好書といえるだろう。

敗戦／解放とともに朝鮮半島では、大きな社会的混乱が生じたが、その過程を経て日本人の集団収容→本国帰還（引揚げ）が開始された。引揚げの時期、金銭・財産の本国搬出問題、苦労と不安が交錯した家族の引揚げの経過などは、地域によって異なっており、特に北朝鮮地域からの帰国は大きな危険と困難を伴うものだった。

他方、同じ時期に、日本本土など海外に居住した朝鮮人の帰国という流れもあった。この交差する二つの巨大な人口移動が、敗戦とともに東北アジアの一角で開始されたのである。本書はそのうちの朝鮮半島から日本への移動過程を追跡し、そこで発生した様々な事象・事件を取り上げている。日本では「引揚げ者」を、ふつう戦争被害者の範疇に含めている。敗戦によって海外での仕事や財産を失い、身ひとつで本国にたどり着いた不幸な人々の群れと見ているのだ。こうした人々の帰国過程における苦闘ぶり、帰国後の生活を回復させるまでの苦しみは、引揚げ者の手記や回顧録、さらには『流れる星は生きている』（藤原てい）、『竹林はるか遠く（正続編）』（ヨーコ・カワシマ・ワトキンズ）など、評判になった書物にも赤裸々に描かれている。

◎

著者、李淵植氏は、戦後の日韓関係史の専攻研究者で、「国際的な人口移動とそれをめぐる葛藤」を主たる研究テーマとしている。本書が取り上げた内容は、李氏がソウル市立大学校に提出した博士論文「解放後における韓半島居住日本人の帰還に関する研究」などを基礎にしており、それを一般向けの人文書として再生させたものだ。つねづね「人文書の危機」を感じている李氏にとっては、申し分のない素材だったのだろう。

本書の執筆意図は、このたび新たに書かれた長文の「日本の読者へ」に尽きている。敢えて重要な部分を抽出しておくと、「個々人の経験は絶対的かつ貴重なもので、それ自体として尊重しなければならない（略）しかし、同時にそうした経験が『個人』の領域を越えて『集団の記憶』『権力が介在した公的記憶』に転化されることもある。それだけに、歴史的構造と背景を無視し、自己満足的に合理化する根拠になりもするし、歴史的事実すらも歪曲され、他人や他国を攻撃する武器にもなる。だから厳密な学問的検証を通じて、そうした記憶と認識が形成される過程と特徴を、徹底的に明らかにする必要がある」ということになる。

著者は一面的に事物を観察し、自己の限られた認識を一般化することの危うさを戒める。敗戦直後、朝鮮人が日本人に加えた「暴行」「強奪」などについても、植民地時代の日本人が、朝鮮人にいかに対したかを抜きにしては、軽々に論じられないという。植民地で支配する側に属した日本人が、敗戦後は一朝にして「被害者」に変わったことなどは、信じられないというのだ。「被害」と「加害」の規定の仕方についても、冷静な判断を求めている。

本書の各章では、敗戦後の抑留過程での様々な事件や対立・葛藤の様相を、客観的資料に基づいて解明している。それらの、いまではブラック・ユーモアと感じられるかもしれない個々の事象・事件に関しても、植民地支配の痕跡が深く刻み込まれているのだ。植民地支配権力の内部対立が、敗戦後の在朝日本人社会に、大きな影響を与えたことも忘れてはならない。それらを踏まえて、日本（人）と朝鮮（人）の関係に何を読み取るのか、どうすべきなのか、いま読み手側の歴史認識が厳しく問われている。

次に、本書が刊行されるまでの経緯を書いて置こう。東京に「K‐BOOK振興会」という民間団体があり二〇一三年にスタートした。日本の読者にもっと韓国の図書を読んでもらいたいとの思いから誕生したもので、一年に二回ほど『日本語で読みたい韓国の本――おすすめ五〇選』（週刊誌判、一三〇頁、非売品）を刊行している。

これの第三号（二〇一四年七月二十五日刊行）に、筆者は本書（原書）を「お勧めの一冊」として推薦した。推薦文には「本書は著者が長く研究対象とし、収集してきた資料を活用し、朝鮮在住日本人が本国に引揚げる過程に起こり、体験した事象・事件を多角的に照明を当てている。（略）それらの多くは複数の資料を活用して語られているので、信憑性も高く全体像がくっきりと浮かび上がってくる」と、アピールポイントを書いた。

これを読んで出版したいと応じてきたのが、明石書店代表者の森本直樹氏だった。そして私と森本氏は、ソウルの著者李淵植氏と歴史批評社を訪問し、翻訳刊行を希望する旨の意思表示をし、K-BOOK振興会に依頼して先方との契約を済ませ、今日の翻訳刊行を迎えることになった。本書が韓国の出版物を翻訳斡旋する新たなルートを、活用して出版したものであることをお知らせして置きたい。

◎

さて、今年は敗戦／解放七十年、日韓修好五十年の節目の年である。私的なことながら、今年は私にとっても、引揚げ七十年になる年だった。思い起こせば、わが家族が中国河北省北戴河海濱（中国の党と政府が重要会議を開催する避暑地）で敗戦を知り、三か月あまりの集団抑留生活を体験した後に、天津港からアメリカ軍の上陸用舟艇に乗り、佐世保港にたどり着いたのは、一九四五年十二月初旬のことだった。

私たちの場合、中国東北部や北朝鮮に居住されていた方々に比べれば、苦難の度合いは少なかった。しかし、私たちも本書のあちこちに描かれているように、不安、葛藤、食糧難、共同生活のトラブルなどをたっぷり味わった。それだけに翻訳作業をしながら、本書に記録されていることの数々が、ひとごととは思えなかった。手記や体験記の一場面が、私たち家族の体験と重なり合う部分もかなりあり、ついPC操作の指が止まってしまうこともあった。本書五二頁のイラストに至っては、引揚げの際のわが母の姿そのもので、そこからしばし目を逸らすことはできなかった。

いずれにせよ、私の引揚げ七十年になる節目の年は、本書『朝鮮引揚げと日本人』の翻訳刊行という、記念すべき仕事を終えて一区切りつけることができた。

いま、著者の李淵植先生、日韓双方の関係出版社の方々、そして本書に対する出版・翻訳の支援をして下さった韓国文学翻訳院の皆さんのおかげで、所期の目的を達成することができました。深く感謝の気持ちを伝えたいと存じます。

二〇一五年十一月十二日

舘野　晳

【著者紹介】

李淵植（YI YEON-SIK）、1970年、ソウル生まれ。

〈現　在〉
ソウル特別市人材開発院歴史文化行政課程講師、上智大学日本学術振興財団、外国人共同研究員、文学博士。

〈略　歴〉
1999～2001年、日本文部科学省、国費奨学生（東京学芸大学日本研究科）
2001～03年、韓日歴史共同委員会、現代史分科韓国側助教
2004～08年、国務総理室直属、強制動員委員会専門委員（日本大使館協商及び海外調査）
2008～11年、ソウル特別市史編纂委員会、専任研究員（ソウル近現代史及び関連遺跡）
2011～現在、ソウル特別市人材開発院特別講師（ソウルの歴史文化行政）
2014～現在、上智大学日本学術振興財団、外国人共同研究員

〈講　義〉
2000～現在、ソウル市立大学校付属国際教育院、高麗大学校付属行政大学院、ソウル日本人会、東北亜歴史財団教師研修課程、ソウル市民大学など。

〈著　書〉
『未来をひらく歴史――東アジア3国の近現代史』（共著、高文研、2006年）
『日韓歴史共通教材――日韓交流の歴史』（共著、明石書店、2007年）
『近現代韓日関係の諸問題』（共著、東北亜歴史財団、2011年）
『朝鮮を離れて』歴史批評社、2012年（日本語版、明石書店、2015年）
「朝鮮における日本人引揚げのダイナミズム」（『帝国の崩壊とひとの再移動』所収、勉誠出版、2011年）
「朝鮮半島における日本人送還政策と実態」（『帝国以後の人の移動――ポストコロニアリズムとグローバリズムの交差点』所収、勉誠出版、2013年）
「“在朝日本人”の引揚問題をめぐる日韓両国の認識比較、国史大系の枠組みを克服するための試論」（『近代の日本と朝鮮―「された」側からの視座』所収、東京堂出版、2014年）
『国訳京城府史』（共訳、ソウル特別市史編纂委員会、2014年）

【訳者紹介】

舘野　晳（TATENO AKIRA）中国大連生まれ。

法政大学経済学部卒業、東京都庁勤務（定年退職）、現在は韓国関係の出版物の企画・編集・執筆・翻訳に従事中。出版文化国際交流会理事、日本出版学会・K-文学を読む会会員。

〈著書・翻訳書〉
『韓国式発想法』（単著、NHK生活人新書、2003年）
崔吉城『哭きの文化人類学』（翻訳、勉誠出版、2003年）
韓国放送通信大学校テキスト『現代韓国社会を知るためのハンドブック』（翻訳、明石書店、2006年）
『韓国の出版事情ガイド』（共著、出版メディアパル、2008年）
韓勝憲『分断時代の法廷――南北対立と独裁政権下の政治裁判』（翻訳、岩波書店、2008年）
尹相仁ほか『韓国における日本文学翻訳の64年』（共訳、出版ニュース社、2012年）
『韓国の暮らしと文化を知るための70章』（編著、明石書店、2012年）
東北亜歴史財団『ヨーロッパからみた独島――フランス・イギリス・ドイツ・ロシアの報道分析』（翻訳、明石書店、2015年）
李斗暎『韓国出版発展史　1945～2010』（翻訳、出版メディアパル、2015年）など。

朝鮮引揚げと日本人
——加害と被害の記憶を超えて

2015年12月20日　初版 第1刷発行

著　者　　李　淵　植
訳　者　　舘　野　　晳
発行者　　石　井　昭　男
発行所　　株式会社 明石書店

〒101-0021 東京都千代田区外神田 6-9-5
電話 03（5818）1171
FAX 03（5818）1174
振替　00100-7-24505
http://www.akashi.co.jp/

組版／装丁　明石書店デザイン室
印刷／製本　モリモト印刷株式会社

（定価はカバーに表示してあります）　ISBN978-4-7503-4287-0